SÓ O AMOR MACHUCA ASSIM

PAIGE TOON

SÓ O AMOR MACHUCA ASSIM

Tradução
Adriana Fidalgo

1ª edição
Rio de Janeiro-RJ / São Paulo-SP, 2023

VERUS
EDITORA

Título original
Only Love Can Hurt Like This

ISBN: 978-65-5924-223-8

Verus Editora Ltda.
Rua Argentina, 171, São Cristóvão, Rio de Janeiro/RJ, 20921-380
www.veruseditora.com.br

CIP-BRASIL. CATALOGAÇÃO NA PUBLICAÇÃO
SINDICATO NACIONAL DOS EDITORES DE LIVROS, RJ

T632s

Toon, Paige
Só o amor machuca assim / Paige Toon ; tradução Adriana Fidalgo. – 1. ed. – Rio de Janeiro : Verus, 2023.

Tradução de: Only love can hurt like this
ISBN 978-65-5924-223-8

1. Romance inglês. I. Fidalgo, Adriana. II. Título.

CDD: 823
23-86025 CDU: 82-31(410.1)

Meri Gleice Rodrigues de Souza – Bibliotecária – CRB-7/6439

Revisado conforme o novo acordo ortográfico.

Para Greg,
meu melhor amigo e
o amor da minha vida

Prólogo

Em dias assim, adoro morar em Bury St. Edmunds. Os pináculos da catedral de calcário creme dão a impressão de estarem iluminados contra o céu azul vívido, e até as pedras escuras de sílex nas paredes da abadia em ruínas brilham ao sol, como se tivessem sido polidas.

Ainda é início de abril, mas já é de longe o dia mais quente do ano até agora. Só de sair do escritório, já me sinto muito melhor. Acabei de encerrar uma ligação com uma cliente difícil... A mulher e as reformas que ela planeja para sua casa com certeza vão me fazer odiar arquitetura pelo resto da vida. *Preciso* de uma pausa para o café.

Ao passear pelas ruínas da abadia, à procura de um muro baixo para me sentar e tomar meu café, vejo meu noivo, Scott, sentado em um banco à sombra de um abeto gigante. Antes que eu possa gritar um radiante "olá" e me juntar a ele, noto que está com Nadine.

Scott montou o próprio negócio de paisagismo quando nos mudamos de Londres, há um ano, e Nadine começou a trabalhar para ele logo depois, dias antes de ele me pedir em casamento, nos roseirais de uma mansão local. Ela tem vinte e nove anos, é alta e forte, com a pele dourada e o riso contagiante. Gostei de Nadine assim que a conheci, então não sei por que meu cumprimento ficou preso na garganta.

Meu parceiro e a colega dele estão mais de meio metro separados, mas há algo de estranho na linguagem corporal dos dois. Scott está inclinado para a frente, a camiseta branca esticada sobre as costas largas, os antebraços apoiados nas coxas. Nadine tem os braços e as pernas cruzados, o rosto inclinado para o de Scott, e o rabo de cavalo, alto e loiro, em geral saltitante, parece extraordinariamente imóvel. O ângulo do rosto de Scott reflete o de Nadine, mas um não encara o outro. Tampouco estão conversando. Parecem paralisados. Tensos.

Um esquilo corre ao longo do muro irregular à minha esquerda. Pássaros cantam nas árvores ao redor. As crianças riem em um parquinho distante. Mas eu apenas observo, sentindo uma onda de inquietação me invadir.

Eles estão sentados separados. Não estão fazendo nada de errado. Mas mesmo assim…

Tem alguma coisa errada.

Então, de repente, Scott se vira e olha para Nadine. Seu rosto bonito está com uma expressão estranha, que não consigo decifrar. Sinto o coração na garganta ao observar Nadine levantar o queixo devagar e encontrar o olhar de Scott, dois perfis perfeitos: as sobrancelhas grossas e escuras dele em contraste com os arcos perfeitos dela; o nariz reto em contraponto ao pequeno e arrebitado; dois pares de lábios cheios, sérios e sisudos.

Os segundos passam e a escuridão toma conta de mim. Passar de leve e quente para nauseada e fria é uma sensação terrível.

Os dois ainda estão se encarando. Sem dizer uma palavra sequer.

Estremeço quando Scott se levanta e segue a passos largos em direção à cidade. Nadine o observa até que ele saia de vista, então se curva para a frente e exala, com a cabeça nas mãos. Fica assim por um minuto ou mais, até se levantar e lentamente começar a seguir Scott.

Percebo que estou tremendo.

O que foi *aquilo*?

Meu noivo está tendo um caso? Ou está pensando em ter?

Espere um pouco. Os dois apenas se *olharam*. Não fizeram nada de errado. Eu gosto de Nadine. Confio em Scott.

Mas acho que há algo entre os dois.

Minha mãe sempre me disse para confiar na minha intuição. Mas é difícil quando isso ameaça partir seu coração.

Capítulo Um

Três meses depois

Nova York estava encoberta por nuvens. Sempre voei para Indianápolis via Chicago, então tinha esperança de ver o famoso espaço verde do Central Park, cercado por prédios, mas quando o céu finalmente clareia tudo o que revela é uma colcha de retalhos de campos e fazendas lá embaixo.

Estou viajando o dia todo e, quando enfim aterrissar, já vão ser mais de cinco horas da tarde, dez da noite no Reino Unido. Estou morta de cansaço, mas por sorte meu pai vai me buscar no aeroporto. Sei que a falta de sono não é a única culpada por esta exaustão. Os últimos três meses cobraram um preço alto.

Quando cheguei em casa do trabalho, naquele dia de abril, depois de uma tarde horrível em uma montanha-russa de emoções, Scott estava sentado à mesa da cozinha. Num minuto, eu me sentia completamente inquieta, e no outro tentava me convencer de que o olhar que ele e Nadine haviam trocado não significava nada. Mas, assim que olhei para Scott, soube que minha intuição tinha acertado em cheio. Havia *mesmo* algo acontecendo entre eles, mas era uma conexão emocional, não ainda um caso.

Assim que fechei a porta, ele me pediu para conversar, o que me deixou confusa, porque eu esperava ter que exigir respostas, e não as conseguir de bandeja. Quando ele começou a confessar seus sentimentos, eu ainda estava pensando que ele planejava pedir perdão... que eu já sabia que daria. Iríamos nos casar em dezembro, queríamos tentar engravidar no Ano-Novo. Não havia a menor chance de eu jogar fora nosso lindo futuro só porque ele havia tido uma paixonite idiota.

Talvez estivesse sendo ingênua, mas demorei um pouco para perceber que Scott estava me deixando.

Eu me lembro com nitidez dos detalhes da conversa. Lembro até que as unhas dele ainda estava com um arco de sujeira enterrado bem fundo, perto da pele, e que ele cheirava a terra, ar fresco e solo de jardim. Scott me parecia tão familiar e, ao mesmo tempo, tão estranho. Nunca o vira tão dividido e atormentado.

— Eu te amo de verdade, Wren — afirmou ele, com lágrimas colando os cílios castanhos. — Por um lado, gostaria de nunca ter conhecido a Nadine, porque acho que você e eu poderíamos ter sido felizes. Mas ultimamente comecei a me perguntar se somos mesmo feitos um para o outro.

Ele havia precisado conhecer Nadine e trabalhar com ela quase todos os dias para perceber que eram compatíveis, que se conectavam em outro patamar.

Àquela altura, os dois ainda não tinham conversado sobre como se sentiam. Nadine havia tirado uma folga para ficar com os pais, e Scott intuído que era porque ela precisava se distanciar para espairecer. Mas, quando Nadine chegou ao trabalho naquele dia de abril e entregou uma carta de demissão, Scott percebeu que não poderia deixá-la partir.

Perguntei, em meio às lágrimas, se ele achava que Nadine era sua alma gêmea, e, quando meu noivo me olhou nos olhos, sua expressão disse tudo.

Já havia lido em livros, visto em filmes: o protagonista em um relacionamento com alguém que não o compreende. Até que se apaixona por alguém que verdadeiramente o entende. Nada pode ficar no caminho deles. Todo mundo torce pelo final feliz dos dois.

Nunca, nem um milhão de anos, pensei que isso aconteceria comigo, que seria *eu* o único obstáculo no caminho do amor verdadeiro.

Quando percebi a seriedade da situação, fui engolida pela agonia e por um desamparo absoluto.

Eu não podia fazer nada. Não havia uma luta para vencer. Eu havia perdido o amor da *minha* vida.

Scott e Nadine estão juntos agora. Eu os vi pela cidade algumas vezes, e estou sempre atenta para o caso de esbarrar com os dois, mas a gota d'água aconteceu há duas semanas, quando estava no meu café favorito, em frente à entrada da abadia de Bury St. Edmunds. De repente, os dois foram vomitados pelo portão, de mãos dadas e sorrindo, o sol refletido no cabelo loiro de Nadine, enquanto Scott a guiava pela rua movimentada. Quando entraram no café e me viram com minha mãe, Scott se desculpou e saiu depressa, mas encontrar o olhar dele quando passava pela janela, ver seu rosto, preocupado e tenso, me fez ficar enjoada.

— Esta cidade é muito pequena para vocês dois, querida — disse minha mãe, em um tom empático. Tentei conter as lágrimas.

— Por que sou eu quem tem que ir embora? — perguntei, a voz falhando.

— Scott abriu um negócio de paisagismo aqui. Não vai se mudar tão cedo. Acho que você deveria se afastar, Wren, pelo menos por algumas semanas. Tomar certa distância disso tudo e dar um tempo para o seu coração se recuperar.

Ela tinha razão. Eu precisava de uma pausa de casa, do trabalho, de Scott, de caminhar pelas mesmas ruas que percorreríamos juntos quando ele segurava *minha* mão e se colocava na frente do tráfego por *mim.*

Naquela noite, liguei para meu pai e perguntei se poderia visitá-lo.

Quando saio do terminal de desembarque, meu pai está me esperando atrás da corda, com uma camisa xadrez azul-marinho e vermelha enfiada na calça jeans.

Ao me ver, ele abre em um sorriso largo. As bochechas ásperas de barba parecem ainda mais redondas do que quando o vi pela última vez, no Natal. Ele e a esposa, Sheryl, foram a Paris de férias, então Scott e eu pegamos o trem e passamos algum tempo com os dois. Esta é minha primeira viagem para os Estados Unidos em dois anos.

— Ei, você! — cantarola ele.

— Oi, pai.

Sinto uma onda de calor me invadir quando os braços dele se fecham ao meu redor. Inspiro o perfume familiar — sabonete e sabão em pó —, e sei que vai ser a última vez que nos abraçamos até voltarmos a este mesmo aeroporto, daqui a duas semanas, para nos despedir. Quando me afasto, sinto um aperto no coração com esse pensamento.

O cabelo dele está especialmente desarrumado, antes do mesmo castanho médio que o meu, agora algumas mechas estão grisalhas. Nossa única semelhança, sem dúvida, são os olhos castanhos.

Também não tenho muito a ver com a minha mãe, Robin, além do fato de que ambas fomos batizadas com o nome de passarinhos. Minha mãe gosta de roupas esvoaçantes e estampas coloridas, e eu, de saias estruturadas e camisas escuras. As feições dela são calorosas e sinceras, já meu rosto é mais estreito e, bem, certa vez eu o defini como "aquilino", mas ela refutou a descrição com veemência, afirmando que eu tinha uma estrutura óssea delicada, como um aristocrata, o que me fez rir.

— Como foi o voo? — pergunta meu pai, alegre, ao pegar minha mala, liberando-me do peso.

— Muito bom.

— Cansada?

— Um pouco.

— Você pode tirar uma soneca no carro. A casa nova fica a algumas horas de distância.

Minha meia-irmã, Bailey, que é seis anos mais nova que eu, se casou no início do ano e foi morar na cidade natal do marido, no sul de Indiana. Recentemente, meu pai e Sheryl se mudaram para a mesma cidadezinha, para ficar perto dos dois.

Há muitas coisas sobre essa situação que me pegam.

Meu pai é um marido e pai dedicado. Mas *eu* não tive a oportunidade de ver muito desse lado dele. Sei que me ama, mas nunca esteve presente. Não me conhece de verdade. Como seria possível, já que vivemos a mais de seis mil quilômetros de distância e não passamos mais que duas semanas por ano na companhia um do outro?

Quando saímos do terminal, sinto o ar de julho como um cobertor quente sobre meus ombros. Em pouco tempo, estamos em uma rodovia de três pistas, indo para longe de Indianápolis. É muito longe da cidade para ver os arranha-céus, mas eu me lembro da vista de muito tempo atrás, quando viajei para fazer algumas compras. Ali, a paisagem é quase sempre plana e extensa, salpicada por grandes celeiros vermelhos e silos de grãos.

— Como Bailey está se adaptando à vida de casada? — pergunto, tentando ignorar uma pequena pontada de ciúme.

Nunca achei que minha linda meia-irmã fosse particularmente competitiva, então tenho certeza de que ela *não* saiu em disparada pela nave da igreja quando decidiu se casar em Las Vegas, mas agora que meu casamento foi cancelado, tenho que admitir que o anel no dedo dela me incomoda um pouco.

— Ela está feliz — responde meu pai, com um dar de ombros, diminuindo o ar-condicionado, agora que o carro esfriou.

— Você se dá bem com o Casey?

Eu ainda nem conhecia o atual marido de Bailey. Scott e eu havíamos sido convidados para o casamento, mas com apenas uma semana de antecedência, não sentimos que nossa presença era esperada. Bailey sempre fora impulsiva.

— Todo mundo se dá bem com o Casey. Ele é um bom rapaz.

— Que legal.

Minha voz sai estrangulada sem querer, e meu pai me lança um olhar aflito.

— Lamento o que aconteceu com o Scott. Pensei que ele também fosse um bom rapaz.

— Ele era — respondo baixinho. — Acho que ainda é. — Engulo o nó na garganta e acrescento, com irreverência forçada: — Não dá para escolher por quem você se apaixona, certo?

Meu pai pigarreia.

— É.

Ficamos em silêncio por um tempo.

Meus pais se conheceram quando tinham vinte e poucos anos, viajando pela Europa. Eles se apaixonaram perdidamente e, quando o visto do meu pai expirou, minha mãe se mudou para Phoenix, Arizona, para ficar com ele. Em menos de um ano, os dois estavam casados, comigo a caminho.

Foi um caso clássico de "jovens demais, cedo demais". Pelo menos, foi assim que meu pai me explicou quando eu era uma adolescente ressentida tentando entender por que outra mulher, uma professora da Universidade do Arizona, onde meu pai trabalhava como zelador, havia virado a cabeça dele tão facilmente.

Sempre considerei um mistério o fato de alguém como Sheryl se apaixonar por um homem como meu pai; ela é nove anos mais velha e muito mais sábia. Entendo o lance da atração… para ser objetiva, meu pai era meio gato: Sheryl passava o intervalo nos jardins para conversar com ele.

Mais acho difícil entender como um caso entre uma acadêmica e um zelador se transformou em algo sério a ponto de ambos estarem dispostos a arruinar a vida da esposa e da filha dele.

Quando Sheryl engravidou de Bailey, meu pai escolheu as duas, e não a gente. Sheryl o convenceu a se mudar para Indiana para ficar mais perto da família e conseguiu um emprego na universidade, em Bloomington. Minha mãe, com o coração partido, me levou para casa, no Reino Unido, e Bailey cresceu com meu pai só para ela.

Esta viagem também tem uma carga emocional.

Meu pai me acorda, mas devo ter cochilado, porque é impossível que a gente tenha viajado duas horas.

— Estamos chegando à cidade. Achei que talvez você quisesse ver — diz ele.

Forço meus olhos incomodados e cansados a focar na vista do lado de fora. Estamos em uma estrada longa e reta, repleta de filiais de redes de fast-food e restaurantes famosos: Taco Bell, KFC, Hardee's, Wendy's. Passamos por um lava-rápido e uma oficina, então a estrada se transforma em uma rua residencial, com cruzamentos a cada poucas centenas de metros. Algumas das casas têm dois andares com águas-furtadas, telhados vermelhos e janelas de porão que espreitam acima de gramados aparados. Outras são bangalôs de tábuas brancas, com persianas pintadas em verde-limão ou azul-centáurea. Subimos uma pequena colina e continuamos do outro lado, onde há mais do mesmo, até chegarmos ao que meu pai diz ser o "centro histórico" da cidade.

Adiante, há uma praça enorme que circunda um fórum com uma torre de relógio. O edifício reluz em tons de branco sob os últimos raios de sol e, enquanto meu pai o contorna, várias colunas dóricas aparecem.

— Lá na frente é a Floresta Nacional Hoosier — diz meu pai, ao deixarmos o centro da cidade em direção a outro bairro residencial, onde muitas das casas exibem bandeiras vermelhas, brancas e azuis penduradas nas varandas. Faz apenas uma semana que as comemorações do Quatro de Julho acabaram. — Bailey e Casey moram ali — acrescenta ele, com um aceno de cabeça.

Há uma placa na beira da estrada que diz: *Fazenda Wetherill: Colha e pague*, com uma seta apontando na direção que estamos indo.

— Sua? — pergunto.

— É.

Ele assente, orgulhoso.

Abaixo das letras cursivas em preto e branco, há ilustrações de frutas e legumes. Identifico o desenho de pêssegos, peras, maçãs, abóboras e melancias ao passar.

— Você também planta melancias?

— Este ano, não — responde meu pai, enquanto atravessamos um rio caudaloso sobre uma velha ponte de ferro, pintada de vermelho--ferrugem. — Só abóboras para o Halloween. Os proprietários anteriores cultivavam melancias, mas achamos melhor nos familiarizar com os pomares primeiro. Espero que não tenhamos problemas por propaganda enganosa — brinca.

Minha mãe ficou irritada quando contei que meu pai e Sheryl haviam comprado uma fazenda estilo Colha e Pague. Quando morávamos em Phoenix, ela era colhedora em uma fazenda de frutas cítricas, e agora trabalha em um centro de jardinagem. Sempre amou estar ao ar livre e cuidar da natureza, mesmo que o trabalho em si não seja particularmente desafiador.

Uma vez, confessou que sentia que meu pai havia esfregado sal nas feridas dela ao deixá-la não apenas por outra mulher, mas por uma professora. Agora Sheryl trocou o meio acadêmico pelo que é, basicamente, o emprego dos sonhos da minha mãe. Não é de admirar que minha mãe se sinta magoada.

Diante de nós, do outro lado da ponte, há plantações vastas, que se estendem por quilômetros. Dirigimos ao longo de um campo verde e frondoso, mas logo meu pai dobra à esquerda e entra em uma estrada de terra.

— Nossa casa é aqui — diz ele, virando à direita quase de imediato em uma longa entrada arborizada.

Na margem gramada, há uma placa idêntica — *Fazenda Wetherill: Colha e pague*, então o caminho se divide para levar a um celeiro de madeira preta à esquerda, além do qual há campos de árvores frutíferas. No fim da bifurcação, à direita, ergue-se uma casa de fazenda de dois andares, construída em madeira cinza-claro. O lado esquerdo tem um telhado estilo duas águas, com três janelas enormes. À direita, três águas-furtadas menores, combinando, se projetam das telhas de ardósia cinza, sob as quais há uma longa varanda. Os canteiros de rosas em frente à construção parecem explodir de flores rosa-alaranjadas, e três degraus de pedra levam a uma porta pintada de azul-escuro.

Quando meu pai desliga o motor, essa porta se abre. Estendo a mão para a maçaneta e salto do carro para cumprimentar Sheryl.

— Wren! Bem-vinda! — exclama ela ao descer os degraus.

Uma vez, vi Sheryl com os olhos arregalados de horror por encontrar um fio de cabelo grisalho no meio das lustrosas mechas castanho-escuras, e ela nunca saía de casa sem maquiagem completa. Mas, nos últimos anos, Sheryl se tornou adepta da beleza natural. No lugar de fios longos e brilhantes, exibe um corte curto e grisalho, e o rosto está livre de cosméticos… até seu clássico batom rosa-ameixa sumiu.

A personalidade, tenho certeza, continua a mesma. Ainda é ousada e teimosa como sempre, e, pelo modo como desceu os degraus, deu para notar que ainda se comporta com certa arrogância. Mas, apesar da descrição nada favorável, não desgosto de Sheryl. Eu a respeito em vários aspectos, e até a descrevo como "dinâmica" para os amigos, um rótulo que sempre me faz sentir desleal a minha mãe. A gente se dá bem, mas levamos anos para chegar até aqui, e nosso relacionamento está longe de ser perfeito.

— Oi, Sheryl.

Eu dou um abraço rápido nela, porque Sheryl não gosta que as pessoas invadam seu espaço pessoal.

Com um metro e setenta e cinco, ela é dez centímetros mais alta que eu e, para minha inveja, sempre foi mais curvilínea e com mais busto, ainda mais agora. Meu pai me disse que ela tem cozinhado bastante desde que se aposentou do cargo na universidade, o que me fez sorrir, porque ele sempre havia sido o responsável por preparar o grosso da comida. Nunca teria imaginado Sheryl como uma mulher do interior, mas a imagem parece menos impossível agora que a vejo com meus próprios olhos.

— Que casa linda — elogio.

Sheryl sorri e coloca as mãos nos quadris, olhando para o primeiro andar.

— Nós amamos. Venha dar uma olhada por dentro. Ou devo fazer um tour pelos pomares primeiro? Não, entre — decide, antes que meu pai ou eu possamos falar alguma coisa. — Deve estar exausta.

O interior da casa é muito tradicional, com paredes pintadas em tons suaves de verde, cinza e azul, e detalhes em branco nas molduras das janelas, nas cornijas e no corrimão. Reconheço a maioria dos móveis da casa anterior: antiguidades que Sheryl herdou dos pais quando faleceram. O piso é de madeira escura polida, coberto por tapetes gastos, exceto na cozinha, onde o chão é revestido com azulejos de terracota. O ar ali carrega um aroma de canela.

— Bolo de pêssego com canela — explica Sheryl, orgulhosa, quando espio os assados no balcão. — Fiz especialmente para você.

— Ah, obrigada — respondo, emocionada.

A fazenda recebe os clientes da colheita de pêssego no próximo fim de semana. Depois, é a vez das maçãs e das peras.

— Você quer um pouco agora ou gostaria de dar uma olhada lá em cima? — pergunta Sheryl. — Vamos subir sua mala primeiro. Ver seu quarto.

Não tenho tempo de responder, porque ela já está no corredor. Meu pai e eu sorrimos um para o outro e a seguimos.

Hoje em dia é fácil para mim lidar com o autoritarismo de Sheryl, mas houve um tempo em que eu não ficava tão relaxada. Quando era mais jovem, provocava Sheryl e tentava marcar um território que já havia sido marcado por ela muito tempo antes. Não era muito legal para ninguém.

Desde então, aprendi que é melhor não entrar em conflito com ela, e com certeza vou tentar obedecer suas regras nas próximas duas semanas.

Só Deus sabe que não preciso de mais estresse neste momento.

Capítulo Dois

Na manhã seguinte, acordo cedo, depois de uma milagrosa noite de sono sem interrupções. Consegui aguentar até por volta das dez ontem, então desmaiei na mesma cama de casal macia que Sheryl e meu pai mantinham no quarto de hóspedes da casa antiga.

Eles moravam em Bloomington, uma cidade universitária linda e vibrante, para onde se mudaram pouco antes de Bailey nascer. Fica uma hora ao norte, a meio caminho entre a fazenda e a cidade de Indianápolis, e os dois tinham uma casa de tijolos creme em um terreno de esquina bem-cuidado, em um subúrbio cheio de verde.

Uma vez os visitei no outono, e as cores das árvores que ladeavam praticamente todas as ruas eram de tirar o fôlego.

Indiana é assim: faz muito frio e muito calor, e as temperaturas extremas transformam o outono na estrela do show sazonal. Eu gostaria de voltar para cá nessa época do ano, mas agora é o auge do verão.

A luz pálida amarela se espalha sob as persianas brancas das duas janelas do sótão e, quando verifico o relógio na mesa de cabeceira, ainda não são nem sete da manhã.

O quarto também cheira a canela, embora seja uma versão sintética, cortesia do pot-pourri em um dos parapeitos da janela. Gosto do aroma… me lembra os shoppings dos Estados Unidos e lojas de decoração: calorosos e acolhedores.

Minha mãe sempre dizia que Phoenix tinha cheiro de flor de laranjeira. Afirmava que o ar do deserto estava impregnado do aroma.

Eu tinha apenas seis anos quando fomos embora, então minhas lembranças de Phoenix são vagas. Eu me lembro dos três cactos altos e gordos no quintal, da praia artificial da cidade, com aspersores de areia, porque era muito quente para caminhar, e da piscina pública, tão cheia de cloro que deixava meu cabelo verde; me lembro das areias do deserto varrendo as estradas e da montanha Camelback desaparecendo no horizonte, atrás de bangalôs distantes; me lembro das camadas vastas e multicoloridas do Grand Canyon, e da água verde-clara e das rochas lisas às margens do lago Powell; me lembro dos pequenos colibris que esvoaçavam como borboletas, e dos cães da pradaria que eu tentava, mas nunca conseguia, fazer com que comessem na minha mão. E eu me lembro do meu pai me colocando na cama à noite e me chamando de "passarinho", o apelido que inventou quando eu era pequena, mas que parou de usar há muito tempo.

Também me lembro das brigas. Da gritaria. Das lágrimas. Das marcas no rosto do meu pai quando ele me deu um beijo de despedida e atravessou a porta pela última vez.

Eu expulso essas imagens da mente, porque há algumas coisas que prefiro esquecer.

Assim que sentamos para o café da manhã, Bailey chega sem aviso prévio nem convite. Ela atravessa a porta da frente e está no corredor antes mesmo de percebermos sua presença.

— Eeeeiii! — grita ela, igual àquele personagem de *Dias felizes*, Fonz, mas em uma versão mais alta, curvilínea e bonita.

A mulher é uma miniversão de Sheryl, e tudo o que eu não sou.

Eu me levanto da mesa, e ela me alcança em segundos, vestida para o trabalho com uma saia preta elegante e blusa branca de manga curta, cheirando a ylang-ylang.

— É tão bom ver você! — diz ela, me deixando sem ar com a força do breve abraço.

— Também estou feliz de ver você — respondo.

Nosso pai lança um sorriso radiante para mim, embora as duas covinhas estejam escondidas sob a barba por fazer. Os olhos de Bailey são tão grandes, castanhos e maravilhosamente expressivos, que começaram a chamá-la de "Bu" quando era mais nova.

— Como foi seu voo? Como você está? — pergunta ela, jogando o cabelo castanho e brilhante sobre um dos ombros.

Na adolescência, seus cachos ondulados batiam quase na cintura, mas da última vez que a vi ela os havia cortado abaixo da linha do queixo.

Sempre tive o mesmo cabelo castanho sem graça e liso. Não posso nem usar expressões do tipo "cor de avelã" ou "chocolate": o meu é puro pelo de rato mesmo.

— Bom e bem. E você? Como o Casey está? — respondo.

O buraco no estômago é um lembrete de que não vou subir até o altar tão cedo quanto minha meia-irmã.

— Ótimo. Ei, queria saber se está livre para jantar mais tarde?

Olho para meu pai e Sheryl.

— Você, não! — diz Bailey a meu pai, com uma careta, e ele congela no meio de um aceno, então ela ri da expressão desconcertada. — Quero minha irmã mais velha só para mim. É sexta à noite. Pensei em irmos ao Dirk's.

— Imagino que Dirk's seja um bar, não uma pessoa — concluo.

Lanço outro olhar para meu pai, só para checar se não ficou chateado de ser excluído, mas ele está dando de ombros em direção a Sheryl com uma expressão bem-humorada.

— Os dois. Dirk é o dono do Dirk's bar. É tipo aquele bar que fomos na nossa última saída, em Bloomington? Lembra? — diz Bailey.

É claro que lembro. Foi há cinco anos: ela tinha vinte e dois, e eu vinte e oito anos, e nós duas acabamos com uma ressaca pesada. Foi a melhor noite que já passamos juntas, a primeira vez que vislumbrei um futuro para nós, não apenas como irmãs, mas como amigas.

Não é que não nos dávamos bem antes, mas foi mais difícil quando eu era adolescente e ela, uma pirralha irritante correndo em volta do meu pai.

Infelizmente, nossa última noite juntas também foi a última vez que nos vimos pessoalmente. Ela se mudou para a costa Oeste logo depois.

— Venho buscar você às sete.

— Tudo bem? — pergunto, olhando para meu pai.

Imagino se seria possível que Bailey e eu continuássemos de onde paramos.

Sinto uma pequena onda de otimismo, que logo é esmagada pela dúvida. Aconteceu muita coisa nos últimos cinco anos. Nos últimos cinco *meses*. A verdade pura e simples é que eu e minha meia-irmã mal nos conhecemos.

— Por nós tudo bem. Temos muito tempo para colocar o papo em dia — responde meu pai.

— Não sei quanto tempo vou aguentar. Por conta do jet lag — aviso a Bailey.

Se ela espera que eu seja a alma da festa, vai ficar bem desapontada.

— Sim, sim. — Ela me ignora, olhando o relógio. — Preciso ir! Estou atrasada para o trabalho! Vejo você mais tarde.

— Até logo.

Então Bailey Furacão dá um beijo no meu pai e em Sheryl e se vai.

Minha meia-irmã vem me buscar às sete.

— Você está ótima! — diz ela.

Coloquei um vestido preto justo, na altura dos joelhos e sem mangas, com miçangas brancas em torno do decote V. É um modelo que eu escolheria para uma noitada na minha cidade, mas, ao observar Bailey, que trocou a roupa de trabalho por uma saia jeans e camiseta branca, me sinto exagerada.

— Você também. Mas você tem certeza de que estou bem com isso? — pergunto, insegura.

— Total! — Ela me tranquiliza. — Anda, fica lotado de sexta-feira. Vamos.

O Dirk's fica no lado oeste da praça pela qual passei no dia anterior, no porão de um prédio de três andares, telhado plano e aparência utilitária. Janelas retangulares grandes com molduras pretas quebram a fachada simples de tijolos vermelhos. Quando entramos, está tocando o refrão de "Fever", do Black Keys, e a música fica mais alta quando descemos as escadas e abrimos a porta do bar. As paredes são de tijolos, decoradas com pôsteres emoldurados de bandas de rock — de Rolling Stones a Kings of Leon.

É meio baixa renda e um pouco sujo, mas eu gosto e, quando começou a tocar "R U Mine?", do Arctic Monkeys, gosto ainda mais.

Talvez não dê na cara, mas no fundo sou meio roqueira. Scott não gostava muito de música; preferia a TV ligada ao rádio. Eu me pergunto do que Nadine gosta.

Não. Não quero pensar em Scott e Nadine hoje à noite. Duvido muito de que estejam pensando em mim.

— O que vamos beber? — pergunta Bailey, quando chegamos ao bar, estreitando os olhos para a fileira de garrafas junto à parede.

De repente, estou determinada a me divertir, então pego um menu descartado no balcão. Está pegajoso ao toque e lista uma seleção de hambúrgueres, cachorros-quentes, batatas fritas com coberturas e nachos. Eu o viro à procura de um drinque, mas o outro lado está em branco.

Tolinha. Não é um bar de drinques.

O barman se materializa diante de nós. Ele tem alargadores nas orelhas e cabelo loiro tão ralo que dá para ver o couro cabeludo. Não sorri nem fala, apenas coloca dois porta-copos de papelão no balcão à nossa frente e assente para Bailey.

— Ei, Dirk! — cumprimenta ela, alegre. A expressão do barman permanece inalterada. Minha meia-irmã olha para mim. — Rum e coca?

— Com certeza.

Dirk começa a trabalhar.

— Ele é um idiota, mas faz parte do charme. Vou arrancar um sorriso desse cara, nem que seja a última coisa que eu faça — sussurra Bailey no meu ouvido, com uma risada.

E eu acredito.

— Quer pegar aquela mesa? Eu levo as bebidas.

Vários pares de olhos me seguem enquanto atravesso o salão, o que me faz me arrepender muito da minha escolha de roupa. Queria que Bailey tivesse dito para eu me trocar. Ela é muito mais extrovertida… eu estar arrumada demais não a incomodaria. É uma de nossas muitas, muitas diferenças.

Eu me sento entre uma mesa com quatro motociclistas grisalhos e outra com três homens de meia-idade que usam camisetas de cores primárias e bonés de beisebol. Pelo jeito, Bailey e eu somos as pessoas mais jovens do lugar, e as únicas mulheres, mas, se o detalhe a incomoda, minha meia-irmã não demonstra.

— Saúde! — diz ela, ao se juntar a mim.

— Saúde! E parabéns pelo casamento!

Minha insegurança me faz soar entusiasmada demais, mas ela parece alheia ao meu tom e ri.

— Minha mãe ainda está chateada porque não deixei que ela tivesse a grande chance de se exibir como mãe da noiva. Pelo menos eu avisei, até faltar só uma semana.

— Tinha algum motivo para a pressa? — pergunto, hesitante.

— Não — responde ela. Acho que entendeu aonde eu queria chegar com a pergunta. — Queríamos nos casar sem complicações. Já lido com essa porcaria no trabalho.

Bailey é gerente de eventos.

— Como estão os negócios? Você trabalha no mesmo lugar que o Casey, certo?

— É, no clube de golfe. — Ela aponta o polegar para trás. — Fica na periferia da cidade, a uns dez minutos de carro naquela direção.

Casey é expert em golfe. Os dois se conheceram na Califórnia, quando ele estava competindo em um torneio que Bailey ajudou a organizar. O cara nunca teve sua grande chance e agora é professor. Quando ofereceram a ele um cargo no clube, considerou o fato de os pais e o irmão ainda morarem na cidade e fez questão de voltar para seu lugar de origem.

— E você gosta do seu trabalho? — pergunto.

Ela dá de ombros.

— É tranquilo. Já fiz três casamentos e duas festas de aposentadoria até agora, mas o trabalho não é muito variado. Estou com medo de morrer de tédio antes do Natal, então não sei o que vou fazer. Se depender de Casey e dos pais dele, já vou estar com um bebê a caminho até lá.

— É o que você quer?

— Óbvio que não, sou *muito* jovem para ser mãe!

Seus olhos entram no modo "Bu", e não consigo segurar uma risada

— Quantos anos o Casey tem?

Bailey tem vinte e sete, mas eu soube que ele é um pouco mais velho.

— Trinta e quatro. Completamente senil — brinca ela, sabendo muito bem que o marido é apenas um ano mais velho que eu.

— Ei! — exclamo, mergulhando a ponta do dedo na bebida e o sacudindo na direção dela.

Bailey solta gritinhos em meio às risadas, e uma surpreendente bolha de alegria explode no meu peito. Talvez possamos continuar de onde paramos…

Na verdade, quanto mais conversamos, sentadas ali e bebendo, mais feliz e relaxada me sinto. Precisava de uma pausa de tudo o que estava acontecendo em casa, mas fico feliz por também ter mais uma chance de estreitar os laços com minha meia-irmã. Não seria tão fácil se Scott estivesse presente.

Pegamos alguns hambúrgueres e mais bebidas para ajudar a engoli-los, em seguida Bailey se levanta para usar o banheiro e eu volto ao bar para a terceira rodada.

Ou é a quarta? Perdi a conta.

"Ain't No Rest for the Wicked", de Cage the Elephant, explode nos alto-falantes e quase canto junto, porque amo essa música, então "Edge of Seventeen", de Stevie Nicks, começa e não há como ficar parada.

Dirk entrega nossas bebidas e, quando abro um sorriso para ele, juro que sua sobrancelha se ergue. Com o canto do olho, vejo que dois homens altos e fortes entraram no bar, mas logo estou concentrada em tentar não derramar as bebidas enquanto ziguezagueio de volta à mesa. Assim que me sento e olho para o bar, os dois estão de costas para mim.

O cara à direita, com cabelo castanho desgrenhado, jeans desbotado e camiseta cinza, parece um pouco maior, em altura e largura, que o cara à esquerda. O amigo dele tem cabelo loiro-escuro, bagunçado de um jeito displicente, e está vestindo jeans preto e botas desert com camisa xadrez, as mangas dobradas até os cotovelos. Ele coloca uma das mãos sobre o ombro do amigo.

— Wren?

Ergo o olhar. Um outro homem parou à nossa mesa.

— Casey!

Então eu percebo, com atraso, e me levanto de um pulo.

Eu o vi em fotos, óbvio, mas o cabelo preto escorrido era mais comprido, e ele tinha bigode.

— Que bom finalmente conhecer você! — exclama Casey ao meu ouvido, com um abraço apertado.

— É, que bom conhecer você também!

— Casey! — grita Bailey, quando reaparece, jogando os braços ao redor do marido.

Ele é apenas um pouco mais alto que minha meia-irmã.

Casey ri e dá um tapinha nas costas dela, as bochechas rosadas. Ela o larga e se joga no assento, e ele puxa uma cadeira com muito mais coordenação.

— Você quer uma bebida, Casey? Posso pegar uma para você? — Tento soar sóbria, mas não fui feliz nas boas intenções.

— Não, não, vou até o bar. — Ele empurra a cadeira para trás e hesita. — Você está bem?

— Muuuito bem — responde Bailey, levantando o copo cheio e batendo contra o meu.

Casey se levanta.

— Estou causando uma péssima primeira impressão no seu marido — sussurro, não tão baixo quanto pretendia.

— De jeito algum! Ele vai te amar! Ele já ama. Você é meu sangue. E ele me ama. Muito, muito.

— Dá pra ver.

— E eu amo o Casey. — Bailey enuncia as palavras lenta e deliberadamente.

— Ele parece muito legal — concordo.

— Você acabou de conhecê-lo! — Ela bate a mão na mesa e olha para mim com uma expressão desafiadora. Um segundo depois, suas feições relaxam, e ela assente, sabiamente. — Mas você está certa. Ele é muito, muito legal.

— Fico feliz em ouvir isso — diz Casey, ao se sentar.

Bailey e eu o encaramos, chocadas.

— Como atenderam você tão rápido? — pergunta ela, enquanto o marido toma um gole da garrafa de cerveja.

— Dirk tinha uma pronta no bar para mim — responde ele, estalando os lábios.

— Mas Dirk é um idiota — comenta Bailey, com genuína perplexidade.

Casey ri e balança a cabeça.

— Não, ele é legal. Eu o conheço desde sempre. Este é o primeiro bar em que me embebedei legalmente. Dirk me levou para casa só para eu não acabar em uma vala.

— Como eu nunca ouvi essa história? — pergunta ela, com uma careta.

— Não sei — responde Casey, dando de ombros.

— Achei que você odiasse este lugar.

— Eu não odeio, mas não quero vir aqui todo fim de semana.

— Qualquer lugar é melhor que o clube de golfe — argumenta Bailey, em um de tédio.

Meus olhos se movem de um para o outro durante a conversa, até que minha meia-irmã parece se lembrar da minha presença e abre um sorriso radiante.

— Dane-se! — exclama ela. — A Wren gosta daqui. Né, Wren?

— Gosto. A música é legal.

Os caras do bar foram para a mesa de bilhar. Bailey percebe que algo prendeu minha atenção e olha para trás, dando uma conferida nos dois, então se vira para mim e me lança um sorriso atrevido, levantando uma das sobrancelhas.

— O quê? — pergunto.

— Como assim *o quê*?

— Como assim, como assim *o quê*?

Ela começa a rir.

— Como você conseguiu falar isso sem gaguejar, hein?

— Tive seis anos a mais que você para conquistar minha fluência em bebedês.

— Para conquistar minha fluência em bebedês — repete ela, com um sotaque inglês afetado. Não tenho certeza se o detalhe do ceceio é intencional, mas soa hilário.

Casey parece confuso, mas nós duas caímos um uma gargalhada alcoolizada.

— Desculpa, Casey — peço, quando estamos mais ou menos calmas. — Você está muito atrasado. Acho que precisa de uma dose de tequila ou algo assim.

— Pensei em levar vocês para casa. Deixou seu carro no estacionamento, certo? — pergunta ele para Bailey.

— Case, *NÃO*. A gente sabe andar! — grita Bailey.

— Qual é, Casey? — digo, em um tom persuasivo. — Bebe com a gente. É a melhor noite que tive em meses.

— Aaah! — Bailey parece ter gostado da minha declaração.

— É verdade.

Ela sorri sem tirar o copo da boca, alheia à dor que sinto pelo *motivo* de não ter me divertido ultimamente.

Bailey não me perguntou sobre Scott. Conversamos sobre o trabalho, nossos pais e tópicos leves, como música e filmes, mas ela não chegou nem perto de tocar no assunto do meu ex-noivo.

O que é provavelmente uma coisa boa. Afinal, não quero falar sobre Scott hoje à noite, e acho que não quero falar sobre ele com minha meia-irmã. É óbvio que as coisas estão bem entre Bailey e Casey, e não tenho nenhuma intenção de acabar com a festa.

Há mais algumas mulheres e gente jovem no bar agora, inclusive alguns caras de aparência formal, com camisas polo em tons pastel, mas os homens na mesa de bilhar ainda se destacam. O mais alto está virado para nós e é brutalmente bonito, uma expressão que acho que nunca usei para descrever um humano, mas bizarramente adequada. Sua pele é bronzeada, ele tem testa larga e um queixo bem delineado, mesmo que sob a barba espessa e escura. Parece a combinação de um modelo masculino com um homem das cavernas.

Seu amigo, o cara de cabelo loiro sujo e camisa xadrez amarela e preta, ainda está de costas para nós.

A cabeça de Bailey aparece na minha linha de visão, balançando, em uma execução impressionante do movimento de dança de "Walk Like an Egyptian".

— Terra para Wren.

Ela olha para trás, então volta a me encarar com um sorriso.

— Desculpa — digo, estendendo a mão para minha bebida.

— Alguém continua se distraindo — cantarola ela. — Ou talvez alguém esteja *procurando* uma distração?

Quase me engasgo com a boca cheia.

— Aquele é o Jonas, né? — Bailey lança um olhar enfático para o modelo das cavernas, em seguida para Casey, que assente. — Se você está procurando distração, ouvi dizer que ele é bom.

— Bailey. — O tom de Casey é levemente de censura.

— Ah, qual é? — retruca ela, dando um tapa no braço do marido. — A última vez que o vimos por aqui, você me disse que ele dormiu com metade das mulheres da cidade.

— Você está exagerando. Mas imagino que sua irmã não queira ser mais uma marca no cinto do Jonas — argumenta Casey, então olha para mim em busca de confirmação.

— Não quero ser mais um entalhe no cinto de *ninguém* no momento, obrigada.

Não sei nem se gostei do modelo das cavernas. Se eu estivesse sóbria, conseguiria perceber.

— Quem é o amigo dele? — pergunta Bailey a Casey.

— Você pode parar de olhar para eles, por favor? — pede ele, sóbrio.

Bailey sorri para mim, mas faz o que o marido pede. Está bloqueando um pouco da minha visão, então pelo menos posso observá-los sem dar na cara.

— Aquele é o Anders — responde Casey. — E eles não são amigos, são irmãos.

— Casey conhece todo mundo na cidade — explica Bailey, só para mim.

— Eu tenho *informações* — corrige Casey. — Não conheço os dois o suficiente para puxar conversa. Anders estava um ano à minha frente na escola. Jonas é alguns anos mais velho.

Então os dois devem ter uns trinta e cinco e trinta e sete anos.

— Eles são daqui? Esses nomes soam escandinavos — pergunto.

— Toda a família tem nomes suecos, faz gerações. Eles levam essa coisa de herança muito a sério. A fazenda Fredrickson está na família há uns duzentos anos. — Há uma nota de reverência no tom de Casey.

— São fazendeiros? — pergunto.

— Jonas é. Os pais também. Mas Anders vive em Indy. — O apelido de Indianápolis. — Ouvi dizer que estava trabalhando para uma equipe da IndyCar, o que é bem legal.

É muito legal. Meu pai e Sheryl uma vez levaram Bailey e eu para assistir à Indy 500, uma corrida de quinhentas milhas em um circuito oval. É anunciada como "o maior espetáculo das corridas" e faz parte da Tríplice Coroa do automobilismo, assim como o Grande Prêmio de Mônaco e as 24 Horas de Le Mans, mas achei que ia ser chato quando meu pai me contou que havia comprado os ingressos. Porém, quando cheguei, fui tomada pela emoção de alta octanagem daquilo tudo.

— Não vejo Anders há muito tempo. Mas ouvi dizer que ele perdeu a esposa tem alguns anos — continua Casey.

— O que aconteceu com ela? — pergunta Bailey.

— Acidente de carro, eu acho.

Naquele momento, Anders dá a volta na mesa e para, à vista.

Perco o fôlego.

Ao contrário do irmão, não há nenhum traço de modelo das cavernas em Anders. Está barbeado, a pele beijada pelo sol tem um tom dourado e as sobrancelhas parecem quase desenhadas. Usa a camisa xadrez preta e mostarda aberta sobre uma camiseta preta desbotada, e penso naquelas pessoas naturalmente descoladas quando ele se inclina, preparando a tacada. Algumas mechas do cabelo loiro-escuro caem sobre os olhos, mas ele não as afasta antes de usar o taco. Ouço o estalido da bola caindo direto na caçapa e, uma fração de segundo depois, seu olhar se ergue para encontrar o meu.

Prendo a respiração e ele se endireita devagar, nossos olhares conectados através da sala lotada. Meu coração acorda. Os segundos passam, e a palpitação se torna um martelar que ricocheteia pela caixa torácica toda. Eu observo, hipnotizada, como seus olhos parecem escurecer. Então ele quebra o contato visual, passando a mão pelo cabelo.

Sinto o sangue correr para meu rosto, então pego minha bebida, sentindo como se minha pulsação tivesse sigo adulterada. Felizmente, Bailey está distraída, falando com Casey, e não percebe que estou ofegante.

Anders não olha na minha direção de novo, pelo menos não que eu perceba. Continuo sentindo minha atenção ser atraída para ele, um fascínio inexplicável que é impossível ignorar.

No final, o único jeito de me libertar é mudar de posição na cadeira para que Bailey bloqueie minha visão por completo.

Capítulo Três

— Agora você está sendo ridícula. A casa do meu pai e da Sheryl é logo ali! — exclamo, apontando para o outro lado do rio. — Vai pra casa!

Bailey e seu marido hilariantemente embriagado me acompanharam até a ponte, mas já deviam ter dado meia-volta alguns minutos antes.

— Ok, tudo bem — concede Bailey, lançando-se para a frente e jogando os braços ao meu redor com tanta força que tropeço para trás e quase caio. — Vejo você amanhã. Podemos curar nossa ressaca juntas.

— Você trabalha amanhã — lembra Casey, cambaleando.

— Não até o meio-dia — retruca Bailey. — Vejo você pela manhã — acrescenta para mim.

— Combinado.

Sorrio para ela, já ansiosa pelo encontro.

São onze da noite, o que significa que são quatro da manhã no Reino Unido, mas me sinto estranhamente acordada e animada. Os únicos sons são a água corrente sob a ponte, minhas botas de cano curto raspando o asfalto e um carro ou outro passando ao longe.

Por mais que tenha gostado da companhia da minha meia-irmã e do marido dela, acho que estou feliz por cruzar o trecho final sozinha. É bom ter espaço mental para ouvir os próprios pensamentos por um tempo.

Quando passo pelo último poste de luz, o céu noturno se acende. A lua cheia brilha como uma tocha lá no alto, e nem uma única nuvem esconde o esplendor das estrelas. O ar cheira à grama recém-cortada e, quando baixo o olhar para os campos diante de mim, suspiro, maravilhada. Pequenas luzes pairam acima da plantação na altura do joelho, cintilando e piscando, como pó de fada.

Pirilampos. Ou vaga-lumes, como Sheryl os chama.

Vi um ou outro em viagens anteriores à Indiana, mas nunca tantos juntos em um só lugar. A visão é simplesmente mágica.

Sinto uma vontade súbita de estar entre eles. Há duas trilhas estreitas à frente, feitas por rodas de trator, com largura mais que suficiente para uma pessoa passar.

Uma brisa bate no meu cabelo úmido de suor do pescoço. Uma fração de segundo depois, ouço o sussurro da lavoura quando o vento sopra pelas folhas.

Num impulso, começo a avançar por uma das trilhas. A terra parece seca e quebradiça sob minhas botas, e a encosta se inclina suavemente para baixo. Não sei por quanto tempo caminhei — dez, vinte minutos —, mas talvez meu sorriso nunca mais desapareça. Estou hipnotizada pelos vaga-lumes, o ar livre e a escuridão, a luz das estrelas e da lua. A sensação de liberdade.

Realmente *estou* "livre" agora. Livre e solteira. Pela primeira vez desde a separação, a ideia de ficar sozinha não me assusta. Eu me sinto contente, quase como meu antigo eu de novo. Uma onda de euforia me inunda.

Saio do campo para uma longa faixa de grama recém-cortada, mas ali a fragrância se mistura a algo ainda mais doce. À frente, vejo um campo de milho e, salpicando o céu enluarado, folhas — ou flores — que se projetam do topo de cada haste de três metros de altura. Sigo adiante, para longe da plantação e dos vaga-lumes cintilantes, e logo me encontro em uma floresta de milho. Depois de alguns minutos, paro.

O que eu estou fazendo, cacete? Eu poderia me perder aqui. Sentindo uma pequena onda de pânico, eu me viro e volto pelo mesmo caminho, acho, mas não tenho certeza se estou seguindo exatamente na direção certa.

O zumbido muito alto de um mosquito me deixa tensa, até me dar conta de que o que estou ouvindo é uma motocicleta. Tenho certeza de que a cidade fica no topo da colina, mas o barulho vem do outro lado, cada vez mais alto.

Corro em direção ao som e saio do milharal assim que uma explosão de luz cruza a faixa de grama à esquerda. Depressa, dou um pulo para trás e me espremo contra os talos, mas é tarde demais. A luz queima meu rosto e um homem grita, assustado, quando o motor solta um guincho desesperado até silenciar.

Abro os olhos e há uma massa escura à minha frente. O farol me cegou, então não consigo discernir muito mais.

— Que porra é essa?! — exclama o homem, com sotaque norte-americano, ao se desvencilhar da moto e ficar de pé.

— Você está bem? — pergunto.

Acho que eu deveria ter aproveitado a chance para fugir. Ele pode ser um psicopata, mas estou muito bêbada para sentir medo.

— O que você está fazendo aqui? Está perdida?

— Não! — respondo, na defensiva. — O que *você* está fazendo aqui? Quem anda de moto pelos campos a esta hora?

— Isso não é da sua conta.

— Não é da sua conta o que *eu* estou fazendo aqui, então — retruco, me sentindo estranhamente nervosa com o tom da voz dele.

É baixo e profundo, mas não muito rouco. Algo que me faz lembrar o mel.

— Você está invadindo a propriedade, então, na verdade, é.

Ah. Meus pensamentos dispersos voltam a se organizar.

— Bom, estou indo para casa agora, então não precisa se preocupar.

— Para onde você está indo? — pergunta ele, irritado, quando sigo com determinação ao longo da trilha que, acho, me levou até ali.

Meus olhos ainda não se ajustaram à escuridão… ainda vejo manchas.

— Precisa subir a estrada e virar à esquerda se quiser voltar para a cidade — grita ele, atrás de mim.

Eu me viro, aos tropeços.

— Subir onde?

Não quero voltar para a cidade, mas preciso encontrar a estrada em que estava.

— Lá em cima.

Ele não passa de uma silhueta alta e escura contra o céu iluminado pela lua, mas consigo distinguir o braço longo e esbelto apontando para o trecho de grama.

— Vai ser muito mais rápido atravessar — argumento, notando a impressionante largura dos seus ombros quando o braço cai.

Eu gostaria de poder ver seu rosto… *Quem* é esse cara?

— Se você quer ficar pisoteando a soja como a merda de um elefante…

Soja? Era soja no campo dos vaga-lumes? Espera um pouco, que cara babaca!

— Acho que seria difícil, afinal tem uma trilha!

— Não é uma trilha para pessoas, é para tratores.

— Ah, tanto faz. Desce do pedestal, cara. Ou da moto. Ou seja lá o que for. Na verdade, você já desceu da moto, né?

Deixo escapar uma risada bêbada quando me lembro do acidente. Com certeza não é engraçado, mas…

Meu Deus, é engraçado, sim.

— Você está bêbada.

— Não estou muito bêbada.

— Não foi uma pergunta.

— Estou mais e mais sobríssima a cada minuto que passa. Sobríssima? — pergunto em voz alta, sem esperar uma resposta, afinal estou falando sozinha. — Isso é uma palavra?

— Que merda — resmunga ele. — Para onde você está indo?

O homem levanta a moto caída enquanto passo por ele.

— Para cima e para a esquerda. Como o cara do GPS me instruiu.

— Não, quer dizer, onde você está hospedada? Parece que você está muito longe de casa.

— Meu pai mora ali.

Quando o farol da moto volta a acender, iluminando o trecho de grama, aponto para o outro lado da plantação.

— É onde o *meu* pai mora, então duvido muito.

— Ali, então. — Ajusto a direção do braço.

— Você é filha do Ralph? Óbvio que é. Minha mãe disse que a filha dele estava vindo da Inglaterra. É você?

— Sou eu.

— Nesse caso, seria mais rápido descer a ladeira e virar à direita na trilha da fazenda.

Solto um suspiro dramático, então dou meia-volta e fico irritada conforme o farol do cara mais uma vez ofusca minha visão.

— Você não precisa me seguir — aviso, quando percebo que ele está planejando fazer exatamente isso. — Volte para seja lá o que você estava tramando no escuro.

— A última coisa que preciso é que você quebre o tornozelo. Minha mãe me mataria.

— Você parece um pouco velho demais para se preocupar com o que a sua mãe pensa — retruco, seca.

— Ninguém é velho demais para se preocupar com a opinião da mãe.

— Então, esta terra é sua, né? Você é o que, um fazendeiro?

— Não, meu irmão que é.

Paro no meio do caminho.

— Cuidado! — grita ele, quase me atropelando.

Eu me viro e fico cega de novo.

— Pelo amor de Deus! — exclamo, protegendo os olhos. — Eu conseguia enxergar melhor só com o brilho da lua!

Ele solta uma gargalhada, e eu desvio o rosto, com o coração disparado ao perceber com quem provavelmente estou falando.

— Você é o Anders, né? — Antes que ele possa responder, acrescento: — E seu irmão é o Jonas?

— Isso — responde ele, após uma hesitação breve, com certeza se perguntando como eu sei.

Tenho um flashback do nosso longo contato visual e me sinto inacreditavelmente tensa, apesar das unidades de álcool que deveriam estar atrapalhando meus sentidos.

— Vai me dizer seu nome?

— Wren.

Então eu me lembro de que ele desviou o rosto primeiro, e tenho quase certeza de que não olhou para mim de novo, nem mesmo ao sair do bar. Tenho vergonha de admitir que prestei atenção quando ele saiu para ver se o faria, enfim cedendo à sensação inexplicável que senti desde o momento que nossos olhares se cruzaram.

Eu adquiro uma postura de ferro contra seu descaso.

— Será que você pode parar de me seguir? É sério.

— Não quero que você se perca.

Desprezo a oferta.

— Não vou me perder. Sou arquiteta. Tenho um excelente senso de direção.

Ele dá uma risada baixa que se infiltra na minha caixa torácica.

— Tem certeza? — Um segundo se passa, então ele solta um suspiro resignado. — Deixa eu te dar uma carona até em casa.

Recobro os sentidos e solto uma única risada alta.

— Você só pode estar de brincadeira. Não, obrigada. Vi como você dirige essa coisa.

Não vou bancar a donzela em apuros para algum homem aleatório. Não mesmo.

— Só caí porque você saltou do milharal como uma aparição — argumenta ele.

— Mesmo assim não vou arriscar.

— Para de besteira. Sobe logo.

— Sem chance. Prefiro caminhar, e prometo que não vou pisotear sua preciosa soja como a merda de um elefante.

Babaca.

— Você precisa virar à direita ali — orienta ele, quando saímos para a trilha da fazenda, o farol da moto iluminando uma grande estrutura vermelha.

— Eu sei.

— Óbvio que sabe. Você é uma arquiteta com um excelente senso de direção.

Eu o fuzilo com o olhar.

Quero morrer por não conseguir distinguir nenhuma das suas feições.

— Então, quanto tempo vai ficar na cidade? — pergunta ele, de modo casual, enquanto empurra a moto ao meu lado.

— O que, vamos ficar de papinho agora? — respondo, incrédula.

— Não somos animais — argumenta Anders.

— Não, mas você não me parece fã de conversa-fiada.

— Essa é uma conclusão interessante sobre alguém que você acabou de conhecer.

— Então você *gosta* de conversa-fiada?

— Não, eu odeio, mas só perguntei quanto tempo vai ficar por aqui, não qual é sua cor favorita nem se tem algum animal de estimação. Caramba, como você é chata.

Abro um sorriso presunçoso.

— Duas semanas, preto e não, mas eu tinha uma gata chamada Zaha.

— Em homenagem a Zaha Hadid?

— É.

É uma de minhas arquitetas favoritas.

— Curto mais cachorros.

— Você não é meu amigo — sussurro solenemente.

Estou brincando. Amo cachorros.

— Não somos amigos desde que você me fez cair de moto. E preto não é uma cor.

— Sério, vamos discutir sobre isso agora?

— Sem discussão. É um fato.

— Alguém já disse que você é um pé no saco? Não responda — acrescento, ao mesmo tempo em que ele diz:

— Já.

A risada que solta a seguir me deixa inebriada.

— Se quer se livrar de mim, tudo o que precisa fazer é subir na garupa da moto para eu deixar você em casa em um piscar de olhos. — Sua voz é de bom humor.

— De jeito nenhum.

Estamos de volta à Fazenda Wetherill antes que eu perceba.

— Bom, foi uma caminhada muito revigorante, obrigada — agradeço, em um tom meloso, parada no fim da estrada e protegendo os olhos porque a merda do farol está mais uma vez voltado para meu rosto.

— De nada, Wren — responde ele, em voz baixa e provocante. — Estou muito feliz por ter esbarrado em você.

— Ah! Você quase conseguiu. Fica para a próxima.

— Infelizmente, é improvável que eu tenha o prazer — continua ele.

— Não seja tão pessimista. Vou ficar aqui por algumas semanas, lembra? — retruco.

— E eu vou embora no domingo, então duvido que vamos nos encontrar de novo.

Ouvi suas palavras se curvarem em um sorriso, mas tenho a nítida sensação de que seus lábios estão retos agora.

O silêncio nos rodeia. O farol da moto ainda ilumina meu rosto e, de repente, acho muito injusto que ele possa ver minha expressão, enquanto a sua permanece um mistério.

Então a luz se afasta e encaro a escuridão, ouvindo-o manobrar a moto.

Abro e fecho a boca quando ele volta na direção de que viemos. Depois de falar sem parar durante todo o caminho, não entendo o motivo para que nenhum de nós tenha encontrado as palavras para dizer adeus.

Capítulo Quatro

— Bom dia! — grita Sheryl, da cozinha.

Não consigo reunir forças para responder alto o bastante para que ela ouça. A madeira polida do corrimão gruda em minhas palmas um pouco suadas enquanto desço com cuidado os degraus que rangem, me encolhendo com o ataque aos meus ouvidos. Chego à base da escada e preciso de um momento, porque acho de verdade que vou vomitar.

— Vocês se divertiram ontem à noite? — pergunta Sheryl, com um olhar sabichão.

Assinto devagar e me aproximo.

— Cadê o meu pai? — Minha voz soa rouca.

— Está no pomar, colhendo pêssegos.

— Já?

— A tempestade está chegando. Ele acha melhor já colher um pouco dos maduros.

— Vou dizer oi.

— Quer levar um chá ou um café?

Balanço a cabeça o mais gentilmente possível.

— Bom, leve um para seu pai.

Ela puxa uma cadeira para mim à mesa.

Eu me sento, com o estômago revirando, enquanto ela separa uma bandeja e a enche com uma caneca de café preto fumegante, um copo de água, um prato de biscoitos e torradas e uma banana inteira.

Agradeço pelo que percebo ser, em parte, uma cura para ressaca, e pego a bandeja.

A noite passada parece surreal. Houve momentos em que realmente me senti *feliz* sem Scott. Então teve aquela caminhada pelos campos de vaga-lumes, e meu encontro com Anders.

Enquanto equilibro a bandeja em uma das mãos e abro a porta da frente com a outra, eu me pergunto o que deu em mim, valsando por campos escuros no meio da noite. Não era de admirar que Anders caísse da moto ao me ver: uma mulher de rosto pálido, vestida toda de preto, saindo do milharal sob a lua cheia. Ao sair da varanda, solto uma risada ao visualizar a cena mentalmente.

O céu azul límpido do dia anterior foi invadido por nuvens imponentes de aparência sinistra, e, ao atravessar os pomares, outros momentos do nosso encontro me voltam à mente. A lembrança da risada de Anders me faz sentir como se alguém tivesse jogado uma dose efervescente de vitaminas na minha corrente sanguínea. Mas aí lembro que provavelmente foi a última vez que o vi, e meus sentimentos exuberantes são lavados por uma onda de solidão.

É uma sensação com a qual estou muito familiarizada. A noite passada foi uma distração, uma pausa bem-vinda da saudade de Scott, mas com certeza vou voltar a pensar no meu ex a partir de agora.

Encontro meu pai no pomar mais próximo, subindo uma escada. Os galhos frondosos dos pessegueiros estão caídos devido ao peso dos globos cor de laranja pendurados. Parecem milhares de sóis poentes em miniatura.

— Oi, pai. Café para você — digo.

— Ótimo!

Há uma caixa de madeira ali perto. Eu a viro de cabeça para baixo com o pé e coloco a bandeja sobre a mesa improvisada.

Meu pai desce da escada, com uma das mãos para dar apoio e a outra com uma cesta de vime. Tem um galho no meio do cabelo desgrenhado dele.

— Cuidado com essa coisa — alerto.

Embora meu pai trabalhasse como zelador, foi promovido a coordenador de serviços estudantis durante seu tempo na Universidade Bloomington de Indiana e, nos últimos anos, passou mais horas sentado atrás de uma mesa do que trabalhando ao ar livre.

— Sempre — responde ele, com um sorriso, então coloca a cesta no chão e geme de leve ao se endireitar, os botões da camisa xadrez azul e preta se esticando quando ele se inclina para trás.

O xadrez me lembra Anders na sua camisa preta e mostarda larga, com as mangas arregaçadas até os cotovelos, uma camiseta preta desbotada por baixo, jeans preto e botas desert, embora aquela roupa estivesse a um mundo de distância de qualquer coisa que meu pai vestiria.

— Então, pelo jeito tem uma tempestade a caminho — digo, na tentativa de afastar meus pensamentos de Anders enquanto descasco a banana.

— Parece que sim — responde meu pai, estudando o céu, a xícara de café agora firme na mão. — Trovões e relâmpagos, tudo de assustador.

— É o que minha mãe costumava dizer.

— Eu sei — responde ele, sem me encarar, e toma um gole do café. Pousa a caneca na bandeja e vira mais alguns caixotes, gesticulando para que eu me sente. — Como foi sua noite com a Bailey?

— Boa. Estou me sentindo um pouco indisposta hoje.

— Vocês duas bebem muito? — pergunta meu pai, assumindo que minha falta de humor se deva inteiramente à ressaca.

— Bastante.

Meu pai estala a língua e balança a cabeça, o caixote rangendo.

— Então quem é a má influência?

Não sei se realmente quer uma resposta ou se está me provocando, mas reflito sobre a pergunta mesmo assim.

— Provavelmente nós duas somos péssimas — decido, tentando pensar se Bailey e eu só entramos em sintonia de verdade sob a influência do álcool.

Ela é naturalmente extrovertida e supersociável, e eu me solto mais depois de beber algumas doses, então não me surpreenderia.

Meu pai pega um biscoito e mastiga contente. Ainda está com o galho no cabelo.

— Conheci os fazendeiros vizinhos. Um deles, pelo menos. Estavam no Dirk's.

— Patrick e Peggy estavam no Dirk's? — pergunta meu pai, surpreso.

— Não, Anders e Jonas.

— Ah. É, o Anders não cultiva. — Ele me conta o que já sei. — Mas Jonas está assumindo o negócio dos pais.

— Patrick e Peggy?

— É.

— Achei que todos tivessem nomes suecos.

— E têm. Peggy entrou para a família quando se casou com Patrik, e o nome dele é sem o c.

— Ah.

Corto mentalmente a letra da grafia do nome dele.

— Não vimos muito Patrik e Jonas desde que nos mudamos para cá, mas Peggy é uma senhora muito simpática. Tentou nos levar à igreja algumas vezes, mas você sabe como a Sheryl é.

Sei. Insolentemente ateia.

— Peggy não comentou que Anders vinha para casa. Ele trabalha para uma equipe da IndyCar, sabia?

— Sabia, o Casey mencionou.

— Eu queria vê-lo por aí.

— Ainda não o conhece?

— Não. Peggy disse que ele nunca volta para casa durante a temporada, mas obviamente não é de todo verdade, se está aqui agora. Ele vai para Toronto daqui a duas semanas, então deve estar muito ocupado no trabalho.

Meu pai é fã de automobilismo desde que me entendo por gente. Não estou surpresa que conheça o calendário das corridas de Anders.

— Ele só veio passar o fim de semana — explico.

— Talvez possamos convidá-los para uma bebida mais tarde?

— Tudo bem por mim — respondo, me perguntando se meu pai consegue ouvir o tremor na minha voz causado pelo farfalhar de um caleidoscópio de borboletas na barriga.

Quando voltamos para dentro, Sheryl informa que o rádio alertou sobre a possibilidade de tornado. Está mesmo bastante escuro lá fora.

O granizo chega antes da chuva, e fico na janela da sala, observando, boquiaberta, as pedras de gelo despencarem do céu, deixando o gramado quase tão branco como a neve. O tamborilar no telhado soa como o golpe simultâneo de cem mil martelos. É de arrebentar os ouvidos, e a chuva que se segue logo depois é quase igualmente ensurdecedora. O céu corisca com relâmpagos distantes, seguidos por trovões que estremecem as paredes. Fico atenta à forquilha dos raios e me pergunto se o olho da tempestade ainda não nos alcançou.

— Espero que Bailey tenha chegado bem ao trabalho — diz meu pai, preocupado, ao meu lado.

Consulto o relógio. Meio-dia e meia. Lá se vai uma manhã juntas, curando a ressaca.

Não é a primeira vez que Bailey toma uma decisão no calor do momento e faz uma promessa que não pretende cumprir. Mas ela me animou ontem à noite, e sou grata por isso. Talvez nos divertir juntas de vez em quando seja o bastante, sem alimentar grandes expectativas de um vínculo profundo entre irmãs. Afinal, é improvável que a gente se torne muito mais que isso nas próximas semanas, apesar do meu otimismo inicial de que, sem Scott por perto, seria possível.

— Vou ligar para ela — decide meu pai, tirando o celular do bolso ao sair da sala.

Sinto uma alfinetada de ciúme. Ele quase nunca *me* liga.

Bailey mora perto, penso comigo mesma. *Está no mesmo fuso horário. É fácil e conveniente ligar para ela.*

Mas não há como negar que meu pai e Bailey têm um relacionamento muito mais próximo do que ele e eu. Ela nunca hesitaria em arrancar um galho do cabelo dele.

Meu pai volta alguns minutos depois, quando a chuva diminuiu.

— Ela e Casey estão no trabalho — diz ele, com um suspiro de alívio. — O clube de golfe tem uma adega.

Eu me viro para o encarar de frente.

— Você acha mesmo que pode acontecer um tornado?

— É um clima muito propício para isso — murmura ele, coçando a barba grisalha.

De repente, meu pai fica tenso, os olhos arregalados.

— Que foi?

Ele levanta a mão para me silenciar.

Então ouço, um som agudo vindo de fora.

— É a sirene de tornado. Sheryl! — grita meu pai escada acima.

— Eu ouvi! Estou indo! — responde ela.

— O que vamos fazer? — pergunto, com uma fisgada de pânico, enquanto a sirene de alerta da cidade continua a soar.

— Porão. Ligue para avisar a Bailey — responde Sheryl.

Meu pai saca o telefone novamente e me conduz para a porta embaixo da escada.

Por que temos de informar a Bailey de cada movimento?, eu me pergunto, enquanto meu pai rapidamente a alerta.

Percebo que a resposta é provavelmente para que os serviços de emergência saibam onde nos encontrar se a casa for destruída.

Por um momento, o terror cola meus pés no chão. Assisti a *Twister*. Está acontecendo.

Nunca vivenciei um aviso de tornado. Sheryl escapou por pouco na infância, em Oklahoma, um estado que fica bem no Corredor de Tornados. Quando ela era adolescente, o pai se mudou com a família para Indianápolis a trabalho, e Sheryl quase passou por alguns lá, e com meu pai, em Bloomington. Mas, de algum jeito, o pensamento de uma sirene de tornado em uma cidade populosa parece menos assustadora do que ouvir uma ali, no meio do nada. Eu me sinto muito vulnerável.

Alguém bate à porta. Meu pai se apressa e abre para revelar uma senhora em uma capa de chuva cor-de-rosa com água escorrendo pelo capuz.

— Rápido. Venham para o nosso abrigo! — diz ela.

— Obrigado, Peggy! — agradece meu pai, aliviado. — Pegue seu casaco, Wren. Vamos!

Assim que coloco o capuz do casaco cinza, o vento o remove. As folhas estão sendo arrancadas das árvores, e meu cabelo castanho chicoteia em volta do rosto, como se eu fosse Medusa, com a cabeça cheia de cobras.

Peggy está deslizando para trás do volante do seu Gator — um pequeno veículo utilitário verde —, e há espaço para mais duas pessoas se espremerem no banco da frente, ao seu lado, mas, antes que eu tenha a ideia de subir no compartimento de carga aberto e encharcado, ouço um som que é muito familiar.

Uma motocicleta branca e amarela, salpicada de lama, ruge na entrada da garagem, enviando uma cascata de água da chuva ao derrapar em uns cento e oitenta graus até parar com um solavanco. Dou um pulo para trás, mas já é tarde: fico ensopada dos joelhos para baixo. Estou usando saia, mas as meias sob as botas estão encharcadas.

— Sobe — ordena o motoqueiro, o rosto meio escondido pelo capuz verde-escuro da capa de chuva.

Sheryl e meu pai já estão acomodados no banco da frente do Gator. Meu coração martela contra minhas costelas. Hesito, observando o compartimento de carga atrás dos dois. A sirene ainda soa à distância.

Peggy arranca, e eu vislumbro o rosto pálido do meu pai, contraído de ansiedade ao me encarar. Ele grita palavras que são levadas pelo vento.

— Wren! — berra Anders, porque, embora seu rosto esteja obscurecido, é *óbvio* que é ele.

— Puta merda — murmuro.

Sinto o nó no estômago cada vez mais apertado ao levantar a perna e a passar por cima da garupa.

Não é uma máquina gigantesca, como as que se vê na estrada, mas o assento é mais alto do que parece e a chuva acumulada no couro penetra no tecido da minha saia.

Mal coloquei as mãos na cintura de Anders quando a moto arranca. Quase saio voando da traseira.

Não há onde colocar os pés, então eu o agarro com força, chocada e sem fôlego demais para gritar enquanto ele rasga a estrada de terra, água e lama, deixando um rastro de respingos. O céu está escuro, e as nuvens adquiriram um tom esverdeado e sinistro.

Mais à frente, surge o grande celeiro vermelho que vi na noite anterior, mas Anders vira bem antes, descendo uma pequena trilha de terra entre a sede da fazenda e um campo de milho.

A casa espelha o celeiro em estilo e cor, mas é tudo o que tenho tempo de notar.

— Vai — ordena Anders, apontando na direção do meu pai quando estacionamos em uma vaga nos fundos da casa.

Meu pai e Sheryl saltaram do Gator, e ela corre pelo gramado encharcado atrás de Peggy. Meu pai acena freneticamente para mim. A uns seis metros de distância, Peggy e Sheryl alcançam um monte que tem uma porta de metal embutida na lateral, em um ângulo de quarenta e cinco graus, que se abre para revelar um túnel escuro e o rosto carrancudo de um homem que não reconheço. Ele estende a mão para ajudar Sheryl a entrar.

Desço da moto. Peggy nos encara, ansiosa, mas Anders não desce da moto.

— Você vem? — pergunto, com o pulso acelerado.

Ele balança a cabeça.

— Ainda não.

— Por que não? — pergunto, alarmada.

— Tenho que encontrar meu irmão.

— ANDERS! — Peggy solta um grito assustado enquanto ele acelera o motor e arranca.

Um sentimento de pavor toma conta de mim ao vê-lo partir.

Cadê o irmão dele?

Capítulo Cinco

— Patrik, Peggy, esta é minha filha Wren — diz meu pai, quando estamos seguros no interior do abrigo contra tempestades, com a porta fechada.

O ar está denso e abafado, e parece que um trem de carga está chacoalhando sobre nossa cabeça. Nada bom para alguém claustrofóbico.

— Obrigada por nos receber — agradeço, ofegante, e Patrik desliza as travas pela porta.

Ele faz isso devagar, com uma das mãos, porque a outra está engessada e guardada em uma tipoia, então acena para mim de modo estoico enquanto desce, mancando, os degraus. Sheryl mencionou que ele havia caído na semana anterior, quebrado um braço e duas costelas. Pelo que parece, a agricultura é um dos campos profissionais com as maiores taxas de morte e acidentes graves. Descobri isso apenas depois que meu pai e Sheryl assinaram a escritura da fazenda.

Patrik é alto e magro, com a mesma coloração e feições largas de Jonas. Aposto que já foi um homem enorme, mas sua estatura diminuiu com a idade. Deve ter mais de oitenta, e Peggy parece apenas alguns anos mais jovem. Será que ainda trabalham? Acho que sem chance. Mas meu pai comentou que Jonas estava assumindo a fazenda, não que já estava no controle.

— De nada, querida — responde Peggy, tirando o casaco cor-de-rosa e revelando cabelos brancos na altura dos ombros. Ela abre um sorriso trêmulo, e obviamente está muito preocupada com os filhos.

Também estou, e mal conheço Anders, muito menos Jonas. Tento me distrair do que está acontecendo ao dar uma olhada ao redor.

Estamos em um bunker subterrâneo de cerca de três por três metros e meio. As paredes, o piso e o teto são de concreto aparente. Há um sofá roxo de dois lugares, puído e desbotado, encostado contra uma parede, e algumas caixas de armazenamento alinhadas à outra. Também tem uma cômoda à direita da porta.

Peggy acende uma luz, que revela um segundo quarto menor nos fundos.

— Isto sim é um abrigo contra tempestades — diz Sheryl, maravilhada.

Uma vez, ela me contou do abrigo minúsculo e escuro da família, em Oklahoma. Não tinha eletricidade e inundava. Um dia, quando o pai e a irmã mais velha drenaram a água da enchente, encontraram uma cobra lá dentro.

— Nossa família está aqui há muito tempo — responde Peggy, em um tom autoexplicado, então tira um rádio de um dos recipientes de armazenamento e o liga. — Já tivemos nossa cota de tempestades e tempo para tornar o lugar mais confortável, ao longo dos anos. Os meninos costumavam brincar aqui. — Ela fica pálida, como se lembrasse que os dois ainda estão do lado de fora. — Você gostaria de um pouco d'água? — pergunta, com a voz fraca, pegando algumas garrafas e as entregando para Sheryl e para mim.

Ela acena em direção ao segundo quarto. Há quatro cadeiras de madeira e uma mesinha sobre a qual se vê uma pilha de jogos de tabuleiro meio detonados, com as imagens desbotadas e arranhadas e o papelão desgastado nas bordas.

Meu pai continua com Patrik, perto da porta. Patrik está resmungando uma resposta a algo que meu pai disse, mas imagino que ele não seja muito falador.

— Alguma vez um tornado passou direto pela fazenda? — pergunto, tensa, ao abrir minha garrafa.

O abrigo parece bastante robusto e seguro, e com certeza foi construído longe de outras estruturas para evitar que possíveis escombros o soterrassem. Deve ser esse o motivo para o ângulo da porta: qualquer detrito que a atinja vai ter maior probabilidade de simplesmente deslizar.

Mas e se a porta for arrancada? E se formos todos sugados para o olho da tempestade?

Não acredito que Anders e Jonas ainda estejam por aí.

— Uma vez, um abriu caminho pelos campos — responde Peggy, puxando cadeiras da mesa.

Sheryl reconhece o gesto e se senta. Permaneço de pé, muito inquieta para ficar parada.

— Não foi um bom ano para nós. Mas a casa resistiu. Espero que a sorte dos Fredrickson continue.

De repente, ouço batidas na porta de metal e me viro naquela direção. Patrik sobe as escadas com uma agilidade surpreendente e destranca as travas depressa para abrir a porta. O céu está com um aspecto sujo, cheio de detritos voadores. O rosto de Jonas aparece.

— Anda, filho! — grita Patrik, arrastando-o para dentro.

Atrás, vejo Anders, e uma onda de alívio me inunda quando ele segue o irmão para dentro e fecha a porta, selando o vento sibilante.

Jonas parece ainda mais alto e forte no espaço pequeno. Está encharcado, e a camiseta molhada gruda na pele, enfatizando todos seus ângulos e curvas.

— O que você estava pensando, cacete? — grita Patrik, de repente, e eu me assusto.

Anders ainda está no topo da escada, deslizando as travas no lugar.

— *Onde* você estava? — Patrik continua a censurar o filho mais velho. — Não posso permitir que desapareça o tempo todo, garoto!

Garoto? Ele tem, tipo, trinta e sete anos! E lá se vai minha suposição de que Patrik não é muito de falar. Pode estar velho, mas ainda é o patriarca da família.

Meu pai dá um pulo no outro cômodo. Apreensiva, eu me demoro junto ao arco da porta.

— Estamos aqui agora, pai — responde Jonas, em um tom mordaz.

Se foi um aviso, Patrik entendeu, porque se afasta e passa por mim para se sentar à mesa, mal-humorado. Anders desce os degraus e vai em direção à cômoda, tirando o capuz e abrindo o zíper do casaco molhado. Ele o joga em um gancho na parede, onde fica pendurado.

— Ah — diz Jonas, reparando em mim. — Oi. — Ele soa um pouco surpreso.

— Oi. Sou a Wren.

— Oi, Wren.

Anders espia por cima do ombro e me imobiliza com um olhar intenso. Paro de respirar. Para minha frustração, seu rosto tem estado envolto nas sombras desde que o vi no bar, mas agora percebo que minha memória não fez jus à verdade. Ele é ainda mais excruciantemente lindo do que eu lembrava, alto e forte, com cabelo loiro-escuro jogado ao acaso para longe do rosto. Mas agora as sobrancelhas desenhadas estão franzidas em uma expressão sinistra, o maxilar rígido de tensão.

Sinto como se todo o ar tivesse sido sugado para fora da sala pela tempestade quando ele abre a gaveta e pega uma toalha para depois se virar o tronco e arremessá-la no irmão. Então ele se apoia contra a cômoda, os ombros subindo e descendo com a respiração profunda.

Aquele não é o mesmo homem que conheci na noite anterior. Está completamente sóbrio e furioso.

Jonas, que pegou a toalha com uma das mãos, não parece afetado pelo humor do irmão ao secar o cabelo escuro e desgrenhado e cair no sofá, levantando uma nuvem de poeira.

Anders se vira, passa pelo irmão e vai até o canto da sala, perto de onde estou. Não parece ligar para minha presença nem dá qualquer indicação de que está feliz por me ver de novo; muito pelo contrário. Desliza as costas pela parede até que esteja sentado com as pernas dobradas e os pulsos apoiados nos joelhos. A cabeça cai para trás contra a parede de concreto e os olhos se fixam à frente. Mesmo desse ângulo, consigo ver a sombra do maxilar, que se tensiona e relaxa. Então percebo que talvez tenha entendido errado: talvez ele não esteja com raiva, esteja chateado.

Meu pai e os outros à mesa começam a conversar, em tom baixo e hesitante a princípio, depois gradualmente em um volume mais normal. Sheryl examina os jogos de tabuleiro, dizendo em voz alta alguns que não via desde criança. Ela abre caixas e pega fichas, que passa para meu pai. Peggy faz um ou outro comentário ocasional, e Patrik solta uma ou duas palavras, mas suas vozes soam tensas.

Jonas, no sofá, mudou de posição, a cabeça agora apoiada no encosto. Cruzou os braços sobre os olhos, um movimento que fez seus bíceps se contraírem e o peito esticar a camiseta molhada. Dá para entender porque as mulheres se sentem atraídas por ele — aos montes, pelo que Bailey e Casey disseram, mas eu, particularmente, não gosto.

Eu sabia que, quando estivesse sóbria, conseguiria pensar direito. Há algo em Jonas um pouco cru e masculino demais para o meu gosto.

Com atraso, me ocorre que sou a única ainda de pé.

Meu pai não pergunta se estou bem. Se minha mãe estivesse ali, não sei se o faria. Uma vez, Scott especulou que a falta de preocupação de meus pais — que é a impressão que passam — na verdade não é porque *não* se *importam*, mas porque têm certeza de que estou bem. Eles me veem como uma pessoa capaz e competente, do tipo que se vira sozinha. Não sentem a necessidade de verificar como estou a cada segundo.

Meu pai é diferente com Bailey. Sempre foi. Mas não porque ela seja *menos* capaz e competente, apesar de que é.

Talvez seja porque ela aceita mais a ajuda dele. Recebe bem o cuidado e a atenção. Talvez isso a torne mais fácil de amar.

Sou mais fechada que Bailey. Precisei ser assim para me proteger.

De repente, sinto uma pontada de saudade de Scott. Se ele estivesse aqui, quebraria o gelo… ele é bom em conversar com estranhos, melhor que eu.

Olho para o espaço no sofá ao lado de Jonas, bastante interessada em me sentar. Parece confortável, mesmo que um pouco empoeirado, o que não faz diferença, afinal estou imunda. Estico uma das pernas e a viro de um lado para o outro, inspecionando as manchas de lama que cobrem a pele.

A cabeça de Anders se inclina na minha direção ou, pelo menos, das minhas pernas. Fico nervosa. Ele solta um suspiro silencioso e desvia o olhar, esfregando a mão sobre o queixo. Quando ele volta a apoiar a mão no joelho, a tensão nos seus ombros parece ter diminuído um pouco.

Num impulso, passo por ele e me sento no contêiner de armazenamento mais próximo.

— O que você não faz para me colocar na garupa de sua moto, hein? — digo baixinho, em um tom seca.

Ele bufa uma risada e me lança um olhar de esguelha, os lábios curvados em um sorriso torto. O nó no meu estômago se aperta, toda minha pele arrepia. Percebo que os olhos dele são verdes: o verde fresco e cristalino de um lago na montanha. Mas há um toque de mistério, algo estranho e fora do lugar. Antes que eu possa olhar com mais atenção, o lampejo de cor desaparece.

Ele está vestindo outra camisa xadrez, aberta sobre uma camiseta branca. É semelhante em estilo ao que usava na véspera, com tons escuros dominantes, mas detalhes em cinza-claro, e não mostarda.

— Tem alguma coisa na minha camisa? — pergunta ele, levantando o braço para inspecionar o cotovelo.

Fico vermelha em um piscar de olhos.

— Não. Eu gosto dela. — O calor no meu rosto se intensifica com a confissão. — Gosto dos detalhes — acrescento, de modo estúpido. Consigo me segurar para não dar maiores explicações, mas é que detalhes são tudo no meu ramo profissional.

Do lado oposto, Jonas levanta os braços e nos espreita da sombra.

— Gosto da sua camisa também — fala devagar para Anders. — Parece linda, quente e seca.

Anders o encara, nada impressionado, então se levanta, tirando a camisa de cima, que joga no peito do irmão, mas com muito menos agressividade que antes.

— Toma, seu bebezão.

Ele passa por mim para pegar uma garrafa d'água, e eu travo com sua proximidade. Seus braços têm um tom marrom-dourado e são musculosos.

— Ora ora, obrigado — responde Jonas, com um sorriso malicioso, levantando-se preguiçosamente enquanto Anders volta a se sentar. Ele tira a camiseta vermelha encharcada pela cabeça, as mãos batendo no teto durante o movimento.

Não me sinto particularmente atraída por corpos esculpidos em excesso, mas ninguém vai acreditar nisso se me pegarem encarando, então desvio o olhar *de imediato.*

Há uma mancha úmida na almofada onde ele estava sentado com o jeans molhado. Peggy percebe assim que entra no quarto.

— Por que você não colocou uma toalha por baixo? — pergunta ela a Jonas, em um tom lacônico.

— Você sempre cagou para a porra do sofá — argumenta o filho, e termina de abotoar a camisa.

— Olha a língua! Temos convidados — acrescenta ela, de modo incisivo, olhando para mim.

— Sim, bem-vinda a nossa humilde residência — ironiza Jonas, falando devagar, então se senta na toalha que a mãe estendeu sobre o sofá. A camisa do irmão aperta seu peito. — Gostou da reforma?

A maioria das pessoas odiaria o abrigo. Mas, como alguém que acha que o Southbank Centre é uma obra-prima arquitetônica, não me oponho a um pouco de concreto bruto.

— Tem um certo apelo — respondo, fria, ao passar a mão pela superfície lisa da parede. — Sou uma grande fã do movimento brutalista.

Não estou falando sério — quer dizer, até que gosto de arquitetura brutalista, mas não admitiria naquele contexto —, por isso fico surpresa quando Anders solta uma risada.

Lanço um olhar na direção dele, tentando, e conseguindo, flagrar o sorriso. Seus dentes são imperfeitos de um modo charmoso, limpos e brancos, mas não alinhados.

Scott tinha muito pouco interesse em arte e arquitetura. Ainda lembro de sugerir uma visita ao Tate Modern na manhã seguinte a nossa primeira noite juntos; ele fez uma careta e reservou ingressos para a London Eye.

Anders abre a garrafa d'água e bebe com um sorriso pairando no canto dos lábios. Preciso me esforçar para desviar a atenção. Peggy se senta ao lado de Jonas.

— Tudo bem por aqui? — pergunta ela, com cautela, e tenho uma sensação engraçada de que estava esperando o ar desanuviar antes de se aventurar na sala.

— Tudo bem, mãe — responde Jonas.

Ela estende a mão e dá um tapinha no joelho do filho, há algo de reconfortante no gesto. Sei que estava preocupada mais cedo, mas será que ainda está? É óbvio que sim. *Todo mundo* deve estar preocupado. A fazenda é o sustento deles… Com um tornado lá fora destruindo o lugar, o que vai ser da família?

— Wren é arquiteta — explica Peggy aos filhos, acenando com a cabeça para mim, e percebo sua tentativa de afastar nossa mente do que está acontecendo acima da nossa cabeça.

— É mesmo? — Anders soa inocente ao me lançar um olhar de esguelha malicioso. Ele faz uma cara de surpresa, como se aceitasse os esforços da mãe para aliviar a tensão.

— Vocês dois já se conhecem? — pergunta Jonas, desconfiado.

— Dei uma carona para Wren até aqui — responde Anders, esticando as pernas compridas à frente e as cruzando nos tornozelos.

— E tiveram tempo para conversar? — pressiona Jonas, sem acreditar.

É óbvio que conhece o irmão bem o bastante para saber quando está sendo feito de idiota.

— Nos esbarramos ontem à noite, quando eu estava voltando para casa — revelo, abrindo o jogo. — Cortei caminho por um dos campos de vocês.

— Me deu um susto do caralho. Foi tipo *Colheita maldita* — resmunga Anders.

Solto uma gargalhada.

— O que você estava fazendo atravessando os campos? — pergunta Jonas, com um sorriso, intrigado.

— Não sabia que estava invadindo. Desculpe.

Ele dispensa meu pedido de desculpas com um aceno de mão.

— É só que as pessoas que atravessam os campos por estas bandas ou são os proprietários, ou estão fugindo de penitenciárias.

Todo mundo cai na risada.

— Não vou fazer de novo — prometo.

— Você pode andar por onde quiser — diz Peggy, com firmeza. — Não pode? — pergunta ela a Jonas, não a Anders.

— Tudo bem por mim — responde Jonas.

Anders se levanta e pega o rádio ao meu lado, abaixando o volume e virando o ouvido para a porta.

— Como estão as coisas lá em cima? — pergunta Peggy.

— Acho que a sirene parou. — Ele coloca o rádio no lugar e sobe as escadas. — O vento também diminuiu. — Anders destranca a porta e a abre. Eu me sento mais ereta. — Acho que estamos bem — diz ele, então escancara a porta e sai.

Jonas se curva e junta as mãos entre os joelhos, sem nenhum sinal do sorriso de há pouco. Peggy diz algo a ele baixinho, com uma expressão impaciente, enquanto os outros ao redor da mesa se levantam. Peggy e Jonas não dão sinal de que pretendem nos acompanhar, então sou a próxima a subir as escadas, depois de Anders.

— A casa ainda está lá — constato, aliviada.

Anders assente, sério, virando-se para examinar o telhado do celeiro. Parece intacto daquele ângulo. Há restos de árvores espalhados ao redor, mas são o único indício de ventos fortes. Se um tornado tocou o solo, não parece ter passado por ali.

Em seguida, Patrik emerge do abrigo, a expressão sombria.

— Vou verificar se houve algum dano — diz Anders ao pai, que responde com um abrupto gesto de cabeça.

— Quer uma carona para casa antes? — pergunta Anders, olhando para mim.

Meu coração dispara quando percebo que o estranho lampejo de cor que vislumbrei mais cedo é um sinal no seu olho direito: uma pequena mancha marrom-alaranjada, no canto inferior esquerdo da íris.

— Ou você pode andar — acrescenta ele, coçando a sobrancelha.

Recobro os sentidos, percebendo que demorei muito para aceitar.

— É, você não vai me colocar tão cedo nessa coisa de novo.

Seus lábios se curvam em um sorriso.

— Tudo bem, então, Wren. Acho que vejo você por aí.

Minha atenção é desviada pela saída de meu pai e Sheryl do abrigo, que expressam em voz alta seu alívio por estarem de novo ao ar livre. Quando volto o olhar para Anders, ele já está indo embora. A visão tem um modo misterioso de desatar o nó no meu estômago.

Capítulo Seis

No dia seguinte, meu pai, Sheryl e eu colocamos a capa de chuva para nos aventurar pelos pomares e ver quantas frutas caídas ainda poderiam ser salvas. Sheryl quer fazer purê de pêssego para bellinis, um drinque que experimentou pela primeira vez no Harry's Bar, em Veneza, dez anos atrás. O dono do bar inventara o coquetel, e Sheryl está ansiosa para ver se consegue recriá-lo.

Já estou curada da ressaca, então comprei a ideia de imediato.

— Será que Anders já está voltando para Indy? — pergunta meu pai, virando um pêssego na mão e o examinando em busca de machucados.

Tenho me perguntado o mesmo. E percebo a dificuldade para tirar da cabeça a intrigante família Fredrickson, em especial Anders, com aqueles olhos verdes bizarros. O fim abrupto do nosso último encontro ainda mexe comigo.

— Vocês vão ter a chance de conversar na próxima vez que ele estiver na cidade — responde Sheryl, impaciente, e se abaixa para pegar dois pêssegos da grama.

Não é a primeira vez que meu pai expressa decepção pelo fato de a tempestade ter atrapalhado seus planos de convidar a família para alguns drinques. Quando estávamos saindo, ele chamou Peggy, mas, lamentavelmente, ela recusou, dizendo que estariam muito ocupados com a limpeza. Nós nos oferecemos para colaborar, mas ela dispensou nossa ajuda. Tenho a impressão de que estava ansiosa para que os deixássemos em paz.

Pelo jeito, o tornado tocou o solo alguns quilômetros ao sul, abrindo caminho através de uma floresta e algumas plantações. Felizmente, ninguém morreu, e nenhuma casa ou fazenda foi destruída. Apesar disso, a tempestade causou alguns danos menores às propriedades, e vimos muitos detritos espalhados no caminho de volta para a casa de meu pai e Sheryl.

Sheryl me disse que acontecem cerca de vinte tornados por ano em Indiana, sobretudo nos meses de primavera e verão.

Estou pensando... da próxima vez, talvez seja melhor visitá-los no auge do inverno.

— Com certeza todo mundo estava muito tenso naquele abrigo — continua meu pai. — Não me senti bem para puxar conversa com Anders sobre automobilismo, embora tenha ficado tentado.

— Você acha que ele voltou para casa por causa do acidente de Patrik? — pergunto, lembrando que meu pai disse que Anders normalmente não visitava os pais durante a temporada de corridas.

— Talvez. Fico pensando no jeito que Patrik repreendeu o Jonas. Não imaginava que ele fosse tão bravo.

— Ah, eu imaginava — argumenta Sheryl, irreverente. — Não se deixe enganar pela idade. Aquele homem é alguém a ser respeitado.

O que Patrik gritou? *Não posso permitir que desapareça o tempo todo, garoto!* Havia algo em Jonas que parecia meio... *aéreo*. Por que Anders sentiu a *necessidade* de procurar o irmão? E por que estava tão chateado quando chegou ao abrigo?

Jonas ficou sentado naquele sofá por muito tempo, o rosto enterrado nos braços, e mal disse duas palavras antes de sair do abrigo e atravessar o pátio da fazenda.

Ao ver um pêssego particularmente suculento em um galho acima da minha cabeça, estendo a mão para arrancá-lo. Mas tenho de puxar com mais força do que imaginei, e meu esforço provoca uma cascata de gotas de chuva. A água escorre para dentro do meu casaco, e estremeço.

— Ainda não está maduro, Wren. Verifique os que estão no chão — avisa Sheryl.

Discretamente, reviro os olhos diante do comentário prepotente. Ela emite um "ai" e se endireita, alongando as costas.

— Deixa... A gente continua, já que suas costas estão incomodando — digo, ciente de que a sugestão provavelmente iria irritá-la, mas sem conseguir ficar calada.

— Não seja ridícula. Eu estou bem.

Com uma careta previsível, Sheryl faz um gesto para que eu me afaste e se curva para pegar outro pêssego.

Estou na extremidade do pomar, perto do celeiro, quando noto uma lona suja cobrindo algo volumoso. O vento bate, e um canto se levanta para revelar um lampejo de prata clara.

— O que é aquilo? — pergunto ao meu pai.

— Um trailer. Veio com a fazenda — responde ele.

— Não é um Airstream, né?

É o tom certo de alumínio e parece ter a forma certa.

— Acho que é. Não tive muito tempo para investigar.

Sinto uma onda de empolgação.

— Posso?

— Lógico. — Ele assente, de modo encorajador. — Sabe alguma coisa sobre trailers?

— Um pouco. São um clássico do design. Sempre quis ter um.

— Não sei em que condições está, mas fique à vontade.

Solto uma risada.

— Quem me dera levar este aqui comigo para o Reino Unido.

— Você pode usá-lo quando vier me visitar. Para explorar os Estados Unidos ou algo assim. Você não dizia que queria fazer isso?

— Gostaria *mesmo* de fazer algo assim um dia — confesso. Na verdade, era algo que Scott e eu planejávamos fazer juntos.

Meu pai e Sheryl voltam para casa, e eu fico para dar uma olhada.

O ar está carregado de umidade e as árvores ainda pingam com a chuva anterior, então evito pisar em galhos ao me encaminhar até o trailer coberto de lona. É menor do que eu pensei de primeira, cercado pelo que parece ser um monte de velharias: caixotes de madeira e paletes, além de um apanhado de máquinas agrícolas antigas e enferrujadas. É mais fácil acessar o canto onde a lona foi erguida pelo vento, então afasto algumas caixas para levantar o plástico.

Uau. É definitivamente um Airstream: dá para ver pelo emblema retangular de prata, impresso em maiúsculas desbotadas. Eu me pergunto quantos anos tem. Parece vintage, mas não posso ter certeza até dar uma boa olhada.

Continuo movendo caixotes, paletes e outros pedaços de lixo até conseguir ver o ponto onde a lona foi presa ao veículo. A sujeira deixa a corda escorregadia e, quando enfim consigo soltá-la, minhas unhas estão cobertas com uma gosma verde e preta. Repito o processo do outro lado do trailer, depois tiro um lenço do bolso do vestido chemise e limpo a ponta dos dedos. Há mais paletes encostados na lateral do veículo, então eu os afasto um por um, e em seguida espreito sob a lona, torcendo para estar do lado da porta. E estou. À minha frente, em um emblema à direita, escrito em letra cursiva prateada, o nome do modelo: Bambi.

Meu coração pula de emoção. Já ouvi falar desse modelo. Acho que a Airstream ainda fabrica uma versão moderna, mas o que tenho diante de mim é definitivamente vintage. Tiro o celular do bolso, faço uma pesquisa rápida no Google e descubro que a Airstream lançou o modelo Bambi em 1961. Com quase cinco metros, é um dos menores já produzidos, mas o tamanho deve se referir ao comprimento total, incluindo o engate, porque o corpo real é compacto.

Guardo o telefone no bolso, então puxo a lona, que sinto ceder um pouco. Verifico se não há mais nada encostado no trailer, volto para a lateral e puxo com mais força. Lentamente, a lona cai para o meu lado, lançando uma enxurrada de água suja. Acabo toda respingada, mas agora já estou ansiosa demais para desistir, afinal o vestido vai para a máquina de lavar mais tarde mesmo.

O Bambi é pequeno e com linhas perfeitas, embora o brilho alumínio-prateado tenha sido atenuado pela poeira e pelo tempo. Tem um único eixo, portanto, a extremidade repousa sobre um suporte preso ao engate. Dois tanques de propano enferrujados estão localizados junto à munheca de reboque, na frente do estepe. Há uma grande janela retangular desse lado, e, quando fico na ponta dos pés e espio lá dentro, consigo distinguir mais duas grandes janelas retangulares na lateral junto à parede preta do celeiro.

Parada ali, em contemplação, tento assimilar tudo. O Bambi tem lanternas em formato de lágrima e calotas prateadas abobadadas. A porta é arqueada e se curva para dentro, a fim de seguir a linha arredondada do corpo. Acima, há um pequeno toldo em arco para impedir que a chuva escorra pelas laterais e molhe o interior. Todo o trabalho em metal está um pouco batido e amassado, mas a beleza do conjunto é inegável. O Bambi é uma obra de arte.

Avanço e tento abrir a porta, que nem se move. Droga.

Volto para casa a fim de perguntar a meu pai se ele sabe onde pode estar a chave, e o encontro deitado no sofá, assistindo à TV.

— Dá uma olhada na gaveta da escrivaninha, no escritório — responde, distraído.

O escritório é um pequeno cômodo contíguo à cozinha, e a escrivaninha tem seis gavetas no total... três de cada lado. Começo com a do canto superior esquerdo, vasculhando entre papéis de carta e várias miudezas, até chegar à gaveta mais ao fundo. Não encontro nenhuma chave, mas um cheiro antigo e familiar paira no ar, e hesito por um momento, olhando para o álbum de fotos.

É um pouco mais largo que um A4, marrom com detalhes dourados. Minha mãe e eu temos um idêntico em casa, com minhas fotos de bebê e criança, até mais ou menos meus três anos. Tem até o mesmo cheiro. Sempre me perguntei se era o cheiro de nossa casa em Phoenix.

Com cuidado, levanto o álbum e o abro. Há uma frágil folha de papel vegetal na frente, em seguida, na caligrafia da minha mãe, as palavras: *Família Elmont*.

As mesmas palavras aparecem no álbum que temos na minha casa, embora aquele abarque um período de três anos. Neste, há apenas um ano listado, o ano em que fiz quatro. Há um traço ao lado da data, como se o álbum nunca tivesse sido terminado, e quando o folheio até o fim, vejo que as últimas seis páginas estão vazias.

Voltando para a frente, estudo as duas primeiras fotos, presas atrás do filme amarelado. Na de cima, apareço com um traje de banho verde-limão, de pé no gramado de nossa antiga casa, em Phoenix. O aspersor está ligado e eu, rindo de braços abertos, a água pingando do queixo enquanto sou atingida pelo spray.

Atrás de mim, estão os três cactos gordos de que me lembro tão vividamente, e, ao longe, a montanha Camelback se ergue sobre os telhados marrons dos bangalôs do outro lado da rua. O céu exibe um tom de azul pálido, e minha sombra se projeta sobre a grama verde desbotada.

Abaixo dessa fotografia está uma da nossa casa, atarracada e creme, com telhas vermelhas e toldo da mesma cor acima das janelas. Tem um arco que leva a um alpendre e à porta da frente. O gramado abrange toda a largura da construção, delimitado por um canteiro de cascalho que abriga os cactos e vários outros arbustos. As pedras brancas no canteiro eram muito afiadas para se pisar, mas todos os outros lotes do bairro as usavam no lugar de um gramado.

Minha mãe uma vez me disse que éramos a única família na área que tinha grama — ela queria uma lembrança da Inglaterra —, e todas as noites os aspersores entravam em ação para manter a folhagem viva. Aproveitei ao máximo aquelas chuveiradas ao ar livre.

Eu me lembro da sensação da grama sob meus pés, áspera e espinhosa, ao contrário dos gramados ingleses macios e exuberantes e da grama plantada em frente à atual casa do meu pai.

Viro a página e encontro uma foto minha e do meu pai na praia artificial urbana, em Phoenix. Ele está ao meu lado, em um calção de banho laranja, o corpo bronzeado de sol, e as mechas molhadas do cabelo comprido grudadas nas bochechas. Há uma fileira de rochas falsas se projetando da pálida nuvem de água azul-clara atrás de nós, o que lembra as costas espinhosas de um estegossauro. Além, há uma grande lagoa pontilhada de pessoas flutuando em boias.

Ainda mais adiante, se vê uma praia de areia branca e uma fileira de palmeiras altas e esguias. Toda a cena é dolorosamente familiar.

Outra foto me mostra empoleirada num muro de pedra, em um vestido vermelho, as camadas de laranja e amarelo do Grand Canyon atrás de mim. Em outra, estou sentada nos ombros do meu pai, ao lado de uma árvore-de-josué com galhos retorcidos, e em outra, parada na frente de um cacto gigante, do lado de fora de um restaurante, em Rawhide. Eu me lembro dos castiçais coloridos e vibrantes sobre as mesas de madeira ao ar livre.

Pelo menos, acho que lembro. Não tenho certeza se estou revivendo memórias ou se simplesmente vi aquelas fotos antes.

Tivemos *mesmo* alguns bons momentos em família, não é? Como tudo deu errado? O que havia em Sheryl que meu pai não podia ficar sem? Ela é tão diferente da minha mãe. Minha mãe não é ambiciosa nem particularmente instruída, mas é calorosa e acessível. Amorosa. Por que ela não foi suficiente para meu pai?

Aquelas fotografias mostram muitos dos nossos momentos felizes. Será que houve muitos momentos ruins dos quais não me lembro?

Talvez meus pais simplesmente não fossem uma boa combinação. Mas, em teoria, os dois — um zelador e uma catadora de frutas — faziam mais sentido que um zelador e uma professora universitária.

Por algum motivo, penso em Scott e Nadine.

— Achou? — pergunta meu pai da porta, e eu me assusto.

Fecho o álbum depressa por reflexo.

Ele sorri e assente, ignorando, ou não percebendo, minha expressão de culpa por ter sido flagrada bisbilhotando.

— Achei isso em uma caixa quando estávamos empacotando a mudança de Bloomington.

— Minha mãe tem um idêntico, só que com fotos dos anos anteriores.

— Ela queria ficar com esse também, mas bati o pé.

— Por quê?

Ele acabou de me confessar que o encontrou em uma caixa, então não devia se importar muito com as fotos.

— Sua mãe tinha os negativos. Ela queria imprimir outras cópias, mas acho que nunca fez isso.

— Não que eu saiba — respondo baixinho.

— Nunca teve tempo.

Talvez fosse uma tarefa muito dolorosa, lembrar aquela época, logo antes de você nos abandonar.

Não expresso meus pensamentos em voz alta. Acho que nunca vou conseguir entender a rejeição do meu pai, e não temos o tipo de relacionamento em que conversamos abertamente. Eu era muito mais vocal quando adolescente, muito mais disposta a me pronunciar se achasse uma situação injusta. Havia me recuperado da miríade de pequenas rejeições que enfrentara sempre que os visitava, desde Sheryl brigando comigo por causa de algo pequeno, até meu pai se recusando a castigar Bailey por agir como uma pirralha mimada.

Mas faz tempo que desisti de lutar pelo tempo e pela atenção do meu pai. Hoje em dia, prefiro aceitar a situação como é: Sheryl e Bailey como as prioridades e eu, mais abaixo na lista.

Sou mais forte do que era, não porque luto, mas porque não o faço. É o modo como lido com a vida, o modo como me certifico de que as coisas não me magoem tanto quanto antes.

O que não quer dizer que não me magoem em algum grau.

— Posso levá-lo lá para cima comigo? — pergunto ao meu pai.

— Com certeza. Você encontrou a chave do trailer?

— Ainda não.

— Olha na gaveta do meio à direita.

Abro a gaveta e encontro um monte de chaves. Eu não saberia por onde começar, mas, felizmente, meu pai me socorre. Vasculha tudo, descartando um e outro molho, até finalmente separar um chaveiro de aparência frágil, com duas pequenas chaves prateadas.

— Acho que são estas.

Ele as entrega.

— Obrigada.

Primeiro levo o álbum de fotos para o quarto e, cuidadosamente, o coloco na mesinha de cabeceira, descansando a mão sobre a capa, como se fosse algo precioso, uma coisa viva.

Preciso segurar as lágrimas para retornar ao andar de baixo.

Capítulo Sete

— Wren!

Sheryl está me chamando.

Desço do Bambi e respiro, agradecida, o ar fresco.

É como chamo o Airstream agora. O modelo já tem um nome tão fofo, nem preciso dar um apelido.

— Você poderia levar isso para os Fredrickson? — pergunta Sheryl, quando apareço ao lado do celeiro. Está segurando uma garrafa do que parece ser espumante e um pote de purê de pêssegos que preparou mais cedo.

— Presente de agradecimento? — pergunto ao me aproximar.

— É.

— Será que ponho outra roupa primeiro? — Estudo meu vestido chemise cinza coberto de sujeira.

Ela balança a cabeça, com descaso.

— Eles são fazendeiros. Nem vão notar.

— Isso é um pouco pedante.

— Só quero dizer que estão acostumados a sujar as mãos. É algo bom — diz ela, ríspida.

Se você está dizendo…

Pego a garrafa e o pote. Lembro que Anders provavelmente já está voltando para Indianápolis.

Não que eu me importe com o que ele pensa da minha aparência, minto para mim mesma.

* * *

Quando abri a porta do Airstream, eu estava nas nuvens, mas logo voltei à terra com um baque. *Fede* a mofo e umidade. Os antigos donos colocaram um tapete que agora está salpicado de preto e enrolado nas bordas. Quando levantei um dos cantos, encontrei ladrilhos podres por baixo. As luminárias e os acessórios originais permanecem, mas estão em mau estado. Traças comeram as cortinas, ratos roeram as almofadas amarelas desbotadas do banco e alguma coisa tem corroído a madeira.

Estou arrasada. É um trabalho de restauração muito grande para dar conta no pouco tempo que vou ficar, mas ainda não tomei coragem para voltar a cobrir o trailer com a lona.

Uma das coisas legais sobre o Bambi é a porta dentro da porta; há uma porta externa de metal sólido, e uma malha interna para impedir a entrada de coisas nojentas e rastejantes. Deixo a externa aberta para arejar.

A fazenda Fredrickson fica a cerca de oitocentos metros de distância, separada da propriedade do meu pai e de Sheryl por um canteiro de abóboras e um campo. O celeiro vermelho enorme aparece a distância primeiro, mesmo que a sede da fazenda fique mais perto, mas a casa se esconde atrás dos pés de milho altos que me acompanham.

O celeiro é uma peça impressionante de arquitetura histórica, pintado de vermelho-escuro e construído quase por completo em madeira, com telhado de mansarda. Acho que se chamam de "telhados de mansarda holandeses" ou "telhados gambrel" nesta região — são simétricos na forma, com duas inclinações em cada lado do telhado para dar maior altura e espaço de armazenamento.

No fim do milharal, fica a trilha estreita pela qual Anders dirigiu para chegar ao abrigo contra tempestades, na véspera. O caminho se estende até uma cerca branca que também corre ao lado da pista principal. Atrás dessa cerca fica um gramado e a casa da fazenda.

No dia anterior, notei que a casa espelha o desenho do celeiro, mas só agora tenho tempo para apreciar o detalhe. É vermelha, como o celeiro, mas muito menor e mais ornamental, com as janelas de molduras brancas quebrando a fachada de tábuas e uma mansarda central construída no telhado de terracota. As janelas são retangulares e simétricas, mas abaixo da linha do teto, nas laterais e no topo do sótão, há pequenas janelas triangulares.

Depois que destranco o portão e começo a atravessar o caminho do jardim, percebo que há uma BMW cinza-escuro com o porta-malas aberto estacionado na entrada, à esquerda. Subindo os três degraus até a porta principal, estendo a mão para a campainha, mas hesito ao som de vozes alteradas, que vêm da lateral da casa.

— Você está sendo um idiota! — exclama Patrik, e uma porta lateral da casa se abre e se fecha, com um estrondo. — Existem um milhão de jeitos de se matar em uma fazenda!

— Ahã, é. Esta é a mais fácil — argumenta Anders, surgindo no meu campo de visão.

— Faça o que quiser, então. — Ouço Patrik ladrar, então a porta lateral bate novamente, e o som faz Anders se retrair.

Ele balança a cabeça, resignado, e coloca três longos rifles, ou espingardas — não sei, mas são armas — na mala e a fecha. Até que me vê na varanda e congela.

— Eu trouxe isso para os seus pais.

Ergo a garrafa e o pote, atordoada.

— Mãe! A Wren está aqui! — grita ele.

Ouço passos se aproximando, então Peggy abre a porta com um sorriso um pouco desvairado no rosto.

— Olá, Wren! — Seu tom está impregnado de cordialidade, mas ela parece tensa.

— Oi! Vim trazer isso para vocês. A Sheryl e o meu pai mandaram. E eu! — Passo a ela o purê de pêssego. — Não sei se você gosta de bellini, mas adicionar purê de pêssego a um espumante faz um coquetel delicioso. O ideal seria usar prosecco, mas não sei se vendem na cidade. Esta era a única garrafa que tínhamos na despensa. Só um pequeno presente de agradecimento por ter nos salvado ontem.

Eu não paro de tagarelar.

— Bom, vocês não precisavam ser salvos, como se viu. O tornado nem chegou perto.

Eu rio, nervosa.

— Podíamos não ter tido tanta sorte.

Olho para a esquerda. Anders ainda está de pé ali, nos observando.

— Enfim, obrigada de novo! — agradeço, com alegria exagerada. — Melhor eu ir, para chegar em casa a tempo do jantar!

Desço correndo os degraus e sigo o caminho do jardim.

— Anders poderia te dar uma carona? — grita Peggy, atrás de mim. — Ele está de saída.

— Não, não, está tudo bem! Eu gosto de caminhar — respondo, apressada.

Olho para trás a tempo de vê-lo passar a mão pelo cabelo e me encarar com uma expressão desconcertante.

Eu me viro e saio pelo portão.

Não sei por que reagi assim. Foi por vê-lo com todas aquelas armas? Ou foi por vê-lo, *ponto-final*?

Toda vez que nos despedimos — ou, mais precisamente, *não* nos despedimos —, acho que vai ser a última vez, mas aí ele reaparece, só para me deixar de novo toda agitada e perturbada.

Só me afastei alguns metros quando ouço um carro se aproximando por trás. Começa a me ultrapassar, então desacelera.

— Você está bem? — pergunta Anders.

Quase morro do coração com a inesperada proximidade da voz dele. Esqueci completamente que o motorista fica no assento à esquerda nos Estados Unidos... estava esperando que ele me chamasse do outro lado do carro.

— Você parece *tensa* — comenta ele, bem ao meu lado.

— Você acha? — respondo, sarcástica, encarando-o, mas desvio o olhar de imediato. Melhor prestar atenção por onde ando.

— Sabe, você está começando a me deixar complexado. — Ele levanta o braço esquerdo e cheira a axila, então descansa o cotovelo na moldura da janela.

Estreitando os olhos, pergunto sem rodeios:

— Por que você tem todas essas armas?

Ele coça o queixo e olha para a estrada.

— Os agricultores têm armas. — Ele parece resignado. — As *pessoas* têm armas.

— Sei que têm, mas por que você tem tantas no porta-malas do carro?

— Vou levar para casa comigo.

— Para Indianápolis?

— É.

— Por quê?

— Porque estou… — Ele começa, como se fosse me contar, mas sua explicação é interrompida. — É complicado.

— Está preocupado com Jonas?

O carro para, mas leva um momento até meu cérebro acompanhar, então tenho que recuar alguns passos.

— Por que você diz isso?

Ele parece hiperalerta ao me encarar através da janela aberta, e me sinto trêmula ao sustentar seu olhar, percebendo mais uma vez aquela estranha mancha marrom-alaranjada na sua íris. Não, *âmbar*.

— É só um pressentimento que tive — digo, apressada. — Sua mãe parecia preocupada com seu irmão durante a tempestade, e seu pai ficou muito chateado quando ele desapareceu. Dá para entender, considerando o que estava acontecendo, mas não pude deixar de me perguntar se estava tudo bem.

Ele suspira.

— Meu irmão tem… Bom, ele tem andado estranho ultimamente — admite Anders, sério. — Minha mãe me ligou porque estava preocupada.

Então é por *isso* que ele voltou para casa durante a temporada de corridas.

— Você está com medo de que ele possa se machucar? — pergunto, muito hesitante.

É o motivo para confiscar as armas?

— Espero que não. Mas não é um risco que estou disposto a correr. — Ele engole em seco e olha pelo para-brisa, de repente vulnerável. — Parece errado ir embora.

— Você não pode ficar? — pergunto, solidária.

— Não se eu quiser continuar empregado.

— Sinto muito, Anders.

Instintivamente pouso a mão no seu cotovelo.

— É melhor eu ir. — Ele puxa o braço para dentro do carro e vira para observar meu vestido cinza-carvão. Então faz uma careta, enquanto lembro, tarde demais, o estado em que me encontro.

— Parece que Jackson Pollock atacou você com uma lata de tinta verde — comenta ele.

Solto uma risada, e seu sorriso em resposta me faz sentir como se o sol enfim brilhasse, depois de um frio e longo inverno.

Scott conheceria Jackson Pollock?

— Se cuida — diz ele.

— Você também.

E, simples assim, é inverno novamente.

Capítulo Oito

Volto para casa e encontro o carro de Bailey na entrada da garagem. Ela está apenas um dia e meio atrasada.

Não estou com disposição para sua conversa animada hoje à noite. Queria poder dizer que meu mau humor se deve exclusivamente ao fato de estar com fome. O aroma do jantar escapando pelas frestas da porta também não ajuda, mas sei que estou meio desanimada desde que Anders se foi. Eu bloqueio esses pensamentos e aperto a campainha, irritada por ter esquecido a chave.

Bailey atende.

— Oi! — exclama ela, com um sorriso largo e radiante.

— Oi. — Não consigo controlar o tom nada entusiasmado da resposta.

— Ouvi dizer que minha mãe estava fazendo um assado e não resisti — explica ela.

Atravesso a soleira e fecho a porta.

— O Casey está aqui?

— Ainda no trabalho — responde ela, por cima do ombro, então nos guia de volta à cozinha.

— Sério? Já é tarde.

— Aulas particulares. Tem que se adequar ao horário dos clientes.

— Wren! Você demorou — diz Sheryl, de um jeito irritante.

— Não dava para vir mais rápido — murmuro.

— Pode levar isso para a mesa?

Ela acena com a cabeça para as travessas de batata assada, cenouras e ervilhas.

Meu pai e Bailey estão discutindo qual garrafa de vinho abrir. Sinto como se tivesse invadido um jantar de família. Um jantar da família de *outra* pessoa.

Tento ignorar a sensação e levo os pratos para a sala adjacente. Há quatro lugares postos. Embora a mesa tenha uma extensão para acomodar oito — eu me lembro do detalhe por conta de jantares anteriores —, está em uma configuração de seis, e duas das cadeiras sobressalentes foram retiradas e encostadas a uma parede.

Desde que cheguei, tenho me sentado à esquerda de meu pai, com Sheryl à frente e meu pai entre nós, na cabeceira da mesa; mas agora há um quarto prato na extremidade oposta.

Pouso os legumes nos descansos de travessa já dispostos e hesito, as velhas inseguranças ressurgindo.

— Sente-se, Wren — comanda Sheryl, aparecendo com um frango assado.

Meu pai e Bailey entram na saleta. Ela continua tagarelando ao abrir uma garrafa de vinho tinto e começar a servir um pouco nas taças do meu pai e de Sheryl.

Eu pairo na ponta da mesa.

— Wren? — pergunta Bailey, oferecendo a garrafa.

— Por favor — respondo, puxando a cadeira em frente a do meu pai.

Ela despeja o vinho no meu copo vazio e vai se sentar à esquerda do meu pai.

Embora as cadeiras tenham sido espaçadas, a distância entre mim, Sheryl e Bailey é muito maior que a distância entre elas e meu pai.

Um sentimento de solidão toma conta de mim, a sensação de estar à margem, como se eu não fizesse realmente parte da família.

Depois, minha única reação é me isolar dentro de mim mesma. Acho que ninguém percebe; Bailey e Sheryl mantêm a conversa fluindo, como sempre.

Sheryl e meu pai vão inaugurar no sábado, então passo os dias seguintes ajudando a preparar a fazenda para os primeiros clientes.

Os proprietários anteriores tinham uma loja dentro do celeiro preto. Tudo foi incluído na venda, desde a caixa registradora e a balança para pesar as frutas, até a pilha grande de cestas de vime que os clientes usam para transportar os produtos da árvore ao celeiro.

Eu me empenho em dar uma boa limpada no interior. Varro o chão, tiro teias de aranha das paredes de madeira, limpo o pó e lavo as prateleiras e bancadas. Enxugo as cestas, depois ataco a caixa registradora com uma esponja e desinfetante.

É quinta-feira, então já faz uma semana que cheguei. Não são exatamente as férias mais relaxantes de todos os tempos, mas gostei de ter bastante coisa para fazer e depois me recolher com os músculos doloridos e os olhos cansados. Continuo esperando que todo o trabalho duro me ajude a apagar à noite, porque desde domingo tenho rolado na cama, pensando em Scott.

Depois do nosso jantar regado a assados, perguntei se Bailey estava planejando levar a comida que restou para Casey, e minha irmã comentou que eu seria melhor esposa que ela.

Sheryl notou meu desconforto e repreendeu Bailey por ser insensível, mas levou um momento para ela perceber por que havia me ofendido. Assim que a ficha caiu, Bailey se desculpou, mas, naquela noite, a dor de perder Scott parecia recente, brutal.

Na última vez que visitei os Estados Unidos, ele estava comigo, e eu nunca me senti menos sozinha. Scott permanecia ao meu lado, com a mão no meu joelho ou levantando discretamente uma sobrancelha sempre que Sheryl me tirava do sério. Foi durante aquele feriado que percebi que ele era alguém com quem eu poderia passar a vida, alguém com quem eu poderia contar. Ainda estou tentando aceitar que ele nunca mais vai me acompanhar quando eu visitar este lado da família.

Também aconteceu que, ontem, recebi um telefonema da florista cobrando o depósito das flores para o casamento. Scott prometeu que se encarregaria de cancelar tudo, e aceitei a oferta, imaginando que aquilo o magoaria menos que a mim. Entreguei a pasta de planejamento para ele, mas me esqueci de adicionar os detalhes da florista.

Ter que suportar sua compaixão quando soube que o casamento havia sido cancelado foi como sofrer um golpe físico.

Passei por aquela florista em Bury St. Edmunds centenas de vezes. Antes de eu partir, havia um grande balde de girassóis no chão, do lado de fora. A lembrança das flores suscita um flashback das nossas férias de motorhome pela França, Espanha e Portugal, no verão.

Scott e eu estávamos na França, dirigindo ao lado de um campo de girassóis. Todas as flores estavam voltadas para longe de nós, exceto uma, e notei esse detalhe assim que Scott se virou para mim e soltou o volante por alguns segundos para fazer mãos de jazz, personificando a flor.

Morri de rir.

E estou sorrindo agora, até lembrar que, no momento, é Nadine quem pode rir das piadas dele, não eu.

Capítulo Nove

Na manhã seguinte, tenho a ideia de pendurar bandeirinhas e fios de fada no celeiro. Meu pai e Sheryl adoram a sugestão, mas estão ocupados com os comes e bebes, então, com o carro e o cartão de crédito de meu pai, vou até a cidade.

À leste da praça, em uma área da cidade na qual ainda não havia me aventurado, fico admirada ao encontrar alguns comércios independentes e um café aconchegante, além de uma loja de artigos para festas. Quando levo a mão à maçaneta para sair do carro, me surpreendo ao encontrar Jonas sentado no caminhão preto empoeirado estacionado ao lado. Ando muito atenta desde que Anders admitiu estar preocupado, mas é a primeira vez que vejo Jonas esta semana.

Hesito por um momento. Ele está olhando para o supermercado ao lado da loja de artigos para festas, e, quando observo mais atentamente, percebo que há uma mulher no caixa na sua linha de visão.

Ela tem mais ou menos a idade de Jonas — uns trinta e poucos anos. É atraente, o cabelo escuro preso em um coque alto e bagunçado, e está segurando a mão de um garotinho de cabelo cacheado.

Volto a atenção para Jonas, que parece miserável. Cogito me aproximar e perguntar se está bem, mas ele liga o motor e dá ré para voltar para a fazenda.

Que *curioso*.

Curioso, mas não é da minha conta.

A loja de artigos para festas é um achado, e volto para Wetherill com muitas luzes e bandeirinhas. O conceito é um pouco "cozinha provençal" demais para o meu gosto: uma variedade enorme de estampas, de florais a bolinhas, tudo em tons pastel. Mas vai combinar com o interior do celeiro, então pego uma escada alta e um grampeador e começo a fixar as decorações nas paredes.

— Está ficando bom! — elogia meu pai, quando entra, mais tarde.

— Obrigada. Estou quase terminando — digo, pendurando o último fio. — Acho que não vai aguentar as luzes — comento, ao descer a escada, e entrego a ele a pistola de grampos.

Meu pai olha para o teto alto.

— Está planejando atravessá-las nas vigas?

— Foi o que pensei, mas o que você acha?

— Acho que funcionaria. Vou buscar alguns pregos e o martelo.

Eu me sento no balcão para esperar, observando as bandeirolas que tremulam na brisa que sopra pelas grandes portas duplas do celeiro. Está mais fresco que na véspera.

Meu celular vibra no bolso. Fico chocada ao ver o nome do meu chefe, Graham, no identificador. Espero que não esteja me ligando para falar sobre o trabalho de Beale.

Antes, eu trabalhava em um escritório jovem e descolado, em Clerkenwell, e os projetos que coordenei eram interessantes e variados: o design interior de um apartamento às margens do rio, por exemplo, ou a conversão de um armazém antigo em bar e restaurante.

Em comparação, meu trabalho em Bury St. Edmunds é prosaico. Depois de passar dez meses projetando detalhes tediosos de telhados de escola e plantas de hospital, implorei a meu chefe por uma comissão residencial. No início do ano, ele me deu a casa dos Beale, uma reforma com ampliação. Mas Lucinda Beale é uma cliente totalmente controladora e sem a mínima imaginação. Rejeita todas minhas sugestões de design e me trata como uma lacaia à sua disposição. Odeio trabalhar com ela.

A obra recebeu o alvará, então deve começar uma semana depois que eu voltar. Estou aterrorizada. Ela vai alterar cada detalhe, causando intermináveis disputas contratuais. Vai ser um pesadelo total, e não tenho ninguém para culpar além de mim, afinal fui eu mesma quem pediu uma reforma residencial.

Amo ser arquiteta, ser paga para projetar peças de arte em que as pessoas vivem e trabalham. Mas a arquitetura tem suas desvantagens, como qualquer outra profissão.

Atendo a ligação de Graham.

— Alô?

— Wren, oi! Como vai?

— Bem, obrigada. E você, Graham?

— Estou muito bem. Ouça, sinto muito incomodá-la nas férias, mas surgiu uma questão e achei melhor discuti-la com você.

— Ok.

— Freddie teve que lidar com alguns detalhes da reforma da sra. Beale durante suas férias, e ela meio que se afeiçoou a ele.

Aposto que sim. Seria típico de Lucinda Beale bajular um arquiteto homem, jovem e gato, ainda não totalmente qualificado, em vez de se reportar a mim, uma mulher mais experiente.

— Não tem um jeito fácil de contar, então vamos lá: ela perguntou se ele pode ser o arquiteto responsável e assumir a execução do trabalho.

— Ah.

Mas que porra!

— É óbvio que posso dizer a ela que Freddie não está disponível, mas tive a impressão de que você não estava muito satisfeita.

Sinto as aguilhadas do constrangimento. Ele não está errado, mas eu não tinha me dado conta de que havia sido tão transparente.

— Só acho um pouco difícil trabalhar com ela.

— Então você não iria se importar se Freddie assumisse? — pergunta ele, esperançoso, à procura de uma solução fácil.

Eu iria, *sim*, me importar, mas por uma questão de princípios.

— Mas qual seria meu próximo projeto, então? — pergunto, tentando me convencer de que se trata de um desfecho positivo... ela teria me infernizado, uma vez que o trabalho começasse na casa.

— Bom, agora que Raj se foi, você poderia trabalhar no projeto de ampliação da Escola Fundamental de Heathfield. Então precisaríamos da planta baixa da construção.

Sinto um aperto no peito. Trata-se do tipo de projeto do qual eu tentava me livrar. Não há absolutamente nenhuma questão de design envolvida, apenas um monte de desenhos técnicos de cada segmento, desde detalhes de telhado e janelas, até canos de esgoto, cada tomada e cada interruptor de luz que os eletricistas precisam instalar. As propostas vão ser licitadas por regime de preços entre cinco empreiteiros, que vão dar um orçamento e enviar as cotações, então vou precisar entrar em ainda mais detalhes com o vencedor, o que vai me manter ocupada por dois ou três meses, talvez mais.

Meu pai volta ao celeiro com as ferramentas de que precisamos.

— Sheryl está quase terminando na cozinha, então vou ajudar você a pendurar as coisas aqui.

Balanço meu telefone para ele a fim de mostrar que estou em uma ligação, e ele murmura um pedido de desculpa.

— Pense nisso. Espero a resposta na segunda-feira — diz Graham.

— Ok, obrigada.

— Tudo bem? — pergunta meu pai, quando suspiro e guardo o celular.

— Sim, tudo bem. — Desço do balcão. — Tem certeza que você tem tempo para me ajudar?

— Claro que tenho. Foi uma ótima ideia — diz meu pai, com um sorriso, enquanto fixamos a primeira fileira de luzes. — Dá para ver que você é uma designer.

Fico com vergonha. Qualquer um pode amarrar luzes e bandeirinhas.

— Como vai o trabalho? — pergunta ele.

Estou prestes a ignorá-lo e dizer que está tudo bem, o que é minha resposta de praxe para quando ele me pergunta qualquer coisa pessoal, mas me interrompo a tempo. Estou no meio das férias e ainda não conversamos sobre nada significativo. Quase nunca tentamos. Eu sabia que ele estaria ocupado com a fazenda quando escolhi a data, o que não me deixa chateada, mas volto para casa em uma semana, e vai saber quando vamos nos ver de novo. Será que estou destinada a ter apenas um relacionamento superficial com meu pai? É o que quero?

Penso em Bailey e em como ela é mais aberta e receptiva ao cuidado e à atenção dele. Talvez eu *pudesse* ser um pouco mais assim.

Por impulso, me pego falando abertamente sobre meu trabalho, sobre quanto sinto falta do meu antigo escritório e como tenho me sentido presa e sem inspiração ultimamente.

— Não é de admirar que esteja se sentindo sem inspiração — argumenta ele, martelando um prego. — Você passou por muita coisa.

— Eu já estava me sentindo sem inspiração antes — confesso, passando os fios de fada para ele pendurar.

— Não está pensando em mudar de carreira, está? Parece que é moda hoje em dia.

— Não depois de sete anos de experiência. — Sem mencionar meus empréstimos estudantis, que com certeza ainda estarei pagando até os setenta anos. — Não vou jogar isso fora tão cedo.

— Eu me lembro de como você costumava desenhar o tempo todo — comenta meu pai, com um sorriso, ao me entregar o martelo e descer a escada. — Estava sempre rabiscando no seu caderno. Enquanto outras crianças desenhavam pôneis, você desenhava casas. — Ele chega ao pé da escada e se vira para me encarar. — Lembra quando nossos vizinhos em Bloomington trouxeram aquele saco cheio de LEGO? Você ficava sentada lá por horas, todo dia, construindo casas e lojas, e até um hotel de três andares — comenta ele, com espanto. — Você tinha só uns oito anos. Sempre soube que trabalharia com algo criativo quando crescesse.

Sorrio para ele ao pegar alguns pregos da caixa e subo a escada. Estávamos revezando.

— Vou dizer uma coisa, se aquele seu chefe não perceber como é sortudo, você devia falar umas verdades para ele e ir atrás de outro emprego.

Bufo uma risada e mantenho o prego firme enquanto o acerto com o martelo, de leve no início, depois com mais propósito.

— Vagas para arquitetos em escritórios descolados não estão exatamente caindo do céu no momento, pai. Pelo menos, não onde moro.

— Você poderia migrar para outra área? Tentar uma mudança de ares?

— Estou tentando *agora*. Eu precisei me afastar porque vivia esbarrando no Scott e na nova namorada dele. Apesar de ele morar na mesma cidade que eu, gosto de lá. Ainda não estou pronta para fazer as malas e me mudar. Eu ficaria muito amargurada, como se tivesse sido forçada a partir, sendo que foi *ele* que *me* deixou.

Meu pai solta um muxoxo de compaixão ao me passar as luzes. Prendo o cabo no prego, o ajustando para que fique pendurado mais ou menos na mesma altura dos últimos dois fios que amarramos.

— Esses desenhos que pediram para você fazer... Teria que visitar o local muitas vezes?

— Não. Temos todos os estudos e um monte de fotos.

— Você poderia fazer o trabalho de qualquer lugar? — pergunta meu pai, enquanto desço a escada.

Eu me viro para encará-lo, prendendo o cabelo atrás das orelhas.

— Teoricamente, sim.

— Por que você não pergunta para o seu chefe se pode passar o verão aqui? Duas semanas não é tempo suficiente para uma folga de verdade.

Encaro seus olhos cor de avelã, do mesmo tom que os meus, e me dou conta de que Graham provavelmente concordaria com a sugestão. Eu poderia facilmente criar os desenhos de modo remoto, o que suavizaria o golpe de ter sido dispensada por Lucinda Beale.

Mas será que meu pai foi sincero? Será que ele gostaria mesmo que eu ficasse? A ideia de passar o verão em Indiana é extremamente tentadora, mas então a realidade fala mais alto.

— Não quero invadir seu espaço — argumento, constrangida, ao pegar a escada.

Não apenas o espaço do meu pai, mas o de Sheryl. *Especialmente* o de Sheryl.

— Você não estaria invadindo — afirma ele, enquanto me segue para o canto mais distante do celeiro, irradiando uma espécie de energia nervosa. — Você é minha filha! Talvez mais algum tempo longe faça você se sentir inspirada outra vez. Poderia comprar um bloco novo, fazer alguns esboços. No mínimo, poderia desenhar em um ambiente agradável. — Ele continua falando enquanto subo a escada. — Poderíamos colocar uma mesa no andar de cima, na frente de uma das janelas do sótão, para que você tenha a visão dos campos.

Será que eu encontraria Anders de novo? Eu me repreendo por imaginar isso. Não preciso de outro homem para ocupar mais espaço mental.

Mas eu teria tempo para reformar o Airstream. *Esse* pensamento me enche de alegria. Esqueci de fechar o trailer quando voltei da fazenda Fredrickson no domingo, mas, mesmo com a ventilação extra, ainda fedia na manhã seguinte. O que eu não daria para arrancar toda aquela porcaria e começar do zero...

Minha mãe ficaria bem. Tem um novo namorado, Keith, e as coisas parecem estar indo bem entre os dois. Tenho certeza de que iria me encorajar a tirar o tempo extra.

— Acho melhor você falar com a Sheryl antes de fazer qualquer promessa — aconselho, ao descer a escada.

A empolgação dele diminui, e me sinto culpada por não soar um pouco mais animada. Um pouco mais impulsiva. Um pouco mais como Bailey.

Mas não quero alimentar esperanças, a menos que tenha certeza de que Sheryl está cem por cento de acordo com a ideia, e é muito provável que ela não esteja. Certa vez, passei um mês com eles quando era mais nova, e a tensão na casa parecia insuportável depois de apenas duas semanas, então, depois daquilo, encurtei a duração das visitas.

— Você faz as honras.

Aponto para a tomada.

— Sem chance. Você — argumenta meu pai.

Caminho até a parede e hesito por um momento, a mão no interruptor.

— Já imaginou se não funcionar? — pergunto, com um sorriso.

— Para de suspense.

Aperto o interruptor e o celeiro é iluminado com o brilho caloroso de duzentas lâmpadas ziguezagueando acima de nós. O efeito é lindo.

Olho para meu pai e o flagro maravilhado, as luzes refletidas nos seus olhos, e sou dominada pelo súbito desejo de dar um abraço nele.

Meu pai realmente gostaria que eu ficasse durante o verão?

— Sheryl vai adorar. Vou chamá-la.

Fico onde estou enquanto ele sai do celeiro apressado.

Capítulo Dez

O dia da inauguração nos pega de surpresa. Recebemos muito mais gente que o esperado, e o evento tem um clima lindo de festival de verão, com música tocando e crianças se divertindo.

Bailey e Casey se juntam a nós, assim como os pais e o irmão de Casey, todos tão cordiais quanto ele. Peggy e Patrik também estão presentes, mas não há sinal de Jonas. Ouço Peggy dizer a alguém que Anders tem uma corrida em Toronto hoje, mas não dá detalhes do paradeiro do filho mais velho. Quando conversamos, ela pergunta se já fiz mais algum passeio pela sua propriedade. Respondo que não ousei, com medo de ser repreendida por um dos seus meninos. Ela ri e me garante que posso vagar por onde bem entender. Prometo aceitar o convite.

Mais tarde naquela noite, faço exatamente isso, depois de o calor do sol amainar para uma temperatura mais suportável. Desço a trilha, desviando o olhar quando passo pela casa da fazenda Fredrickson, no caso de um deles estar olhando por uma janela. Não quero invadir a privacidade de ninguém, mas me preocupo menos com os arredores assim que chego ao celeiro.

Atrás da construção, vejo dois galpões gigantes de aço, e a porta do primeiro está aberta, revelando um grande trator verde perto da entrada. À direita, há dois silos de grãos enormes e prateados, com tampas em formato de cone, que me lembram a cabeça do Homem de Lata de *O Mágico de Oz*, só que sem as feições.

Tem algum tipo de ferro-velho mais adiante, mas minha atenção é desviada por uma linha de árvores na base da colina, acompanhada por um sinuoso filete prateado. A pista de terra é engolida pela grama, mas continuo andando, ansiosa para dar uma olhada mais de perto.

Logo descubro que o que pensei ser um riacho é, na verdade, um pequeno rio que corre paralelo à estrada principal, no topo da trilha. A água corre livre.

A margem é rochosa, e subo em uma pedra para tentar ver a água mais de perto. Será que dá para nadar? Sorrio ao descobrir uma corda, velha e puída nas bordas, pendendo de um galho grosso. Aposto que Anders e Jonas se balançavam ali quando eram mais novos.

A ideia de dar um mergulho em um dia quente tem seu apelo. Sinto vontade de tirar os sapatos e dar umas braçadas, e estou pensando seriamente no assunto quando um galho estala atrás de mim. Assustada, olho para trás e me deparo com a silhueta imensa de um homem, parado nas sombras.

Com o coração disparado, eu o ouço dizer:

— Cuidado para não escorregar.

Mas estou tão apavorada que é exatamente o que faço. Meu grito ecoa pelas copas das árvores enquanto deslizo da rocha para o rio.

Jonas está rindo de mim.

— Aaai, está fria! — digo, sem ar, me debatendo em direção à margem.

A água bate apenas na cintura, mas minha metade superior se encharcou com o respingo da queda.

— Você está bem? — pergunta Jonas, os olhos arregalados enquanto escala as rochas até a beira d'água.

— Você me assustou!

Devo estar parecendo um rato molhado; as mechas castanhas ensopadas pendendo abaixo da linha do queixo, sem viço.

— Sinto muito. — Ele estende a mão e parece arrependido, mas dá para ver que está se esforçando para não rir. — Pensei que seria pior se eu não falasse nada, e aí você me viu e se assustou.

— Na verdade, não acho que houvesse um jeito inteligente de lidar com a situação — murmuro, pegando sua mão.

Ele me puxa da água, como se eu não pesasse quase nada. Dou pulinhos em uma pedra, tentando me aquecer, e meus tênis já-não--tão-brancos guincham com o movimento.

Jonas olha para eles e solta uma risada.

— Fico feliz por te fazer rir — digo, com um tom sinistro.

Estou brincando, porque a situação é mesmo muito engraçada, mas, em vez de fazê-lo rir ainda mais, como esperava, meu comentário parece deixá-lo sério.

O som de um toque de celular quebra a estranha tensão. Ele suspira e tira o telefone do bolso de trás. A tela está iluminada com uma foto de Anders com cara de pateta. Jonas e eu olhamos para ele... parece mais jovem na foto, talvez com uns vinte e poucos anos.

— Não vai atender?

Ele balança a cabeça e enfia o celular no bolso.

— O que você está fazendo aqui?

— Quis dar uma volta. Sua mãe disse que eu podia, lembra? Ela comentou com você quando estávamos no abrigo. Espero que esteja tudo bem.

— Tudo bem, eu não ligo — responde ele, loquaz, enquanto seu telefone começa a tocar novamente. Ele solta um suspiro e, desta vez, atende com algo que soa como "Alou".

— *Liguei para você um milhão de vezes, mano!* — Ouço Anders o repreender.

— E aí?

— *O que você estava fazendo?*

— Pensei que tivesse uma corrida hoje.

— *E tenho! Por que você não respondeu?*

— Eu estava por aí.

— *Onde?*

— Fui dar uma volta. Na verdade, esbarrei com a Wren. — Jonas me lança um olhar, uma das sobrancelhas erguida.

Há silêncio do outro lado da linha.

— *Wren?* — pergunta Anders, por fim.

— É. Ela está bem aqui.

— *Coloque-a na linha.*

Sinto um frio na barriga quando Jonas me estende o telefone.

— Ele quer falar com você.

Timidamente, levo o aparelho ao ouvido.

— Alô?

— O que você está fazendo com meu irmão?

Ele está com raiva? Por quê?

— Nada. Esbarrei com ele perto do rio — respondo, na defensiva.

Jonas está saindo de sob as árvores, mas continuo onde estou, na margem rochosa, tremendo por causa das roupas molhadas.

— O que ele estava fazendo aí?

— Não sei.

— O Jonas estava carregando alguma coisa? Ele está bem?

Percebo então que Anders não está com raiva... Entendi tudo errado de novo.

Está preocupado.

— Ele está bem, eu acho. — Observo Jonas parar nos limites de um campo lamacento, a vegetação mal rompe o solo.

— Qual é o seu número? — Anders chama minha atenção de volta para ele. — Podemos conversar mais tarde, quando estiver sozinha?

— Hum, sim, acho que sim.

Passo meu contato, o coração acelerado.

— Estou ligando agora para você guardar o meu número. Me liga de volta quando puder.

Ele encerra a ligação e, alguns segundos depois, sinto meu celular vibrar no bolso. Então para, quase de imediato. Felizmente, é à prova d'água.

Eu me arrasto até onde Jonas está.

— Você está bem?

Eu o observo. Ele é insanamente alto.

Jonas assente, olhando para o campo. Está vestindo uma camiseta amarela desbotada, rasgada no ombro, e uma calça jeans tão sebenta que parece não ver uma máquina de lavar há meses. O cabelo castanho tem ondas marcadas, típicas de quando os fios não são lavados há um tempo. Definitivamente, mais homem das cavernas, menos modelo.

— Seu irmão se preocupa com você — digo, ao devolver o telefone.

— Gostaria que ele não se preocupasse.

Ele tem uma voz tão grave. Vários tons abaixo da voz do irmão na escala de oitavas, e seu sotaque é mais carregado.

— Não deveria?

Ele não responde, guardando o aparelho no bolso. Não é uma reação muito tranquilizadora.

Solto um suspiro e dou uma conferida no meu estado.

— Acho que vou para casa, então.

— Quer minha camiseta?

— Não, obrigada, vou ficar bem.

Apesar disso, mas está mais quente no descampado, longe da sombra das árvores. De todo modo, seria superestranho se ele tirasse a blusa e voltasse para casa seminu.

— Dou uma carona para você quando chegarmos à fazenda — diz ele.

— Isso seria ótimo. Mas não de moto, espero.

Ele bufa.

— Esqueci que meu irmão colocou você na garupa.

— Era isso ou um tornado.

Conforme as lembranças de Anders me assaltam, sinto o estômago se contrair de tensão. Ele quer que eu ligue. Pensei que não teria mais notícias dele.

— A fazenda sofreu algum dano com a tempestade? — pergunto, quando partimos.

— Nada grave, pelo menos não para a propriedade, mas parece que perdemos um campo de milho. — Ele acena com a cabeça na direção dos meus tênis barulhentos. — Você devia tirar isso. Vai ficar com uma bolha.

Jonas tem razão. Ele espera enquanto, aos tropeços, arranco os sapatos e as meias molhadas.

— Que plantação de milho era? — pergunto, quando retomamos o caminho.

— Aquela ao longo da trilha entre a nossa fazenda e a sua.

— Como sabem que tem algo de errado com a lavoura?

Eu não notei nenhum pé caído quando passei por lá mais cedo.

— Borlas danificadas pelo granizo.

— O que são borlas? Desculpa, não entendo nada de agricultura, mas estou interessada.

— São as flores que brotam no topo dos caules.

Ele aponta para o milharal ao longe.

— O pólen cai nas espigas e poliniza a palha do milho. Sem borlas não haveria grãos de milho. Felizmente, o granizo se concentrou ali, então não afetou os outros campos.

— O que vocês vão fazer? Arrancar e plantar outra coisa?

Ele balança a cabeça.

— É muito tarde na temporada para isso. Vamos deixá-lo como está e colher no restante dos campos.

— Você poderia criar uma meada no milharal! — exclamo.

Ele olha para mim, com uma expressão perplexa. Os olhos são de um azul muito escuro.

— Uma o quê? Meada?

— Uma meada no milharal — repito, com um sorriso, balançando meus tênis na esperança de que sequem um pouco.

Estou gostando da sensação do chão sob os pés. Fazia tanto tempo que eu não andava em qualquer lugar descalça.

— Ah, meada. — Ele enfim entende o que estou dizendo. — É como chamam um novelo no Reino Unido.

— Isso mesmo.

— É, dá para imaginar meu pai abraçando a ideia.

Seu tom é tão árido quanto as areias do deserto em Phoenix, mas sigo implacável.

— Pensa um pouco no assunto. As pessoas poderiam ir a Wetherill para colher nossas abóboras, depois visitar sua gigantesca meada de milho. Ou novelo de milho… ou como você quiser chamar.

Ele bufa. Um momento depois, diz:

— Vou correr na frente e pegar o Gator.

Acho que ele não gostou muito da ideia.

Depois do banho, visto um roupão branco macio e volto para o quarto com o celular para me empoleirar na beirada da cama. Inquieta e nervosa.

Anders atende ao segundo toque.

— Oi, Wren.

Eu me acalmo ao som da voz baixa e profunda dele.

— Oi.

— Você está em casa?

— Estou.

— Jonas acompanhou você?

— Ele me trouxe no Gator. Por quê?

— Só queria saber. — Seu tom é mais suave que antes, e de repente posso visualizá-lo, nítido como água, passando a mão pelo cabelo e me encarando enquanto eu atravessava o portão da casa de seus pais. — Obrigado por ligar. Eu estava preocupado.

Abraço a cintura com o braço livre.

— Ele parecia bem.

— O que ele estava fazendo no rio? — Anders pergunta, mais para si mesmo. — Tinha alguma coisa com ele?

— Não que eu tenha visto. — Ele já perguntou. — Em que tipo de coisa você estava pensando?

— Não sei, uma corda…

O leve bruxulear no meu peito é esmagado por um bloco de gelo.

— Está falando sério?

— Sinto muito, não queria assustar você.

— Não, quer dizer, você realmente acha que ele poderia fazer algo assim?

Imagino o balanço de corda preso ao galho e o substituo por uma forca, a imagem mental me enchendo de horror.

— Espero que não, mas a gente nunca sabe de verdade o que se passa na cabeça de outra pessoa.

— Ele parecia bem. — Tento tranquilizá-lo tanto quanto a mim. — Ficamos conversando sobre agricultura.

— Ele engana bem quem não o conhece.

— Ele está deprimido?

— Com certeza.

— Sabe por quê?

— Muitos motivos. Ele se sente isolado, preso, sobrecarregado, fora de controle... Se aquele tornado tivesse atravessado a fazenda... Não quero nem pensar nas consequências de algo assim. Os escombros por si só já renderam muito trabalho extra. Se não forem retirados dos campos, podem danificar os equipamentos agrícolas durante a colheita.

— Ele estava me contando que haviam perdido um milharal para o granizo e que o rio inundou no mês passado, estragando alguns dos grãos de soja.

Ele mencionou a última parte durante a carona para a casa.

— É. Você pode imaginar como foi devastador para o Jonas trabalhar todas aquelas horas na colheita do trigo, semeando e fertilizando os campos, lavando a colheitadeira e os cabeçotes, depois guardando o maquinário, certo de que o trabalho árduo para o verão estava feito, e depois ter que montar tudo de novo para replantar dezesseis hectares? É trabalho demais, sem levar em conta a perda financeira.

Anders parece tão triste pelo irmão.

— Não é de admirar que ele se sinta sobrecarregado agora — murmuro.

Anders deve se sentir sobrecarregado também... *e* impotente, especialmente se não consegue tirar uma folga do trabalho para voltar para casa e dar apoio à família.

— Sim, não é nenhuma surpresa que a depressão seja tão comum entre agricultores. Mas a maioria é teimosa demais para buscar ajuda, inclusive meu irmão.

— Ele sempre quis ser fazendeiro?

Eu me arrasto pela cama até me apoiar sobre os travesseiros.

— Ele parecia feliz com a ideia quando éramos crianças. Sempre queria ficar pelos campos, fazer coisas na fazenda. Até quando perdeu um pedaço do dedo voltou ao trabalho em poucos dias.

— Como ele se machucou? — pergunto, alarmada.

— Se cortou com um trado.

— O que é isso?

— É uma ferramenta em forma de espiral que é usada para perfurar o chão. Nós estávamos colocando uma cerca.

— Nós?

— Eu estava ajudando.

— Quantos anos *você* tinha?

— Dez. Ele tinha doze.

— *Dez e doze?*

— É. Ele prendeu a manga. Por sorte eu estava lá para desligar aquela merda, senão ele provavelmente teria perdido a mão inteira.

— *Onde estavam seus pais?* — Meu tom se torna mais perplexo a cada pergunta.

— Eles não sabiam o que a gente estava fazendo — responde ele, em um tom casual. — Jonas tinha colocado na cabeça que queria patos, então decidimos construir um viveiro antes e perguntar para os nossos pais depois.

Meu sorriso é repentino, meu coração infla só de pensar nos dois como meninos, focados em um objetivo.

— Espero que tenham concordado com os patos depois de tudo.

— Não, mas disseram que a gente podia ter um cachorro.

— Ah.

Gosto dele. Não tem como negar. Também gosto de Jonas, mas há algo em Anders que me atrai em outro nível. Ele faz muito mais meu tipo, um pouco mais culto, com uma masculinidade menos rude que a do irmão. Toda vez que conversamos, eu me sinto um pouco mais desperta, um pouco mais viva.

Ainda bem que é improvável que a gente se cruze de novo na minha temporada com meu pai. No momento, meu coração não aguentaria outra reviravolta, e uma paixão não correspondida — ou mesmo uma aventura de férias — não me faria nada bem.

A linha ficou silenciosa. Ouço Anders inspirar longa e lentamente. Um pensamento me ocorre, algo que sinto que preciso mencionar.

— Anders, tem um pedaço de corda pendurado em um galho perto do rio — digo, com cuidado.

— É um balanço. A gente brincava nele quando era criança.

— Você quer que eu... não sei... dê um jeito de subir lá e corte?

— Como acha que vai fazer isso? — Ele soa bem-humorado. — Pular no galho feito um passarinho?

Bufo.

— Estou brincando. Desculpa. Se decidisse fazer isso, o Jonas não iria apelar para aquela corda velha. Usaria uma nova.

A cena invade minha mente, fazendo meu estômago revirar.

— Foda — murmura Anders.

— Meu pai me chamava de Passarinho. — Eu me apego à primeira oportunidade de mudar de assunto que me passa pela cabeça.

— Quê? — Ele ainda está distraído com os próprios pensamentos sombrios.

— Você brincou comigo sobre pular no galho como um pássaro. É como meu pai me chamava quando eu era pequena: Passarinho.

— Ele não chama mais?

— Não desde que ele e minha mãe se separaram.

— Quando foi isso?

— Eu tinha uns cinco ou seis anos. Ele foi embora quando Sheryl engravidou da minha meia-irmã.

— Era aquela que estava com você no bar na outra noite?

— Isso, a Bailey.

— Reconheci o cara com vocês.

Pensei que ele mal havia notado nossa presença.

— O marido dela, Casey.

— Acho que estudamos na mesma escola.

— Estudaram — confirmo.

— Tem certeza?

Caí como uma pata.

— Ele mencionou você e o Jonas. — Tento explicar como adquiri informações sobre ele, sem que soe como se eu tivesse perguntado. — Disse que sua família era dona da fazenda ao lado da do meu pai.

— Ah. Então foi assim que você soube quem a gente era.

Ouço batidas ao fundo, com um grito abafado.

— Espera. Estou indo! — grita Anders de volta, cobrindo o receptor.

— Você tem de ir?

Não quero que a conversa acabe.

— Tenho, eu disse para os caras que iria tomar uma cerveja com eles.

— Seus companheiros de equipe? Estão comemorando ou lamentando?

— Comemorando. A gente venceu.

— Parabéns.

— Obrigado. Ei, e obrigado... Obrigado por me ligar de volta. Eu agradeço.

— Disponha.

— Quando você volta?

— Quinta-feira.

Não tocamos mais no assunto de prolongar minha estadia. Ou meu pai não falou com Sheryl, ou ela já descartou a ideia.

— Tudo bem, então boa viagem. Talvez eu veja você da próxima vez que estiver na cidade.

— Talvez.

Mas, considerando a agenda lotada de corridas dele e a raridade das minhas visitas, é muito provável que a gente nunca mais volte a se ver.

Capítulo Onze

Assim que desligo, a porta se abre.

— Não sabe bater? — grasno para Bailey, mas é uma pergunta idiota, afinal ela nunca bate. — O que você quer?

— O Casey saiu com o irmão. Eu estava entediada. Com quem você estava conversando?

Ela entra, com um sorriso atrevido.

Eu a encaro.

— Estava ouvindo atrás da porta?

— Não por muito tempo. Eu não queria interromper. Pensei que talvez estivesse conversando com o Scott.

Finalmente esse nome vem à tona.

— Pouco provável — murmuro, apertando mais o roupão ao redor do corpo.

— Então, quem era?

— Para de ser tão intrometida! — repreendo, saindo da cama. Provavelmente deveria me vestir.

— Wren! — dispara ela, dando um empurrão no meu ombro e me fazendo cair de costas no colchão. — Por que você é tão sem graça?

— Como é que é? — respondo, indignada, meio rindo ao me sentar novamente.

Esta é a Bailey que conheço desde a adolescência.

Ela me empurra outra vez.

— Para com isso!

— Então me conta!

— Não! Cai fora!

— Droga, você é irritante — comenta ela, caindo no colchão ao meu lado.

— *Eu* sou irritante? — pergunto, incrédula, me erguendo mais uma vez. Sinto como se tivéssemos voltado no tempo.

— Sim, sim, sei que você sempre me achou um pé no saco.

Ela revira os olhos para o teto e eu vou até o armário. Não nego, porque é verdade. Ou, pelo menos, era. Pego algumas roupas limpas, com a intenção de ir ao banheiro para me trocar, mas quando me viro Bailey parece magoada. Ela espia o álbum de fotos na minha mesa de cabeceira e se anima.

— Eu me lembro disso! — exclama ela, puxando-o para o colo e abrindo. — Eu costumava folhear o tempo todo.

— Mesmo? — pergunto, surpresa, parando na porta.

— É! Adorava essas fotos suas.

— Sério?

— Ahã! — Ela vira a página. — Minha mãe ficava estranha sempre que me via com ele, toda irritadinha. — Ela sorri e continua olhando as fotos. — Eu o escondi debaixo da cama por um tempo até que ela o encontrou e o guardou em algum lugar.

— Meu pai me disse que o encontrou em uma caixa.

— Faz sentido. Minha mãe tinha muito ciúme.

Estou indignada.

— Como assim *Sheryl* sentia ciúme? Meu pai nos deixou por ela!

E você… acrescento mentalmente.

Bailey dá de ombros.

— O ciúme nem sempre é racional. Tenho certeza de que ela também sentia muita culpa, que nunca saberia como canalizar.

— Não acredito que ela escondeu o álbum — resmungo, despejando as roupas na cama e tirando o álbum de Bailey. — Não sei se já vi essas fotos antes.

Bailey parece confusa.

— Que droga. Você lembra muita coisa sobre o divórcio dos seus pais?

— Lembro, bastante.

— Como foi?

— Um inferno.

Ela olha para mim, os grandes olhos castanhos sérios.

— Você tem mágoa da gente?

É a pergunta mais direta e pessoal que ela já me fez. E não sei por que agora. Aquilo parece ter vindo do nada, mas, ao mesmo tempo, não dá para acreditar que chegamos a nossa idade sem discutir o assunto.

Estamos fazendo isso? Ela ainda está me encarando, o olhar honesto e inabalável.

— Sim — respondo.

Seus ombros caem. Ela olha para as unhas, virando-as de um lado para o outro. São curtas, lixadas em um arco suave e estão pintadas de rosa-coral. A cor faz um contraste lindo com a pele queimada de sol.

— Eu imaginava.

— Mas sei que isso não parece razoável. — Afasto as roupas para o lado e me sento na cama, dobrando o joelho para ficar de frente para Bailey. — Não é sua culpa, certo?

Ela suspira.

— Não consigo nem imaginar como deve ter sido para você, entrar em um avião, sozinha, voar até tão longe para ver seu pai. Eu sempre pensava em você como minha superirmã corajosa. Queria tanto que gostasse de mim. Mas você mal suportava minha presença.

— Não é verdade — respondo, com uma careta, impactada por aquela demonstração sincera de sentimentos. Sua honestidade provoca um efeito dominó, e me flagro querendo abrir meu coração em resposta. — Você era fofa, na maior parte do tempo. Eu só estava... Bom, eu estava com ciúme. Você tinha meu pai e sua mãe. Eu tinha minha mãe e quase nada do meu pai. Eu me sentia como uma estranha. Ainda me sinto.

Ela recua.

— Não é sério, né?

— É sério. — Minha voz soa fraca. — Até detalhes como você sentando ao lado do meu pai na mesa, na semana passada, fazem eu me sentir deslocada.

Não consigo acreditar que confessei isso e, assim que os olhos de Bailey se arregalam, eu me arrependo.

— Mas foi *você* que se sentou lá, Wren! Eu coloquei o lugar na ponta para *mim*!

— É?

— É!

Ok, essa parte é novidade para mim.

Relembro a ocasião, tentando descobrir como acabei sentada na ponta da mesa, em vez de ao lado do meu pai, como havia feito nos dias anteriores. Eu tinha tanta certeza de que o lugar na cabeceira, solitário, era para mim.

Então a culpa é minha? Estou tão acostumada a dizer a mim mesma que venho sempre em segundo lugar que acabo cumprindo minha própria profecia?

— Meu pai ama quando você vem nos visitar. *Eu* amo quando você vem. Minha *mãe* ama!

— Qual é, não, ela não! — Não posso deixar de interromper. — Ela tolera, mas *gostar*, quanto mais *amar*, é um exagero.

— Ah, meu Deus, você está tão enganada! — exclama Bailey. — Você não faz ideia de como ela ficava estressada, preocupada com o que você pensaria dela. Minha mãe vivia *desesperada* para que você gostasse dela! Devia ter visto ela limpando a casa como uma maníaca, espanando cada centímetro e colocando flores frescas no seu quarto. Eu mesma nunca ganhei flores frescas.

Nós duas olhamos para o pequeno vaso de rosas sobre a cômoda. Já o considerava parte do cenário, quase nem mesmo o percebia. Mas agora me ocorreu: Sheryl as colocou ali. Sheryl foi ao jardim, escolheu cinco perfeitos botões de rosa, cortou-os e os colocou num vaso. Para *mim*.

— Mas eu sempre me sinto como visita — argumento, perplexa, porque minha cabeça não consegue processar o que Bailey está dizendo.

— Você *é* uma visita. Nunca, *nunca* fica por aqui mais tempo. Eu daria qualquer coisa para você passar mais tempo com a gente.

— Gostaria de *poder* ficar mais tempo. Eu adoraria ficar aqui por mais algumas semanas, mas, você sabe, *trabalho*.

Eu me eximo de contar a ela sobre a sugestão do meu pai.

— Você nem *gosta* do seu trabalho no momento.

Discutimos o assunto no Dirk's.

— É, mas não posso simplesmente largar tudo. Preciso pagar o aluguel. E não posso sair até que o contrato vença. Nem *quero* me mudar, mas ainda não suporto a ideia de arrumar alguém para dividir o apartamento.

— Merda de Scott — murmura.

— É. Merda de Scott — concordo.

— Sinto muito que ele tenha sido um babaca com você — murmura Bailey.

Sorrio para minha meia-irmã, mesmo com os olhos marejados de lágrimas.

— Pelo menos, ele ainda está ajudando a pagar o aluguel.

— Não faz mais que a obrigação. É o mínimo.

Eu concordo.

— Provavelmente ainda está se sentindo culpado.

— Vai me contar o que aconteceu? — pergunta ela, séria.

— Quer mesmo saber?

— Quero. Pensei em perguntar sobre ele naquela primeira noite em que saímos, mas não queria deixar você chateada.

— Não se preocupe, eu não queria mesmo falar sobre ele.

Bailey ouve com compaixão e empatia enquanto eu conto sobre o dia do parque, e a conversa que Scott e eu tivemos depois.

— Ele disse que sentia que, às vezes, eu o menosprezava.

Faço uma careta, porque tenho vergonha de admitir esse detalhe.

— Você menosprezava?

— Não! Lógico que não! Mas tenho a sensação de que a Nadine *venerava* o Scott, e talvez ele precisasse disso. Nunca me prendi a cada palavra nem ficava sedenta pela opinião dele. Talvez nunca o tenha olhado com profunda adoração também. Éramos iguais. Achei que isso fosse uma coisa boa.

— Mas vocês eram iguais? — pergunta Bailey, de modo astuto, estreitando os olhos.

— Em termos de salário, estávamos praticamente no mesmo nível. — Arquitetura realmente não paga tão bem, considerando os sete anos de treinamento necessários para se tornar qualificado. — Mas ele se *sentia* intimidado pelo fato de eu ser arquiteta. — No que diz respeito a profissões, a minha pode parecer um pouco assustadora. — Não sei. Talvez ficasse *um pouco* mal-humorada quando sentia que ele não entendia as pressões que eu sofria. E talvez tenha soado um pouco condescendente quando o acusei de não entender.

— Não. Ele é só um idiota inseguro — responde Bailey, lealmente.

Não seguro uma risada.

— Enfim, chega de Scott — decido, de repente.

— Tudo bem, vamos conversar sobre outra coisa. Com quem você estava falando no telefone?

Pego um travesseiro e arremesso em Bailey, que desvia, implacável.

— Ah, por favor, me deixa viver indiretamente através de você! — implora ela. — Estou com o Casey há quatro anos. Estou entediada!

— Não, você não está.

— Sim, estou.

Viro de lado e me apoio no cotovelo, pouso a cabeça na mão.

— As coisas não estão bem entre vocês?

— Estão — responde ela, roendo uma das unhas.

— Para com isso, vai estragar sua manicure.

Ela obedece, tirando o dedo da boca, então se deita ao meu lado, de modo que ficamos de frente uma para a outra.

Uma pequena garrafa de algo gaseificado se abre dentro de mim. É tão bom conversar assim, em um nível mais profundo. Assim como aconteceu com meu pai, meu relacionamento com minha irmã sempre foi superficial, mas percebo que gostaria de mudar as coisas.

— Wren! Bailey! — grita Sheryl, da base da escada.

— Oi! — gritamos de volta em uníssono, virando a cabeça em direção à porta, como um par sincronizado de suricatos.

— Alguém quer uma bebida?

Bailey e eu nos entreolhamos e sorrimos.

— Sim! — gritamos de volta, rindo ao sair da cama.

— Esta conversa vai continuar — aviso, pegando minhas roupas, porque *ainda* preciso me vestir.

Ela assente.

— Você quem manda, mana, você quem manda.

Capítulo Doze

Na segunda-feira de manhã, antes mesmo de sair da cama, ligo para meu chefe e digo que estou feliz por meu colega Freddie assumir a casa Beale. Vou cuidar das plantas para a licitação da escola primária. Graham fica empolgado com a decisão. Jogando a cautela ao vento, pergunto se ele me deixaria trabalhar de maneira remota.

— Não vejo por que não. Você está pensando em ficar por aí mais tempo?

— Ainda não tenho certeza, mas adoraria ter a opção.

— É uma ótima ideia. Posso enviar tudo que você precisa por e-mail.

— Muito obrigada.

— Estou feliz que as coisas tenham dado certo.

Não mencionei a ligação no café da manhã, mas depois do papo de sábado à noite com Bailey, e o jantar aconchegante que se seguiu, com nós quatro acordados até tarde, conversando, me sinto um pouco mais inclinada a perguntar se Sheryl se importaria caso eu prolongasse a estadia. Decido tocar no assunto à noite, se meu pai não o fizer nesse meio-tempo.

À tarde, estou no Bambi quando Sheryl me procura.

— Perdi um cliente? — pergunto.

Tenho me revezado com meu pai e Sheryl para atender as pessoas. Eles não dependem da minha ajuda, mas gosto bastante de brincar de lojinha. Dá para ouvir quando os carros chegam e, quando não, os clientes tocam uma campainha que soa na casa, então ninguém precisa passar horas no celeiro, sozinho.

— Não, não.

Ela balança a cabeça.

Sheryl está vestindo um macacão jeans azul sobre uma camiseta vermelha. É uma roupa que eu nunca a vi usar antes deste verão, mas que tem colocado todos os dias desde que cheguei. Há farinha no tecido e manchas de massa no cabelo curto grisalho. Ela estava fazendo um bolo mais cedo.

— Eu só queria saber o que você andava fazendo.

Ela coloca as mãos nos quadris e examina todo o lixo que tirei do Airstream.

— Desculpe a confusão. É um trabalho em progresso. Quero levar algumas dessas coisas para os fundos do celeiro, mas tem muitos objetos pesados.

— Posso ajudar se quiser.

— Sério?

— Com certeza. Podemos chamar seu pai também. Na verdade, talvez Jonas possa trazer o trator para levar algumas peças. — Ela aponta para o equipamento agrícola enferrujado. — Talvez ele encontre alguma utilidade para uma parte.

Depois de descobrir pelo que ele estava passando, eu não gostaria de sobrecarregá-lo com mais nada.

— Você deve amar mesmo o Airstream se está disposta a todo esse esforço — reflete Sheryl.

— Eu adoro. Pareceu até mentira descobrir este aqui escondido debaixo de uma lona. Mas duvido que eu consiga fazer muito nos próximos dias. — *Dica, dica.* — Tudo bem com você? Posso ajudar em alguma coisa?

Por um momento, ela parece desconfortável, e tenho a sensação de que tem algo a dizer.

Ah, não, o que eu fiz de errado?

— O Ralph falou que você gostaria de ficar um pouco mais.

Aqui vamos nós...

Dou de ombros, indiferente, mas meu coração aperta ao ver a expressão aflita no rosto dela.

— Eu não preciso.

— Não, eu *gostaria* que você ficasse. *Nós* gostaríamos que ficasse.

Eu a encaro, surpresa.

— Você é sempre bem-vinda aqui.

Mesmo depois de tudo que Bailey disse, tenho minhas dúvidas, que não são apaziguadas pelo modo como Sheryl desvia o olhar.

— Meu chefe disse que eu poderia trabalhar remotamente — admito, hesitante. — Mas eu não gostaria de impor minha presença. Quer dizer, eu só iria ficar mais uma semana ou duas, caso mude mesmo meu voo — acrescento, depressa.

— Você pode ficar o tempo que quiser — assegura ela, com firmeza. — Estou falando sério, Wren.

Não devo parecer convencida, mas também sua expressão não é mesmo muito convincente, e se é tão difícil para ela…

— Vi que você encontrou seu antigo álbum de fotos — comenta ela, inesperadamente. — Bailey me lembrou que eu o escondi. Que o coloquei em uma caixa para guardar. Que você não o tinha visto em todos esses anos.

Sinto um nó na garganta.

— Desculpe, querida — murmura Sheryl.

Percebo, tarde demais, que, embora a emoção que vejo no seu rosto seja com certeza de desconforto, não se deve à ideia de eu ficar. Ela está com *vergonha*.

— O que fiz foi errado. Eu tinha me esquecido de tudo isso, mas não é desculpa. Lamento.

Estou tão surpresa com o pedido de desculpas que me sinto confusa.

— Tudo bem — murmuro.

— Não. Não está tudo bem. Vai ser preciso mais do que um simples pedido de desculpas para corrigir esse e tantos outros erros que eu cometi quando você era mais jovem. Mas espero poder corrigir alguns agora.

Ela me encara e, desta vez, sustenta meu olhar.

De repente, estou tentando conter as lágrimas.

— Vem cá — diz ela, com a voz rouca.

Inesperadamente, estou nos seus braços, e Sheryl está me abraçando, me confortando, como minha mãe faria. É a primeira vez que ela encoraja algum contato físico verdadeiro e substancial.

— Por favor, fique. Eu gostaria *muito* que você ficasse — murmura ela no meu ouvido.

Assinto contra seu ombro, e minha voz sai abafada quando respondo:

— Eu gostaria muito também. Obrigada.

Capítulo Treze

A luz que ilumina o quarto é pálida e cinzenta, então deve ser muito cedo, mas me sinto desperta. É sexta-feira, e eu já deveria ter voltado a Bury St. Edmunds, mas não voltei. Ainda estou aqui, no sul de Indiana, sorrindo para o teto.

Bailey quer ir ao Dirk's de novo mais tarde; ela pareceu muito feliz quando eu contei que ficaria mais tempo. Provavelmente vai ser outra noitada, mas não tem nenhuma chance de eu voltar a dormir agora. Que horas *são*?

Quando pego o celular para verificar, noto luzes vermelhas e azuis piscantes refletidas na parede branca, perto das persianas. Meu coração acelera, e pulo da cama, afastando-as a tempo de ver uma ambulância indo em direção à fazenda Fredrickson. Toda minha alegria é devorada pelo pavor quando me lembro das armas que Anders levou embora, da corda que ele temia que o irmão pudesse ter levado ao riacho. Peggy chamou Anders até em casa por um motivo... todo mundo devia estar preocupado.

Por favor, por favor, que aquela ambulância não tenha nada a ver com o Jonas.

As luzes estavam piscando, mas não havia sirene. Talvez porque as estradas estivessem tranquilas? Ou porque não há necessidade de urgência? Que tipo de inferno Anders e os pais estariam vivendo se aquela ambulância *fosse* para Jonas, mas tivesse chegado tarde demais?

Luto contra a vontade de trocar de roupa e ir até a fazenda. Seja lá o que tenha acontecido com aquela família, não é da minha conta.

Depois de um tempo, a ambulância passa novamente, com as luzes acesas e a sirene ainda silenciosa.

A notícia chega às dez e meia da manhã, após uma espera desesperadora. A ambulância era para Patrik: ele sofreu um ataque cardíaco nas primeiras horas da manhã, mas provavelmente vai se recuperar sem sequelas. Sheryl perguntou para Jonas quando o viu levando uma mala para o hospital.

Apesar de estar preocupada com Patrik, a sensação de alívio me deixa leve pelo restante do dia.

À noite, caminho até a fazenda Fredrickson com uma cesta de pêssegos e um cartão de melhoras. Sheryl me pediu para deixá-los na porta se ninguém atendesse. Quando chego ao portão, vejo Anders sentado nos degraus da frente, com os cotovelos nos joelhos e a cabeça entre as mãos.

Meu estômago embrulha.

Imaginei que ele talvez fizesse a viagem de duas horas de Indy até sua casa, mas não quis pensar muito no assunto. Havia me convencido de que provavelmente não o veria de novo naquele verão, embora fosse ficar mais tempo.

Ele ergue o olhar devagar ao ouvir meus passos, a expressão sombria.

— Oi — cumprimento, quando o alcanço.

Seus olhos se arregalaram de leve, mas, fora isso, seu semblante permanece inalterado.

— Você ainda está aqui — observa ele, em voz baixa, me encarando com os olhos verdes imperfeitos.

Assinto, sentindo como se seu olhar, de algum modo, tivesse se infiltrado em minha corrente sanguínea e me aquecido, me despertando. Preciso me esforçar para encontrar a voz.

— Sinto muito pelo seu pai. — Estendo os pêssegos. — São para ele.

Anders olha para a cesta por alguns segundos, então a pega. Faz isso sem pressa, como se seu cérebro demorasse para instruir os membros.

— Obrigado — agradece ele, com uma voz rouca, colocando a cesta no pé da porta às suas costas.

Há uma garrafa aberta de cerveja ao seu lado.

— Cadê o Jonas? — pergunto.

Sua têmpora lateja enquanto ele pega a garrafa.

— Não faço ideia. Em algum lugar por aí — murmura ele, então gesticula com a cabeça para os vastos campos verdes às minhas costas, e dá alguns goles na cerveja.

— E sua mãe?

— Na cama. Ficou acordada metade da noite.

Hesito antes de perguntar:

— Quer companhia?

Estou relutante em deixá-lo assim.

Ele não responde, não assente nem nega com um gesto sequer, mas então ergue os ombros e se afasta alguns centímetros.

Eu me sento ao seu lado no degrau, estranhamente agitada. Tons de cinza e branco salpicam o céu. São apenas sete da noite — o pôr do sol só vai acontecer daqui a umas duas horas —, mas a espessura da camada de nuvens faz parecer mais tarde.

— Você não deveria ter voltado para casa ontem? — pergunta Anders.

— Meu chefe disse que eu poderia ficar mais tempo e trabalhar daqui.

— Você não tem mais nada à sua espera?

— Minha mãe mora no Reino Unido, mas está feliz por eu ficar.

Ele olha para mim, perplexo com a admissão.

— Ela não está feliz que eu esteja longe. Só quer que eu tire mais um tempo para mim. Acabei de sair de um relacionamento.

Não estava planejando entrar em detalhes, mas, quanto mais falo, mais sinto que tenho que explicar.

Anders assente e levanta a garrafa para inspecionar o nível de cerveja no interior.

— Você quer uma?

Ele levanta e pega a cesta. Está vestindo uma camiseta azul-petróleo, e o jeans preto exibe uma marca de poeira de onde se sentou no degrau. Meu vestido preto vai ter o mesmo destino.

— Quero.

Ele solta um suspiro profundo ao abrir a porta de tela e a deixar bater atrás de si com um estrondo. Fico sentada ali, nervosa, até que ele volta e me passa uma cerveja, se acomodando ao meu lado. Resisto ao hábito de brindar. Não é mesmo uma ocasião para comemorações.

— Isso vai estressar o Jonas ainda mais, né? — murmuro, empática.

Ele assente e toma um gole da cerveja.

— Sua família cogitaria vender a fazenda?

Ele afasta a garrafa dos lábios com uma risada, então olha para mim. Seu rosto não expressa bom humor.

— Desculpa se é uma pergunta idiota.

Ele balança a cabeça e tira uma mancha de lama da calça jeans.

— Não, não é idiota. Não no sentido comum. Mas esta fazenda foi passada de pai para filho, desde que nossos ancestrais imigraram da Suécia para cá, em 1851. Jonas e eu fomos criados sabendo que tínhamos que proteger o legado da família. Temos o *dever* de proteger.

— É verdade que o nome de todo mundo na família é sueco?

— É. A família inteira: a irmã do meu pai, Agata, meu avô Erik, e o pai dele, Aan. Eu poderia continuar.

Eu me viro e olho para a casa de fazenda vermelha e branca.

— Seus ancestrais construíram a casa?

— E o celeiro — confirma ele, apontando com o queixo para o prédio. — São réplicas da fazenda na Suécia.

— *Você* já quis cultivar?

— Não é minha paixão, mas eu assumiria se precisasse.

— Sério? Você largaria seu emprego?

Ele assente.

— Você é mecânico de uma equipe da IndyCar, certo?

— Não, engenheiro de corrida.

— Ah! O que isso envolve?

— Sou tipo o intérprete entre o piloto e os mecânicos. — Ele me observa para avaliar meu interesse, então continua: — O motorista me dá o feedback sobre como o carro se comporta, e eu analiso todos os dados técnicos e descubro o que precisamos fazer para garantir que esteja tudo certo para o máximo desempenho. Então repasso as informações para os mecânicos, e eles implementam as mudanças.

— Uau, isso parece um trabalho muito importante. Você curte?

— Eu amo.

— E mesmo assim você desistiria? — pressiono, me esforçando para entender.

— Se algo acontecesse com o Jonas, sim. — Ele suspira. — Eu sinto como se já devesse ter voltado para casa.

— Você não pode largar o emprego dos seus sonhos — digo, gentilmente.

Ele se vira para me encarar, e sua expressão é tão austera que me parte o coração.

— Minha família está desmoronando, Wren. Meu pai não deveria estar trabalhando nessa idade, a pressão da minha mãe está nas alturas. Já estava… Deus sabe o que isso está fazendo com ela… E meu irmão está…

Ele balança a cabeça, desolado, e estou *muito* perto de estender a mão e colocar meu braço nos seus ombros para consolá-lo quando meu celular começa a vibrar no bolso.

Eu o puxo e xingo baixinho ao ver o nome de Bailey no identificador de chamadas.

— Sinto muito — digo a Anders, então atendo. — Estou indo, desculpa! — digo, antes que ela tenha a chance de perguntar onde estou. — Chego em cinco minutos!

— Encontro você em Wetherill.

— Ok. Desculpa! — repito, encerrando a ligação e olhando para Anders. — Eu odeio ter que ir, mas estou atrasada para encontrar minha irmã. Marcamos na ponte.

Ele assente, levando a garrafa aos lábios.

— Quer ir no Dirk's com a gente? — pergunto em um rompante, meio hipnotizada pela visão do seu pomo de adão subindo e descendo enquanto ele engole a cerveja. Eu pisco e ergo o olhar para seu rosto. — Sair de casa um pouco?

— Acho melhor ir procurar meu irmão.

— Não na sua moto, espero.

Lanço um olhar enfático para a garrafa vazia enquanto ele a coloca de lado.

— Só tomei duas.

— Mesmo assim, o que sua mãe diria?

— Ela sabe que conheço esses campos como a palma da mão — responde ele, os olhos dançando ao notar meu tom levemente zombeteiro.

Quando me levanto e me sacudo para tirar a poeira, um pensamento me ocorre.

— Era o que você estava fazendo naquela noite? Quando nos encontramos? Estava procurando o Jonas?

— Isso.

Não dá para acreditar que demorei tanto para somar dois e dois.

— E lá estava eu, pensando que você fosse simplesmente o babaca da vila — provoco.

O canto do seu lábio se curva, e sinto como se houvesse uma linha invisível ligando o gesto a um gancho alojado dentro do meu peito.

— Quem disse que não sou?

Capítulo Catorze

— Você ainda está nos Estados Unidos! — grita Bailey, depois de me perdoar pelo atraso, então engancha o braço no meu e me aperta enquanto caminhamos.

Não nos damos ao trabalho de dirigir desta vez, e estamos quase lá: a praça da cidade fica no fim da estrada.

— Você é minha amiga de bar. Minha nova parceira de bebida — diz ela, com uma risadinha.

— Você não tem nenhuma amiga da sua idade? — pergunto, sentindo um calor interior ao perceber sua alegria.

— Tem uma garota no trabalho que é ok. A gente saiu algumas vezes, quando Case e eu nos mudamos para cá, mas agora ela está grávida e nem um pouco divertida.

— O que você está achando do trabalho no momento?

— Chato.

— E o que você vai fazer a respeito?

Ela me lança um olhar engraçado.

— Nada. Esta é minha vida agora — acrescenta ela, de modo melodramático.

Franzo a testa.

— Não soa nada bem. Você já conversou com o Casey sobre isso? Ele está feliz?

— Delirantemente. Casey adora morar na cidade em que nasceu, perto do irmão, da mãe e do pai. Quase não acreditou quando surgiu uma vaga no clube de golfe.

— Mas se você não quer viver aqui…

— Eu aguento. Não leve tão a sério!

A conversa ainda ecoa na minha cabeça quando chegamos ao Dirk's.

"All My Favorite Songs", do Weezer, está tocando nas caixas de som. É a primeira coisa que noto. A segunda é que Jonas está no bar.

Puxo a manga de Bailey.

— Espera.

— O que foi? — pergunta ela, enquanto a arrasto de volta para a escada e pego o celular. — O que você está fazendo?

— Enviando uma mensagem para o Anders.

— Espera... o quê? Por que você tem o número do Anders? Por que está enviando uma mensagem para ele? Tenho muitas perguntas!

— Fui vê-lo mais cedo. Ele estava preocupado com o Jonas — respondo, distraída, digitando *Jonas está no Dirk's.*

Espero que ele visualize a mensagem. Quem sabe quanto já vagou por aí, à procura do irmão.

Ergo o olhar do telefone e me deparo com Bailey me encarando de modo intenso.

— Como você conseguiu o número do Anders e por que ele é da sua conta? E como você o conhece? E por que se importa com o que o Jonas está fazendo? E era sobre isso que vocês dois estavam conversando na outra noite? — Seus olhos estão praticamente esbugalhados para fora da cabeça. — *Era*?

— Calma. Usamos o abrigo contra tempestades dos Fredrickson, lembra? E deixei alguns pêssegos para o Patrik mais cedo. Anders estava lá. Começamos a conversar.

— Foi por isso que você se atrasou?

— É, sinto muito. Mas eu estava preocupada com ele e a família. Somos meio que vizinhos agora, não é?

Seu rosto se abre em um sorriso enorme.

— Não acredito que você ficou!

— Eu sei! — Sorrio para ela, torcendo, mas também duvidando de que esse seja o fim da inquisição sobre os irmãos Fredrickson. — Vamos tomar uma bebida.

Quando entramos, Jonas ainda está no bar. Está curvado, com os cotovelos apoiados na madeira pegajosa do balcão, os quadris se projetando para o lado como se ele estivesse muito relaxado ou muito bêbado. Tenho a forte sensação de que se trata da segunda opção.

— Ei — digo, tocando seu braço.

Ele levanta a cabeça do copo que estava observando, os olhos azuis vidrados. Acho que leva um momento para ele me situar, mas de repente seu rosto se abre em um sorriso torto e preguiçoso.

— E aí, Wren! — balbucia ele.

— Você está bem?

— Estou. Estou bem. — Ele cambaleia e põe a mão no bar para se apoiar. Pelo visto, está bebendo uísque puro. — Não reconheci você sem as roupas molhadas. E você está com o cabelo preso.

Ele balança o dedo em um círculo, os olhos vagando pelo meu rosto.

Nunca uso meu cabelo preso, mas descobri mais cedo que está comprido o bastante para prender em um coque.

A maioria das pessoas corta o cabelo quando passa por um rompimento. Em vez disso, decidi deixar o meu crescer. Ainda está meio que nos ombros, mas o comprimento é uma novidade.

— Qual o lance das roupas molhadas? — interrompe Bailey, os olhos brilhantes disparando entre nós.

— Wren caiu no rio — responde Jonas, apoiando o rosto na mão e contraindo a bochecha em um sorriso.

— Você caiu? — Bailey se vira para mim, os olhos no modo "Bu".

— Depois te conto — respondo, dirigindo a frase seguinte a Jonas. — Anders estava procurando por você mais cedo.

Ele ri e levanta a cabeça.

— Anders está sempre me procurando.

— Ele se preocupa com você — lembro, em um tom gentil. — Ele se importa.

Jonas pega sua bebida e olha para Bailey.

— Você é a filha do Ralph e da Sheryl, né?

— Oi? É. Sou a Bailey.

Ela sorri e estende a mão. Jonas leva um segundo para responder, e, quando o faz, sua mão engole a da minha irmã.

Estou surpresa que eles ainda não tivessem se conhecido, porém não parece que ele tem sido particularmente sociável nos últimos tempos.

— O que posso oferecer hoje? — pergunta Dirk, materializando--se à nossa frente.

Jonas ainda está apertando a mão de Bailey, que não parece se importar.

— O de sempre — responde ela, quando Jonas finalmente a solta.

— Que é?

Ela revira os olhos, depois se recompõe.

— Dois runs com Coca-Cola, por favor, Dirk! E seja lá o que *ele* esteja bebendo!

Ela não poderia soar mais entusiasmada.

Jonas ri em seu copo, depois bebe o restante do uísque.

Neste momento, Anders entra pela porta e sinto um frio na barriga pela segunda vez na noite. Seu olhar pousa em nós, e ele não parece surpreso, então deduzo que recebeu minha mensagem.

— Ei, mano — cumprimenta ele baixinho quando nos alcança, me dando um único aceno de reconhecimento, um agradecimento pelo aviso.

— Eeeei, mano! — responde Jonas, entusiasmado.

— Vem. Vamos para casa.

Anders aperta o ombro do irmão.

— Não vou para casa. A Bailey me pagou uma bebida.

Anders olha para Bailey.

— Oiiii. — O sorriso dela é puro flerte.

— Oi, sou o Anders — responde ele, brevemente.

Dirk coloca as bebidas no balcão.

— Fica para um drinque — peço a Anders, baixo para que nossos irmãos não possam nos ouvir.

Bailey está pagando a rodada e Jonas está de frente para o bar. É óbvio que Anders não vai conseguir convencer o irmão a sair tão cedo.

Ele suspira e ergue o queixo para Dirk.

— Cerveja? — pergunta Dirk a ele.

Anders assente, e eu me viro para Jonas.

— Ei, sinto muito pelo seu pai.

Seu sorriso vacila por um segundo.

— Bêbado demais para me importar com isso no momento.

— Você parece ser um bêbado muito feliz — reflete Bailey, enquanto Anders enfia a mão no bolso para pegar a carteira.

— Eu *sou* um bêbado feliz. Ao contrário do nosso pai. Ele *não* era um bêbado feliz, era, *mano*?

Anders enrijece e o fuzila com o olhar ao encostar o cartão na máquina.

Minhas entranhas se contraem. O que isso significa?

— Alguém está a fim de um jogo de bilhar? — pergunta Bailey.

— Com certeza — responde Jonas, surpreendentemente animado.

— Sinto muito por isso — murmura Anders, pegando a cerveja e andando ao meu lado enquanto seguimos Jonas e Bailey até a mesa de bilhar.

— Tudo bem. Convidei você para vir mais cedo, lembra? Contanto que Bailey esteja feliz, eu estou feliz.

E Bailey parece mesmo feliz. Está absolutamente linda hoje à noite, com um short de algodão vermelho e uma regata branca. Uma roupa simples, mas ela é tão deslumbrante que poderia usar um saco de batata e, ainda assim, arrasar.

Estou usando um vestido chemise preto, com as mangas compridas arregaçadas até os cotovelos, e meus tênis brancos, agora limpos. É uma roupa mais casual que a outra que usei da última vez que estive no Dirk's, mas ainda estou mais arrumada que a maioria das pessoas ali.

Preciso ir às compras. Trouxe apenas minhas melhores roupas, como é costume quando se sai de férias, mas meu guarda-roupa não está exatamente preparado para um verão longo e quente. Especialmente um verão longo e quente em bares rústicos, o que, pelo jeito, é o destino que Bailey tem em mente para mim.

Jonas termina de arrumar as bolas na mesa enquanto Bailey passa giz em um taco.

— A gente contra aqueles dois? — Jonas pergunta a ela.

Bailey é alta, tem um metro e setenta e cinco, mas ele se assoma sobre minha meia-irmã, o cabelo cor de chocolate ao leite caindo em ondas bagunçadas sobre as têmporas. Apesar da embriaguez, parece mais equilibrado desde a última vez que o vi, perto do rio.

— Acho bom — responde Bailey.

Anders passa giz em um segundo taco, aparentemente conformado com seu destino.

Jonas tira uma moeda do bolso.

— Cara ou coroa? — Seus olhos vão de Anders para mim.

— Você pode começar — responde Anders, sem sorrir.

— Ânimo, mano. — Jonas guarda a moeda no bolso e dá a volta até o fim da mesa. — Você quer começar? — Ele consulta Bailey primeiro.

— Não, pode ir.

— Sou péssima na sinuca, desculpa — aviso a Anders, enquanto Jonas faz a jogada e espalha as bolas por toda a mesa. Uma cai na caçapa.

É um pouco surreal que, duas semanas depois de vê-lo pela primeira vez jogando neste mesmo bar, eu seja sua parceira.

— Estamos só matando tempo — murmura Anders.

Se eu *estava* gostando da reviravolta, não estou mais. Ele parece muito infeliz de estar ali.

— Sua vez — avisa Jonas.

Anders acena para mim com deferência. Caminho até a mesa e tento acertar uma bola listrada verde, errando a caçapa por cerca de quinze centímetros.

Faço uma careta para ele, que levanta as sobrancelhas para mim.

Bailey é a próxima e sorri quando sua bola azul vai direto para a caçapa, mas grita, revoltada, quando a branca a segue.

Anders tem duas tacadas. Ele encaçapa uma amarela na primeira, e nada nas duas seguintes.

— Você perdeu o jeito? — pergunta Jonas ao irmão.

Anders dá de ombros e pega a cerveja do peitoril de uma janela alta, onde a havia colocado.

Sempre que Jonas ou Bailey encaçapam uma bola, Anders iguala tudo na sua jogada. Eu apenas faço o possível para acertar uma das nossas na minha vez.

— Você é mesmo péssima na sinuca — pondera Anders, perto do fim da partida.

— Sou, então, por favor, pode se apressar e encaçapar as últimas, porque preciso ir ao banheiro.

Ficamos tentando matar as duas últimas bolas por um tempo. Tenho a sensação de que Anders poderia acabar com a partida se quisesse, mas está tentando prolongar o jogo ao máximo.

Ele anda até o outro lado da mesa, alinha a tacada e ergue o olhar. Meu sangue ferve quando o verde do seu olhar encontra o meu. Eu não poderia desviar os olhos mesmo se quisesse. Ele quebra o contato e atira a bola direto para uma das caçapas, assim como fez na primeira vez que me flagrou observando-o no bar. De repente lembro outro detalhe daquela noite: Casey disse que Anders era casado, mas que perdeu a esposa em um acidente de carro.

— Droga! — vocifera Jonas, quando Anders encaçapa a bola preta. — Vamos jogar mais uma.

Como eu pude esquecer isso?

Anders solta um suspiro.

— Acho que vou dar um pulo até o bar, então. O que você está bebendo? — pergunta ele para mim.

— Rum e Coca-Cola, por favor — respondo, distraída.

— Bailey?

— O mesmo, obrigada!

Com atraso, percebo que ele parou de tentar convencer o irmão a ir embora.

— Vou tomar um uísque! — grita Jonas para o irmão.

Dirk está terminando de servir Anders quando saio do banheiro, então eu o ajudo a levar as bebidas para os outros.

— Eu disse *uísque* — reclama Jonas, quando Anders lhe entrega uma cerveja.

— Você é muito pesado para eu te carregar até em casa — argumenta Anders.

Jonas estala a língua, contrariado, e levanta a garrafa, preparando-se para beber.

— Vocês podem começar.

Eu entrego o taco a Anders, que balança a cabeça.

— Você quer me ver fazendo papel de boba?

— Por que parar agora? — Ele sorri e cruza os braços, os bíceps esticando as mangas da camiseta. Eu o olho com uma cara feia. — Mas aposto que você não faz papel de boba com frequência.

Sinto um frio na barriga, porque ele está certo. *Raramente* banco a idiota. Em geral, sou bastante sensata. A menos que esteja bêbada. Quando realmente não posso ser responsabilizada pelas minhas ações.

Acerto o taco na bola branca com toda a força, mas o triângulo de bolas coloridas mal estremece. Enquanto enterro a cabeça na mão, envergonhada, aqueles malditos irmãos, e até *minha própria irmã*, riem de mim.

— Como você é tão boa? — Eu exijo saber quando Bailey acerta as bolas e as manda quicando pelo pano verde para todo lado.

— Meu pai me ensinou — responde ela, dando outra tacada porque uma das bolas entrou.

As bolhas de felicidade no meu estômago estouram todas de uma vez. Ela fez o comentário com tanta indiferença.

Encontro o olhar de Anders, mas ele não está mais sorrindo. Desvio o olhar, pegando minha bebida em uma mesa próxima.

— Agora *eu* que preciso fazer xixi — declara Bailey à mesa, depois das jogadas de Anders e Jonas.

— Eu também — diz Jonas, apoiando o taco de sinuca na mesa.

— Não trapaceiem! — grita de volta para nós, seguindo Bailey enquanto ela praticamente sai correndo pelo bar.

Forço uma risada nada sincera e vou fazer minha tacada.

— Quer ajuda? — pergunta Anders.

Eu já havia lançado um olhar de desprezo fingido para ele, mas depois percebi que ele não estava sendo sarcástico. Anders está parado entre dois pôsteres de turnê emoldurados, um de Wolf Alice e outro do Radiohead. "Blue Jeans", da Lana Del Rey, soa nos alto-falantes, a batida lenta e abafada.

— Nem importa se eu sei jogar, né? — respondo, trêmula. — Você é bom por nós dois.

Ele dá de ombros e se apoia na parede de tijolos aparentes, cruzando os pés na altura dos tornozelos. É um gesto casual, mas seus olhos permanecem focados em mim, o olhar calmo e compreensivo.

De repente, mudo de ideia.

— Então tudo bem. Me mostra o que estou fazendo de errado.

Ele se afasta preguiçosamente da parede, e juro que a temperatura da sala aumenta quando se aproxima de mim.

— Coloca a mão esquerda sobre a mesa e segura o taco na altura da cintura com a direita — instrui ele, em um tom calmo. — Relaxa. Você está muito tensa. Agora abre os dedos. — Ele acena para minha mão esquerda. — Polegar para fora. Não, sua ponte não é forte o suficiente, você não vai conseguir uma tacada limpa assim. Olha.

Eu me afasto, e ele coloca a mão esquerda sobre a mesa, demonstrando como eu posso conseguir um melhor apoio para o taco.

— Deixa eu tentar.

Ele me devolve o taco.

— Seu cotovelo é como uma dobradiça, precisa ficar mais ou menos nesta posição.

Estremeço quando ele aperta meu cotovelo em uma demonstração, antes de soltá-lo.

Ainda posso sentir seu toque ao praticar o movimento com o taco, para a frente e para trás. Desta vez, fica mais ou menos apontado na mesma direção.

— Se conseguir bater aqui — diz Anders, inclinando-se sobre a mesa e indicando um ponto no lado esquerdo de uma bola amarela. — Vai direto para a caçapa do canto.

— Eu entendo os ângulos.

— Lógico que entende. Você é uma arquiteta — retruca ele, com um sorriso provocante.

Meus dedos dos pés se contraem enquanto rio. Tento me concentrar e, desta vez, quando lanço, a bola entra.

— Isso! — grito, contente.

— Muito bem! — elogia ele, caloroso.

Estou prestes a estender a mão para um high five quando nossa atenção é desviada para a área do bar. Bailey e Jonas estão parados ali, rindo, enquanto Dirk derrama o que parece ser tequila em dois copos de shot. Jonas olha para nós e vira o rosto depressa, dizendo algo no ouvido de Bailey. Ela lança um olhar culpado na nossa direção e se inclina sobre o balcão do bar, então os dois riem de modo conspirador enquanto pegam os copos e, não tão discretamente, brindam.

— Aqueles idiotas estão bebendo sem a gente — sussurro.

Bailey engole o shot e começa a tossir, e Jonas põe a mão no seu ombro, quase a derrubando com o peso bêbado do gesto. Aquilo só os faz rir ainda mais.

Ao meu lado, Anders solta um suspiro.

— Acho que a noite vai ser longa.

Nossos olhares se encontram, e ele pressiona os lábios, reprimindo um sorriso.

Não dá para dizer que estou chateada com a situação. Acho que estes irmãos precisam relaxar um pouco.

Capítulo Quinze

Ficamos até a hora de fechar, quando Dirk nos expulsa.

— Tenho que pegar a moto no estacionamento — avisa Anders, pedindo para que Jonas o espere.

— Você não está planejando voltar para casa dirigindo, né? — pergunto, alarmada, ao dobrar a esquina do prédio no seu encalço. Ele não parece tão bêbado para mim, mas tenho certeza de que não sou confiável para fazer tal julgamento.

— Não, vou andar até em casa. Não está legalizada, então já é ruim o bastante que eu dirija aqui, para começo de conversa.

O som de Jonas vomitando nos faz parar de súbito, e, ao mesmo tempo, a porta dos fundos do bar se abre.

— Ah, não me diga que você acabou de vomitar no meu capô — fala Dirk, em um tom sombrio, com um volumoso saco de lixo preto na mão ao encarar o mais velho dos irmãos Fredrickson.

— Merda — murmura Anders, porque sim, de fato parece que Jonas vomitou no capô de uma grande picape vermelha, que, pelo aspecto brilhante e limpo sob a luz dos postes da rua, é o orgulho e a alegria de Dirk.

— Vou te dar um sacode! — grita o dono do bar, com uma expressão furiosa enquanto joga o lixo em uma caçamba ali perto.

— Vamos limpar — diz Anders, apaziguador.

— É melhor mesmo! — grita Dirk, mostrando o dedo para todos nós. — Ou vocês vão ser banidos pelo resto do mês!

Assim que a porta se fecha, Bailey e Jonas se entreolham e caem na gargalhada. Falta apenas mais uma semana para julho, então não estão levando a ameaça de punição muito a sério. Anders me encara com ar de sofrimento.

— O que é "um sacode"? — pergunto a ele, solene.

Seu rosto se abre em um sorriso e, um momento depois, ambos perdemos a linha.

Fazia muito tempo que eu não ria tanto.

Há uma mangueira na porta dos fundos, então Anders não leva muito tempo para lavar o vômito do irmão. Eu me ofereço para ajudar, mas ele me enxota, e o autor do crime some de vista. Podemos ouvi-lo na esquina, rindo histericamente, com minha irmã. O som das risadas ricocheteia nas paredes dos prédios ao redor e ecoa de volta.

— Foi sempre assim? — pergunto, bem-humorada, enquanto Anders enrola a mangueira de volta. — *Você* tomando conta *dele*?

Ele balança a cabeça.

— Antes era o contrário. E você e Bailey? Ela é um pouco mais nova que você, certo?

— É, seis anos. Mas não tive muita chance de ser uma irmã mais velha protetora.

Anders olha para mim e assente, com uma intensidade nas profundezas dos olhos verdes. Quando fica sério assim, sinto um frio estranho na barriga, mas depois que ele desvia o olhar nunca fico aliviada.

Anders vai pegar a moto e partimos para casa, com ele empurrando-a na estrada ao meu lado. Bailey e Jonas estão à frente. Estão se dando bem. Bem demais, talvez? Eu deveria me preocupar? *Casey* deveria se preocupar?

— Faz quanto tempo que a Bailey está casada? — pergunta Anders, como se lesse minha mente.

— Uns cinco meses — respondo, me sentindo cada vez pior com a situação. — Mas seu irmão não daria em cima de uma mulher casada, certo?

Casey disse que Jonas tinha fama de conquistador.

— Não foi uma questão para ele no passado.

Ah, merda. Realmente espero que Bailey não seja cruel nem idiota o bastante para trair o marido, mas ela não parecia exatamente delirante com suas conquistas. Se está ansiosa para injetar alguma emoção na própria vida...

Anders dá de ombros.

— Não sei, talvez seja uma linha que ele só cruza com a ex.

— A ex dele é casada?

Ele assente.

— Os dois namoraram na época da escola. Jonas era loucamente apaixonado por ela, pensou que iriam se casar, mas ela o deixou por outro cara quando foi para a faculdade. A garota acabou casando com o tal sujeito, teve filhos e tudo, e o Jonas nunca conseguiu superar.

— Aí depois eles tiveram um caso? — pergunto, franzindo a testa.

— Eles viviam se separando e voltando, mas ela terminou, supostamente para sempre, há alguns anos. Jonas não teve nenhum relacionamento sério desde então. Ainda está ligado a ela.

— Ela mora por aqui?

Por algum motivo, me lembro da mulher na mercearia.

— Na verdade, ela voltou para a cidade recentemente. Acho que, em parte, é o motivo de ele estar tão confuso, mas o Jonas não me disse nada sobre ela. Não se atreveria, não desde o esporro que dei da última vez que suspeitei de que os dois andavam se encontrando. Só sei alguma coisa sobre a Heather hoje em dia porque minha mãe me conta.

— É o nome dela? Heather?

Ele concorda.

— Como ela é?

— Cabelo escuro, comprido, olhos azuis. — Ele me encara. — Por quê?

— Vi o Jonas na cidade há cerca de uma semana. Estava estacionado do lado de fora de um mercado. Tinha uma mulher de cabelo escuro lá dentro, pagando as compras. Estava com um filho pequeno.

— Quantos anos tinha o menino?

— Uns dois.

— Ela tem três filhos, mas pode ser o caçula.

Em vez de virar à esquerda em direção à ponte, Jonas e Bailey se dirigem para a direita. Eu me pergunto se Jonas percebeu que a está acompanhando até em casa.

O bairro de Bailey e Casey é um pouco decadente, mas a casa parece novinha em folha, com tinta branca recém-aplicada e uma porta roxa.

Scott e eu estávamos planejando comprar uma casa juntos, mas só iríamos preencher os requisitos da hipoteca quando ele pudesse fornecer dois anos da contabilidade do seu negócio relativamente novo.

Agora ele com certeza vai comprar uma com Nadine.

O pensamento não me machuca tanto quanto teria feito apenas algumas semanas antes. Acho que finalmente estou me sentindo melhor depois de ter me afastado um pouco dele e de Bury St. Edmunds.

Mas, também, minha atual companhia pode ter algo a ver com a sensação.

Bailey se vira e nos encara, sorrindo.

— Eu convidaria vocês para entrar, mas... É, não, não posso convidá-los para entrar.

— O Casey não está? — disparo, e confesso que é uma pergunta tática.

— Não. Está com o Brett. Eles provavelmente vão passar a noite inteira atirando em crianças no PlayStation.

— Quem são Casey e Brett? — interrompe Jonas.

— O marido e o cunhado da Bailey — respondo.

Jonas faz uma careta para ela.

— Você é *casada*?

Missão cumprida.

— Eu sei, é muito chato da minha parte — responde Bailey, dando de ombros.

— Bom, vejo você amanhã depois do trabalho, talvez?

Dou um passo à frente para abraçá-la.

— Amanhã não, vamos para a casa dos pais do Casey, mas em breve. — Ela olha para os irmãos atrás de mim. — Vejo vocês por aí?

— Sim — responde Jonas, com um aceno, e se vira.

Bailey segue pelo caminho até a porta da frente, lançando um pequeno sorriso para mim ao entrar e fechar a porta.

Não sei por que sinto pena dela, mas sinto.

Na tarde de sábado, vou ao celeiro para substituir meu pai. É um dia perfeito: vinte e poucos graus e brisa fresca. Como é fim de semana, está movimentado.

Acabei de pesar a cesta de uma família quando outra chega, um homem e uma mulher, na casa dos trinta e cinco ou mais, com três filhos pequenos. A mãe me parece familiar e, de repente, percebo que é a mulher que Jonas estava observando. Será que é Heather?

De perto, ela é muito bonita, com olhos azuis penetrantes e cílios escuros longos, talvez não totalmente naturais. O garotinho que está pendurado no seu quadril tem uma linda cabeleira de cachos castanhos, e está aninhado no ombro da mãe, chupando o polegar.

Agradeço e me despeço dos outros clientes, então sorrio para a família.

— Olá! Vocês estão aqui para colher pêssegos hoje?

Para minha surpresa, a mulher ri.

Seu marido, se é de quem se trata, sorri amigavelmente.

— Sim, por favor.

Acho que deve ter sido uma pergunta idiota — por que outro motivo viriam? —, mas é a recepção que meu pai e Sheryl têm usado e eu adotei, pois achei que era o tipo de coisa que um fazendeiro norte-americano gentil e amigável diria.

Meu sorriso vacila.

— De quantas cestas gostariam?

— Somos cinco, então cinco — responde a mulher, como se eu fosse burra por perguntar.

Tá legaaal... Pouso cinco cestas sobre o balcão.

— Aqui estão.

— Largue isso, por favor, Jacob — diz o pai ao filho mais velho, um menino de uns sete ou oito anos, que pegou um dos potes de vidro da mistura para bellini. Sua irmã, com uma idade situada em algum lugar entre a dos irmãos, o imita.

— Evie, você pode, por favor, largar isso? — pede o pai, igualmente paciente.

— Eles estão bem — retruca a mulher. — Vem aqui e pega os cestos.

— Precisamos mesmo de cinco? — pergunta o homem a ela, e obviamente acho que é uma dúvida razoável, porque estava me perguntando a mesma coisa.

— Só traz.

Ela sai pela porta aberta do celeiro.

— Evie! Jacob! — chama ele.

As crianças ainda estão brincando com os potes de purê de pêssego e não o ouviram, ou optaram por ignorá-lo.

— Evie! Jacob! — repete ele, com a mesma voz alegre. — Venham pegar uma cesta!

Evie olha para trás e solta o pote que está segurando. Deixo escapar uma exclamação quando o vidro bate no chão, mas felizmente ele apenas quica.

Então Jacob, ao perceber o que a irmã fez, joga o próprio pote com força a seus pés.

Como não se quebra em um milhão de pedaços, não sei, mas enquanto o menino olha para o frasco, ainda inteiro, tenho a impressão de que está desapontado.

— Com delicadeza! — diz o pai alegremente, enquanto os filhos correm e cada um pega uma cesta das mãos dele à espera.

Eu o encaro, impaciente.

Será que o cara não vai repreender os filhos por deixar os potes de vidro caírem, ou, no caso do filho, por *arremessar* um no chão? Será que vai verificar se os potes não estão rachados e se oferecer para pagar, se for o caso? Será que não vai, pelo menos, colocá-los de volta nas prateleiras? *Ou pedir desculpas?*

— Então, apenas escolhemos o que queremos? — pergunta ele, enquanto a filha tenta puxá-lo porta afora.

— Isso mesmo. Escolha só o que você planeja pagar — explico, entredentes.

— Saquei. Vamos, então — diz ele, enquanto o filho deixa cair a cesta no chão e sai correndo do celeiro. Ele se abaixa para pegá-la, adicionando-a ao número ridículo que já carrega.

Num impulso, pego o celular e mando uma mensagem para Anders: *A mulher que pode ou não ser a Heather está aqui.* Pressiono enviar, então me sinto rude por não adicionar nenhuma gentileza, então logo digito outra: *Como seu pai está? Espero que o Jonas não esteja se sentindo muito mal hoje.*

Depois de recolocar os potes intactos nas prateleiras, eu me dirijo para os fundos do celeiro.

Ao longo da semana, com a ajuda do meu pai e de Sheryl, quase terminei de limpar todo o lixo ao redor do Bambi. Ainda há algumas peças maiores de máquinas agrícolas de que preciso me livrar, mas elas não atrapalham o acesso, então tenho me concentrado no interior, removendo os estofados macios e arrancando os ladrilhos úmidos e podres. Acho que todo o trailer vai ter que ser depenado antes que eu consiga determinar exatamente o que dá para recuperar. Os ratos estão entrando de alguma forma e, com o mofo e a umidade, presumo que haja um vazamento.

Estou desesperada para dar uma boa lavada no exterior. Vai precisar de um bocado de trabalho para esfregar a sujeira de várias décadas, mas mal posso esperar para ver se o alumínio vai brilhar quando estiver limpo. Ainda não descobri como vou subir no teto para lavar a carroceria. "É só voar até lá em cima, como um passarinho", imagino Anders me provocando.

Ao pensar em Anders, pego o celular para ver se ele já respondeu. Sim.

Me manda uma foto.

Não! Vou parecer uma stalker esquisitona!, digito de volta, sorrindo.

Ele não me contou como está o pai nem Jonas, mas nenhuma notícia é uma boa notícia, acho.

Volto a atenção para Bambi.

Ainda estou vibrando de entusiasmo por estar renovando um Airstream vintage. Scott seria capaz de matar para ter um Airstream... ficaria fora de si se estivesse aqui.

A punhalada de dor que geralmente sinto quando ele me vem à mente perdeu a força.

Eu provavelmente deveria avisar que vou ficar em Indiana. Minha mãe concordou em passar em casa para regar as plantas e verificar se está tudo bem, mas ainda precisamos resolver a divisão do que compramos juntos. Não sinto que tenho direito a tudo simplesmente porque ele me deixou. Também devolvi o anel de noivado, poucos dias depois de ele me dizer que estava apaixonado por Nadine. Meu dedo anelar sentiu falta da joia por semanas, sentiu sua ausência quase constantemente.

Era lindo — um único diamante tradicional —, mas não era o que eu teria escolhido para mim... se Scott tivesse me consultado, o que não fez.

Talvez um dia eu ganhe um anel que vou amar de todo o coração. E talvez o homem que o coloque no meu dedo seja tão perfeito para mim quanto eu para ele. Espero.

O importante é que tenho esperança.

Depois de um tempo, a família termina de colher pêssegos, então volto ao celeiro.

— Onde estão as outras três cestas? — pergunto, quando a mulher pousa duas na bancada.

— Não sei. — Ela dá de ombros. — No pomar, em algum lugar.

— Você poderia trazê-las de volta, por favor?

— Vou buscá-las — diz o homem.

A mulher lança um olhar de desprezo para mim, enquanto ele corre para fora do celeiro. Eu gostaria de dar um voto de confiança e pensar que ela está apenas tendo um dia ruim — não deve ser fácil cuidar de três crianças pequenas —, mas não posso deixar de pensar que, se for mesmo Heather, Jonas tem um péssimo gosto. Com certeza, ele merece coisa melhor.

A lembrança de Jonas, bêbado e feliz como estava na noite de ontem, me deixa animada. Eu me pergunto se é assim que ele normalmente é, quando a depressão não o está puxando para baixo.

— Você é daqui? — pergunto a "Heather" ao pesar as frutas que trouxeram.

— Cresci aqui. Acabamos de voltar.

— Ah, certo.

A criança mais velha começa a brincar com os potes de mistura para bellini de novo, então se distrai, e depois *eu* me distraio com o som de uma moto derrapando até parar no estacionamento...

Capítulo Dezesseis

Anders entra no celeiro depois que a família sai. Eu o ouvi trocar algumas palavras com eles do lado de fora.

Ele parece surpreso ao me ver atrás do balcão.

— Você está *trabalhando*? Não deveria estar de férias?

— Agora sou filha de fazendeiro — respondo, irreverente, tentando conter o prazer de vê-lo de novo tão cedo.

— Sei como é — retruca ele, bem-humorado, colocando uma cesta no balcão. — Meu pai disse para agradecer pelos pêssegos.

Ele está com uma camiseta branca e short azul-marinho um pouco acima dos joelhos. As pernas longas são bronzeadas, e eu realmente deveria parar de olhar, mas é a primeira vez que o vejo sem calça jeans, então fica difícil.

— Como ele está? — pergunto, depois de conseguir desviar os olhos para o rosto dele.

— Bem. Os médicos estão dizendo que ele pode ter alta na segunda-feira.

— Isso é ótimo!

— Enfim, achei melhor trazer a cesta de volta.

— E de quebra fazer um pequeno trabalho de detetive? É a Heather?

— Infelizmente sim. Tão feliz em me ver quanto eu a ela.

— Vocês não são amigos?

— Você achou que ela é um tipo de mulher amigável?

— É, não posso dizer isso — respondo, com um sorriso irônico, dobrando as alças da cesta de vime para adicioná-la à pilha, junto às outras duas, que o marido de Heather finalmente devolveu. A quinta e última ainda está por ali, em algum lugar. — Eles deixaram uma das cestas deles no pomar, na verdade, e alguns pêssegos meio comidos. — Vi as crianças mastigando quando dei uma olhada. — Acho que é melhor eu recolher tudo e pegar a cesta.

Um pomar cheio de pêssegos com marcas de mordidas não passa uma boa impressão. Como esperado, todos os que Heather trouxe de volta para a loja estavam intocados.

— Como o Jonas está? — pergunto ao sair de trás do balcão.

— De ressaca.

— Imagino. Mas ele está bem?

— Está, nada mal — responde ele, dando de ombros ao me acompanhar. Ele para ao ver Bambi. — Não pode ser. — Anders olha para mim chocado. — É o velho Airstream do Bill e da Eileen.

— Eram os antigos proprietários da fazenda?

— Não, os primeiros donos. Sempre me perguntei o que tinha acontecido com o trailer. — Anders passa os dedos pelo emblema. — É original, certo? Deve ser o que, do início dos anos 60?

— Isso, a Airstream fabricou este modelo entre 1961 e 1963. Fazem uma versão moderna agora.

— Não acredito que estava aqui todo esse tempo — diz ele, admirado, esfregando distraidamente o polegar e os dedos para limpar a poeira. — Que desperdício.

— Estava coberto por uma lona. Não está no melhor estado, mas estou interessada em restaurá-lo.

— E depois? Vender?

Ele me lança um olhar penetrante.

— Não. Ficar com ele! Sempre quis um Airstream.

— Eu também.

Ele caminha até a traseira, os olhos assimilando cada centímetro da carroceria.

A mancha âmbar no seu olho é ainda mais surpreendente à luz do sol. Ele quase nunca encontra meus olhos por tempo suficiente para eu conseguir observar o detalhe com atenção.

— Eu estava pensando em você antes. Quero fazer uma boa limpeza, então imaginei você rindo das minhas tentativas de subir no trailer.

— Como um passarinho — diz ele, com uma risada, entendendo aonde quero chegar com a declaração. — Devíamos levá-lo para a fazenda. Temos uma lavadora de alta pressão. Posso ajudar você amanhã se quiser.

— Sério? Seria incrível. O único problema é... os pneus estão furados.

— O Jonas pode encomendar novos, se já não tiverem alguns na oficina.

— Oficina?

— Ele trabalha em uma oficina na cidade.

— Além de ser fazendeiro?

— É, não há muito trabalho para ocupá-lo em tempo integral, não em uma fazenda do tamanho da nossa. Exceto na colheita, aí todo mundo tem de dar uma mãozinha. — Anders acena para o Bambi. — Esta coisa é tão pequena, aposto que daria para levá-lo para nossa casa com um trator.

— Será que o Jonas ajudaria?

— Não, mas posso trazer o trator sozinho. Não é um problema.

— Seria ótimo, obrigada! Na verdade, meu pai e a Sheryl perguntaram se vocês teriam alguma utilidade para estes equipamentos agrícolas antigos.

Ele anda ao redor do trailer para examinar a sucata, em dúvida.

— Na verdade não, mas, se você quiser se livrar do lixo, talvez eu possa colocar atrás do galpão.

— Ah, sim, notei quando fui dar uma caminhada que você meio que tem um ferro-velho lá embaixo.

— *Ferro-velho?* É uma trilha de motocross!

Eu rio do tom indignado de Anders.

— Uma *o quê?*

— Uma trilha de moto, sabe, uma pista para andar de moto, fazer saltos e manobras.

— Parece perigoso.

— Bem, não é seguro — responde ele, com um sorriso malicioso. — Jonas e eu costumávamos acelerar muito quando éramos mais novos, mas já faz um tempo. Pensei em convencê-lo a voltar, ver se isso o anima.

— É divertido?

— Divertido *demais*. — Ele sorri. — É uma sensação de liberdade muito intensa, algo que realmente faria muito bem para o Jonas no momento.

— Você sempre gostou de motos, carros e essas coisas? — pergunto, tocada pelo modo como ele se preocupa com o irmão.

— Desde sempre.

— E sempre soube o que queria fazer?

— Quer dizer, sempre adorei assistir a corridas de automóveis... cresci vidrado em IndyCar, NASCAR e Fórmula 1... mas acho que nunca imaginei que teria a sorte de encarar corridas como uma carreira. — Ele dá de ombros. — Mas eu era muito bom na escola. Matemática e física eram minhas matérias preferidas. E tive um bom professor de física que me encorajou a pensar grande. O sr. Ryland — recorda ele, com carinho. — Era um fanático por carros de corrida. Mas e você? Como entrou na arquitetura?

Somos interrompidos pela chegada do meu pai, que dobra a esquina do celeiro.

— Ei, você!

Ele parece empolgado ao ver Anders.

— Oi — responde Anders, indo apertar a mão do meu pai.

— Temos um cliente? — pergunto.

— Não, só queria saber se você quer um café. Anders? — pergunta meu pai, esperançoso. — Podemos tentá-lo?

Anders olha para mim, então assente para meu pai.

— Lógico.

Ainda bem que fiz um miniaquecimento para o interrogatório que vem por aí. O coitado não faz ideia de onde está se metendo.

Capítulo Dezessete

— Não acredito que vocês estavam na mesma corrida — diz Anders para mim.

Acabamos de descobrir que estávamos na Indy 500 no fim de semana em que Luis Castro venceu a primeira das suas três corridas no circuito. Eu tinha apenas uns dezesseis ou dezessete anos na época, e foi bem antes de o piloto brasileiro se tornar quatro vezes campeão mundial de Fórmula 1.

Parte do entusiasmo do meu pai pelas corridas me contagiou ao longo dos anos, então, na verdade, é fascinante ouvir Anders. Na última meia hora, meu pai o bombardeou com perguntas.

Agora sei que há dois pilotos em cada equipe, e que Anders é o engenheiro-chefe de corrida de um deles; seu piloto, Ernie Williams, atualmente lidera o campeonato por apenas alguns pontos; em geral, Anders nunca tira folga durante a temporada, e todo mês de maio parece particularmente longo e brutal, porque a Indy 500 é espremida em um calendário já lotado; ele é um dos últimos a deixar a pista à noite, e fins de semana de corrida dupla são os piores, pois muitas vezes ele precisa trabalhar a noite toda para decifrar os dados de computador e decidir como a configuração do carro deve ser ajustada para dias consecutivos de corrida. Agora, ele deveria estar a oito horas de distância, em Iowa, em um desses fins de semana duplos, e se sente culpado porque o engenheiro assistente precisou substituí-lo, mas já vai estar em Indianápolis para uma corrida no próximo fim de semana, e em Nashville no fim de semana seguinte.

Também descobri que ele fez um curso de engenharia de automobilismo e se formou na IUPUI, depois começou como estagiário na Indy Lights, a porta de entrada para a IndyCar, mas logo foi promovido, e mais tarde contratado, por uma das melhores equipes da IndyCar.

Tenho a impressão de que sua ascensão foi mais rápida que a da maioria, porque ele é *muito* provavelmente brilhante.

Meu pai parece ter chegado à mesma conclusão, a julgar pela forma como está prestando atenção a cada palavra de Anders. Até eu estou me sentindo um pouco deslumbrada, e com certeza é por isso que me levanto e levo as xícaras de café vazias para a cozinha, dizendo a mim mesma para dar uma segurada.

Ouço Sheryl perguntar algo a Anders, então me viro e vejo que meu pai me seguiu até a cozinha.

— Caramba — diz ele, balançando a cabeça com assombro. — Que sujeito interessante.

— É. — Cometo o erro de encarar meu pai, e fica bem evidente o que ele está pensando. — Nem sonha — sibilo, baixinho para que Anders não consiga ouvir do sofá.

Ele ri baixinho e levanta a palma das mãos.

— Não quero me meter, mas há candidatos piores para um romance de verão.

— Eca, pai! Para! — Deixo as xícaras na pia. — Definitivamente, não estou interessada…

Congelo ao som de um pigarrear e me viro, horrorizada, ao ver que Anders está parado à porta.

O sangue corre para meu rosto e, pelo sorriso tímido, é óbvio que ele ouviu a conversa.

— Acho que vou indo. Mas obrigado por me receberem.

— Imagina! O prazer foi todo nosso! — Meu pai se derrete, acompanhando Anders pelo corredor até a porta da frente. — Você é sempre bem-vindo. Desculpe por ter feito tantas perguntas, mas eu acho o seu trabalho fascinante.

— Sem problemas — responde Anders, afável.

Estou no encalço dos dois, constrangida.

— Vou com você até a moto — digo a Anders, depois lanço um olhar incisivo para meu pai e fecho a porta na sua cara.

Anders ri baixinho ao atravessarmos o pátio até o estacionamento fora do celeiro.

— Não quis ser *tão* indelicada. — Estou sem graça, mas desesperada para explicar. — A última coisa de que preciso é meu pai bancando o casamenteiro. Ele sabe que não estou com cabeça para um relacionamento agora, não depois que meu noivo me abandonou por outra pessoa, e... Ah, Deus, não estou dizendo que pensei que você estivesse a fim de mim! — digo, apressada, com as bochechas em brasa. — Tenho certeza de que não está.

Estou trocando os pés pelas mãos, mas o fato de ele não demonstrar nenhum sinal de ter se ofendido é revelador. Ele *não* está interessado em mim, percebo. É por isso que não se importa se *eu* estou ou não interessada nele.

— Não, eu não estou — confirma ele, com um sorriso de lado, ao nos aproximarmos da moto.

Não achei que ele estivesse a fim de mim, mas mesmo assim fico com um nó na garganta ao perceber que ele sentiu a necessidade de deixar isso óbvio.

Paramos em ambos os lados da moto, e mal consigo encará-lo, me sinto tão humilhada.

— Minha mãe e eu tivemos exatamente a mesma conversa depois da tempestade — confessa ele, e meus olhos se erguem com seu tom. Anders não está mais rindo. — Também não estou em condições de me envolver em um relacionamento.

Hesito antes de confidenciar:

— O Casey comentou que você perdeu sua esposa há alguns anos. Em um acidente de carro.

Ele solta um longo suspiro.

— Foi há quatro anos e quatro meses, um acidente de kart.

Meu coração se aperta.

— Sinto muito.

— Vou ser sincero com você. Não estou nem perto de esquecê--la. E pelo jeito você ainda está tentando superar o que seu noivo fez. — Ele faz uma pausa, à espera de uma confirmação, então eu assinto. — Mas se você quiser um amigo…

— Mesmo depois que fiz você bater sua moto? — pergunto em uma voz fraca, de algum modo encontrando forças para fazer uma piadinha.

— Eu perdoo — sussurra ele.

Sorrimos um para o outro, mas me sinto estranhamente vazia quando ele sobe na moto.

— Vou passar com o trator amanhã. Ajudar a limpar seu pequeno Airstream.

— Eu adoraria. Obrigada.

— E ainda preciso saber como você se decidiu pela arquitetura.

— Vou te encher com isso outra hora.

Ele ri e liga o motor, acenando para mim quando dobra na trilha de terra.

Por mais que eu tente, não consigo parar de repetir mentalmente suas palavras pelo resto do dia: *Não estou nem perto de esquecê-la.*

Capítulo Dezoito

Anders verifica se estou livre, então aparece às quatro da tarde seguinte, com Jonas na caminhonete preta empoeirada dele.

— Jonas tinha uns na garagem — explica Anders, quando meu rosto se ilumina ao ver os pneus no compartimento de carga. — Acho que são do tamanho certo. Pensei em riscar uma tarefa da lista, então vai ser superfácil rebocar o trailer até nossa casa.

— Isso é incrível. Obrigada — agradeço a ambos.

Eles carregam os pneus, os músculos dos braços saltados.

Ainda não superei meu constrangimento da véspera, ou o sentimento forte e desconcertante de decepção quanto à rejeição de Anders, mas ele não está agindo estranho, o que ajuda. Preciso seguir em frente.

— Sem problemas — responde Jonas, jogando uma grande bolsa preta sobre o ombro e rolando um dos pneus até os fundos do celeiro. Anders quica o outro no cascalho.

Como o trailer é monoeixo, necessita apenas de dois pneus, embora eu também vá precisar substituir o sobressalente em algum momento.

— Vocês já foram ao hospital hoje? — pergunto.

— Fomos mais cedo. Meu pai está indo bem, mas está dormindo agora. Minha mãe quis ficar com ele — responde Anders.

— Fico feliz em saber que ele está se recuperando. Como posso ajudar? — pergunto, quando Jonas tira um macaco da sacola.

— Fique bem bonita e paradinha aí — cantarola ele.

Faço uma cara de afronta, estreitando os olhos.

— Não me faça dar um sacode em você.

Ele joga a cabeça para trás e ri, um som baixo e profundo, direto do fundo da barriga.

Quando Anders ri, o som é mais leve... sinto no meu peito, envolvendo meu coração.

Eu *realmente* preciso parar de pensar em coisas assim.

— É o jeito que ela fala, com sotaque inglês — explica Jonas a Anders assim que os dois se recuperam.

— Impagável — concorda Anders, os olhos verdes brilhantes.

Eu me pergunto como não os identifiquei imediatamente como irmãos. Sim, Jonas é um pouco maior e mais musculoso, e as feições de Anders são mais refinadas, mas há algo nas expressões que evidencia os traços de família.

— Vocês dois são tão parecidos quando estão sorrindo.

— Em compensação, *você* não se parece em nada com a *sua* irmã — observa Jonas.

— É que somos só meias-irmãs — lembro a ele, mas dói ouvi-lo dizer aquilo.

Bailey e eu somos *mesmo* diferentes. Ela é bonita e radiante, e eu sou apenas... *menos*.

— Sério, como posso ajudar? — insisto.

— É trabalho para uma pessoa só — garante Anders, com um sorriso.

— E, mesmo assim, estão vocês dois aqui me ajudando — argumento, em um tom meloso. — Fico muito grata — acrescento depressa, tentando passar seriedade.

Scott e eu dividíamos a caminhonete dele. Meu ex-noivo se responsabilizava por tudo quando o assunto era a manutenção do veículo. Sei que eu deveria ter sido mais "Abaixo o patriarcado!" e aprendido a fazer essas coisas sozinha, mas a verdade é que acho sexy quando um cara entende de carros.

Enquanto Anders lida com uma porca de roda particularmente emperrada, os músculos lustrosos do braço contraídos e flexionados, eu me lembro de que ele só quer ser meu amigo.

Mas ele é um amigo *muito* gato. E não tem problema algum em se apreciar *todas* as suas qualidades, certo?

Quando Jonas e Anders terminam de trocar os pneus, rebocar o Airstream até a fazenda e me ajudar a esfregar e lavar a carroceria com a mangueira de pressão, já são sete horas. Ambos ficaram presos no trailer, e rimos bastante, com muitas provocações. Minhas roupas estão úmidas e sujas, e meus braços doendo, mas por dentro me sinto tão efervescente quanto a espuma de sabão borbulhando no chão empoeirado.

Recentemente, li algo sobre a importância de fazer coisas que tragam felicidade. Anders teve a ideia certa quando disse que queria levar Jonas à antiga pista de motocross. Da minha parte, não tenho tido muita alegria na vida nos últimos tempos, mas, parada ali, observando Bambi, não consigo tirar o sorriso do rosto.

Não é tão brilhante quanto a maioria dos Airstreams que já vi on-line — o metal definitivamente embotou com o tempo —, mas gosto do acabamento mate.

Assim que cheguei, Peggy voltou do hospital. Aparentava cansaço, mas ficou agradavelmente surpresa ao ver nós três juntos. Ela me convidou para ficar para o jantar. Insistiu, na verdade. Eu não queria impor minha presença, não com tudo pelo que ela está passando, mas Anders me lançou um olhar que sugeria que eu deveria aceitar. Quando ela nos deixou, ele comentou que uma visita iria ajudá-la a se distrair.

Eu me sinto muito suja para me sentar à mesa, mas o sol ainda está quente, então pelo menos meu vestido estará seco quando eu voltar para casa.

— Quando você vai para a Indy? — pergunto a Anders, enquanto espero Jonas guardar a lavadora de alta pressão.

— Terça-feira.

— Acha que ainda volta aqui neste verão?

— Eu normalmente não voltaria, mas o Jonas anda insistindo para que eu tire uma folga.

— Pensei que fosse difícil fazer uma pausa durante a temporada.

— É, mas vou ver o que dá para arranjar.

Tenho a sensação de que ele moveria montanhas pelo irmão. Será que um dia Bailey e eu vamos ser tão próximas assim? Seis anos é uma grande diferença de idade, mas importa menos agora que estamos mais velhas. Nunca pensamos que tínhamos o bastante em comum a ponto de nos tornarmos amigas de verdade, mas não me sinto tão intimidada com sua personalidade extrovertida nos últimos tempos. Eu costumava me fechar quando estava perto dela, mas agora estou mais confiante. Definitivamente, há esperança para nós.

Jonas reaparece.

— Acho que merecemos uma cerveja. Quer que eu reboque a coisa de volta para sua casa primeiro?

Ele acena com a cabeça para Bambi.

— Ou você pode deixar na loja esta noite? — sugere Anders, apontando para o primeiro dos dois grandes galpões do qual Jonas acabou de sair. — Posso levar de volta amanhã de manhã.

— Isso seria ótimo. Não tem pressa. De qualquer forma, tenho que trabalhar amanhã.

— No que você está trabalhando? — pergunta ele, enquanto caminhamos em direção à casa da fazenda.

— Uma ampliação de escola primária.

— Legal.

— Na verdade, não é muito emocionante.

— Por que não?

— Não tem nenhum projeto envolvido… estou só esboçando um monte de desenhos técnicos. Mas pelo menos posso fazer o trabalho remotamente.

Há um pequeno bosque à esquerda e, em meio aos troncos das árvores, um grande reservatório de água é visível, cintilante à luz do sol do entardecer.

— Não sabia que tinham um lago. Você nunca nada ali? — pergunto.

— Às vezes. Por quê? Está pensando em dar outro mergulho acidental em breve? — responde Jonas.

Mostro a língua para ele.

— Da próxima vez, vou trazer um biquíni.

— É melhor mesmo.

Eu estava brincando, mas acho que ele está falando sério.

— Vou tomar um banho. Diz para minha mãe que chego em um minuto — avisa ele, caminhando em direção ao lago.

— Para onde ele está indo? — pergunto para Anders, confusa.

— Para a casa dele.

Anders aponta para uma cabana de toras perto da água.

— Ah, pensei que ele morasse na casa da fazenda.

— Com minha mãe e meu pai? — Anders bufa. — Nem pensar.

— Há quanto tempo a cabana existe?

Pelo tamanho, suponho que tenha apenas um quarto.

— Uns quinze anos. Jonas e meu pai a construíram usando árvores da floresta.

— Você não ajudou?

Ele balança a cabeça.

— Eu estava na faculdade.

— Jonas fez faculdade?

— Fez, faculdade agrícola. Mas morava em casa. Ia só para as aulas.

Anders me conduz pela lateral da casa, então abre uma porta de tela e a segura para mim. Entro em uma lavanderia. Há uma cama de cachorro cinza, deitada de lado no chão, coberta de pelos cor de areia.

— Vocês têm cachorro? — pergunto, e ele fecha a porta com um estrondo.

— Na verdade, morreu faz algumas semanas.

— Ah, perdão.

— Ela tinha catorze anos, mas, sim, Jonas sentiu o baque. Ela o acompanhava para todo canto.

É impressionante como Jonas passou por momentos terríveis nos últimos tempos; não é de admirar que se sentisse deprimido. Mas parece bem feliz agora, assim como na noite de sexta-feira, embora depois de algumas doses. Eu me pergunto se o fato de Anders estar em casa ajuda.

— Sempre quis ter um cachorro — confesso, parando por um momento.

— Pensei que você fosse a louca dos gatos?

— Não, eu só estava brincando. Gosto de gatos e cachorros.

Ele sorri.

— Que nome você daria?

Acho que ele se lembrou de que batizei minha gata com o nome de Zaha Hadid.

— Eames, acho.

— Em homenagem a Charles ou Ray?

— Depende se for macho ou fêmea.

Ele ri e assente.

Adoro que ele entenda minhas referências de arquitetura.

— Pode ir — instrui ele.

Chego à cozinha, na parte de trás da casa, onde Peggy está a um balcão, cortando vagens.

Ela se sobressalta ao nos ver.

— Anders! Você devia ter entrado pela frente! Isso não é jeito de receber uma convidada em casa.

Ele revira os olhos enquanto a mãe pega um pano de prato e seca as mãos. O cabelo branco está preso em um coque, no alto da cabeça.

— Vou trocar de camisa — avisa Anders, gritando para trás enquanto avança pelo corredor: — Jonas vai chegar daqui a pouco.

Fico meio sem jeito, desejando que *eu* pudesse me trocar ou tomar uma chuveirada.

— Precisa de ajuda? — pergunto a Peggy.

— Não, acabei aqui — responde, tirando o avental. — Espero que goste de carneiro.

— Gosto. Está com um cheiro delicioso, mas não precisava ter todo esse trabalho.

Ela dispensa minha preocupação com um aceno de mão.

— Eu teria cozinhado para os meninos de qualquer modo. O que você gostaria de beber? Eu estava pensando em abrir uma garrafa de rosé.

— Parece ótimo. Sinto muito aparecer de mãos vazias.

— Ah, pare com isso. — Ela vai até a geladeira e pega uma garrafa, então abre a tampa de rosca: — Amei o drinque de pêssego, a propósito.

— O bellini?

— Eu tinha esquecido como se chamava, mas sim. Estava uma delícia.

— Vou trazer mais purê para você.

— Não foi uma insinuação! Mas não vou negar se você puder nos ceder alguns.

— *Com certeza* podemos ceder alguns — digo, com um sorriso, aceitando o copo que ela me oferece e olhando em volta.

As paredes e o teto da cozinha são revestidos com cedro-branco, mesmo material dos armários e do balcão. Somados aos ladrilhos de terracota vermelho-alaranjados, o efeito geral é um pouco exagerado.

Percebo que há uma série de grandes porta-retratos pendurados na parede do corredor, então inclino a cabeça para vê-los melhor.

— Se importa se eu der uma olhada?

— Imagina, querida. Sinta-se em casa.

Todo o andar de baixo da casa — pelo menos todos os cômodos que vejo, inclusive a sala de estar contígua — exibe o mesmo cedro-branco. O piso todo é revestido com cerâmica e repleto de tapetes estampados dispostos a intervalos regulares.

O que eu não daria para colocar as mãos neste lugar e dar um pouco mais de luz ao ambiente.

Giro o vinho na taça por hábito enquanto estudo as fotos da família. As molduras são todas ovais e variam um pouco em tamanho, mas todas são feitas de materiais diferentes entre si, desde madeira escura e polida a metal trabalhado, banhado a ouro.

Na cozinha, Peggy coloca as vagens picadas em uma panela no fogão, mas, assim que termina, se junta a mim.

— Quem são eles?

Aceno para um casal de aparência austera em uma fotografia em preto e branco. É muito antiga e mostra um homem em pé, à direita de uma mulher, sentada em uma poltrona de espaldar alto.

— É o tataravô de Patrik, Haller, e sua esposa, Sigrid. — O sotaque de Peggy é norte-americano com uma cadência do Meio-Oeste, mas ela pronuncia o nome do homem com um quê escandinavo.

— Eles são os colonos originais? — pergunto, interessada.

— Isso mesmo.

Outra fotografia em preto e branco mostra um homem e uma mulher exatamente na mesma pose. Preciso admitir que é um pouco sinistro.

— Estão sentados na mesma cadeira — percebo, olhando mais de perto.

— É — responde Peggy, com uma risadinha. — Aquele é Henrik, filho de Haller, e sua esposa, Edna. — Ela se move mais ao longo da parede. — E aqui estão Aan e Rose, e Erik com Mary.

Todos foram fotografados exatamente na mesma pose, na mesma cadeira.

— E aqui estamos nós — anuncia ela, alegre, apontando para uma foto sua com o marido.

É uma fotografia colorida, como as duas últimas, e não há como disfarçar o brilho nos olhos de Peggy, mesmo quando exibe um semblante relativamente sério. Ela parece tão jovem… vinte e tantos anos, talvez. Percebo que Anders herdou dela os olhos verdes e as sobrancelhas marcantes.

— Ainda temos a cadeira.

Ela aponta para a sala de estar e, no canto, vejo a poltrona vermelha de espaldar alto.

— Adorei! — exclamo, encantada, indo olhar mais de perto.

O tecido está desbotado e puído, mas fico emocionada mesmo assim.

Volto a atenção para o restante da sala. Praticamente todas as superfícies estão cobertas de enfeites, antiguidades e porta-retratos. Quanto mais eu olho, mais quero apagar o que disse anteriormente, sobre colocar as mãos no lugar. Há mais de cento e setenta anos de história dentro da casa. Se *dependesse* de mim, talvez deixasse exatamente como está.

Mas, pensando bem, uma demão de tinta branca faria maravilhas.

Meu olhar desvia para uma fotografia em uma moldura prateada, e meu coração dispara ao reconhecer Anders, no dia do seu casamento.

— Esta é Laurie — diz Peggy, quando percebe o que chamou minha atenção.

Finalmente um nome para a esposa.

— Anders me contou o que aconteceu — digo, no mesmo tom contido de Peggy.

Estudo a fotografia. Ele está deslumbrante em um terno preto justo, camisa branca e gravata preta fina. O cabelo está mais curto que agora, e o rosto está voltado para a esposa — Laurie —, que sorri para ele. O cabelo loiro de Laurie está penteado em um meio coque, enfeitado com minúsculas flores brancas. O vestido é de renda branca e sem mangas. Ela está absolutamente linda.

— Uma das piores coisas que já aconteceu com a nossa família — murmura Peggy, a voz tensa de dor.

Uma das?

Ela deve ler minha mente, porque, de repente, parece constrangida.

— Como está o Patrik?

— Ah, ele está bem — responde ela, com um aceno indiferente, me fazendo acreditar que não coloca o ataque cardíaco do marido no topo da lista de quaisquer outras tragédias que se abateram sobre a família.

Na verdade, ela parece muito mais relaxada e à vontade do que estava no abrigo contra tempestades, mais de acordo com a descrição do meu pai: "uma senhora muito amigável". Deve estar tão aliviada por saber que o marido vai ficar bem.

— Acho que ele está gostando do descanso — acrescenta ela, de forma conspiratória. — São as melhores férias que ele teve em anos.

— E de quem é a culpa? — pergunta Anders em voz alta, descendo as escadas.

— É, é, eu sei. Estou trabalhando nisso — rebate sua mãe, que revira os olhos e sorri para mim antes de voltar para a cozinha.

Anders vestiu uma camiseta preta. O cabelo está molhado, alguns fios loiros muito escuros caídos por sobre os olhos verdes. Minúsculas gotas de água se grudam às pontas, e eu as observo, voltando à realidade quando ele corre a mão por entre as mechas rebeldes e as coloca de volta no lugar.

— Você tomou banho — sussurro, de modo acusador. — E eu estou um caos.

— Você está ok — responde ele, com uma careta, acenando para a cozinha.

Anders cheira a gel de banho cítrico, ou talvez seja xampu.

Uma porta se abre e nos viramos para ver Jonas entrando na casa pela lavanderia.

— Cadê minha cerveja?

— Está a caminho — responde Anders, com uma preguiça fingida, indo até a geladeira.

Ele pega o rosé primeiro e enche minha taça, então a da mãe, em seguida, tira um par de garrafas de cerveja para Jonas e para ele.

— Saúde — diz Jonas, com um sorriso, convidando todos os quatro a erguer as bebidas em um brinde.

Comemos na sala de jantar, em uma mesa de mogno oval, com jogos americanos antiquados de crochê branco. Jonas ocupa uma das cabeceiras, e Peggy a outra. Anders e eu estamos no meio, um de frente para o outro.

O vapor exala das travessas que Peggy e Anders colocaram na mesa: uma paleta de cordeiro desossada, com um molho suculento e brilhante, batatas assadas crocantes e douradas e vagem na manteiga, apimentada. Jonas trouxe uma faca, e acho que todo mundo está à espera de que ele destrinche o assado antes de servir os legumes, mas em vez de fazer seu trabalho ele abaixa a faca e estende a mão para mim, com a palma para cima. Levo um segundo para perceber que Peggy está fazendo o mesmo à esquerda.

Ah, merda, eles estão dando graças!

Nunca estive em uma mesa em que as pessoas dão graças, então me sinto completamente fora da zona de conforto. Mas tenho uma sensação estranha de contentamento ao segurar a mão macia de Peggy e a mão calejada de Jonas e ouvir a cadência suave do sotaque norte-americano da mulher encher a sala, agradecendo pela nossa boa saúde, pela vida de Patrik, pela minha presença à sua mesa e por pessoas chamadas Ted e Kristie, que lhes presentearam Ramsay, assim como pelo próprio Ramsay — mas nem quero me aprofundar no que *isso* significa.

Não sou religiosa, mas há algo de bom sobre aquela corrente de mãos que formamos, aquele sentimento de união.

Peggy termina de falar, e nós soltamos as mãos. Levanto a cabeça e flagro Anders me encarando, com um pequeno sorriso nos lábios.

E, apesar de tudo que dissemos um ao outro na véspera, sinto uma forte fisgada de arrependimento por não ter segurado a mão dele, em vez da de Jonas.

Capítulo Dezenove

Depois do jantar, Anders me acompanha até em casa.

— Primeira vez dando graças, hein?

Ele volta o olha para mim, com uma inflexão bem-humorada nos lábios.

— Dei tão na cara assim?

— Não muito.

Estamos ambos um pouco embriagados, e a conversa soa descontraída e fácil.

— Quem são Ted e Kristie? — pergunto, ao paramos para observar o céu.

Está repleto de listras neon, como se uma criança gigante o tivesse rabiscado com iluminador roxo, rosa, azul e laranja.

— Fazendeiros amigos dos meus pais.

— E quem, ouso perguntar, é Ramsay?

— Quem *foi* Ramsay — corrige ele, olhando para mim. A mancha âmbar no seu olho está mais escura àquela luz, a íris de um verde mais fosco. — Acho que você sabe.

— Ah, puxa. — Esfrego o rosto com a mão e continuo a caminhar. — Nunca tinha comido nada que tivesse um nome.

A risada baixa de Anders aquece minha pele e me deixa molinha. Eu deveria me envergonhar pelo fato de ele ter me transformado no equivalente humano de um marshmallow assado, mas gosto demais da sensação.

— É o melhor tipo — diz ele, caminhando ao meu lado. — Se alguém se importa a ponto de batizar um animal, pode ter certeza de que cuidou dele quando estava vivo. O Ramsay teve uma boa vida na fazenda antes de chegar a hora dele, o que é mais do que pode ser dito sobre qualquer coisa que você compra no supermercado.

— Imagino que você tenha razão.

— Tenho certeza.

Chegamos a minha porta, e Anders se vira para mim sob as luzes da varanda, o olhar vagando para minha testa.

— Está meio sujo aqui.

Ele levanta a mão como se fosse limpar, então muda de ideia e deixa cair o braço, mas ainda sinto a vibração do *quase* toque.

— Onde? — Meus dedos pousam em algo arenoso quase de imediato. — Anders! Por que você não me disse mais cedo? Fiquei sentada lá o tempo todo ao lado da sua mãe com o rosto sujo.

— Ela nem teria notado. Esposa de fazendeiro, nem vê mais a sujeira.

— Saiu?

Ele examina minha testa e, em seguida, o restante do meu rosto, fazendo meu sangue zunir com eletricidade. Nossos olhares se encontram, e ele me dá um pequeno aceno.

Droga, eu gosto dele.

De repente, Anders se move.

— Vejo você amanhã.

— Sim! Obrigada mais uma vez pela ajuda com o Bambi hoje — digo, enquanto ele se afasta

— Foi um prazer.

Anders não volta a me encarar ao se virar e descer os degraus, apressado. Também não olha para trás. Sei disso porque eu o observo, e espero até que ele desapareça.

No dia seguinte, Anders ainda está em meu pensamento enquanto me sento à minha nova escrivaninha, no quarto, para tentar trabalhar.

Meu chefe, Graham, enviou os detalhes da licitação para a ampliação da escola de ensino fundamental e, ao analisar tudo, percebo que o engenheiro de serviços deve ter especificado mais espaço ao redor da bomba de calor na casa de máquinas, porque meu predecessor, Raj, sacrificou um armário de utilidades em favor do espaço.

Participei das reuniões no estágio inicial, quando entrevistamos a equipe para registrar suas contribuições, e o faxineiro, Jerry, um cara de quarenta e poucos anos com mullet e mau hálito, reclamou por quase uma hora. Se ele não conseguir um armário de vassouras, vai ficar puto.

Trabalho para reconfigurar o design interno, sabendo que, se roubar espaço das salas de aula, os professores e os diretores também não vão ficar felizes. É puro malabarismo, mas resolvo tudo ao deslizar alguns centímetros aqui e ali.

Estou amando meu escritório temporário. Meu pai e eu fomos até a cidade de manhã, e nem acreditei quando encontramos esta escrivaninha em uma lojinha de móveis. Foi uma visita de impulso — na verdade, estávamos a caminho do Walmart. É um móvel simples, mas elegante, com pés de metal verde-musgo e tampo de bétula. É pequena o suficiente para caber em uma das mansardas, mas grande o bastante para acomodar uma luminária de mesa, o laptop e uma bandeja. Felizmente, nunca viajo sem meu MacBook Pro, caso contrário meu plano de trabalho remoto não estaria se desenrolando tão bem. E menciono a bandeja porque Sheryl a trouxe um segundo antes, com café e um bolinho recém-assado de pêssego, baunilha e amêndoas, e ainda bem que havia espaço para a refeição.

Verifico os e-mails e encontro um longo e cheio de detalhes que minha mãe escreveu, depois outro de Sabrina, uma amiga que vai se casar em outubro. Ela me colocou em cópia, assim como um monte de amigos, na mensagem sobre seus planos para o fim de semana da despedida de solteira.

Sabrina e seu noivo, Lance, são os únicos amigos que Scott e eu temos em comum, e me senti meio que dividida em relação aos dois desde que Scott rompeu o noivado. Por enquanto, Sabrina parece estar do meu lado, e Lance, do de Scott.

Mas não sei quanto tempo a situação vai durar. Eles não vão conseguir excluir Nadine para sempre, se ela e Scott continuarem juntos. E acho que não vão dizer que Scott não pode levá-la ao casamento. Posso estar me sentindo um pouco melhor quanto à separação, mas ainda não consigo me imaginar comparecendo à cerimônia sozinha e encontrando os dois lá.

Clico em um e-mail do meu colega, Freddie, e descubro que está se sentindo culpado por assumir o controle da obra de Lucinda Beale. Quer saber se estou bem com a decisão, e lhe asseguro que sim. Talvez eu tenha ficado aborrecida no início, mas agora, ao olhar os campos verdejantes que se estendem em suaves ondas até o horizonte, e o céu azul-centáurea pontilhado de nuvens brancas e fofas, mal consigo acreditar na sorte que tenho.

Às vezes, penso enquanto como o bolinho, *a vida realmente te dá pêssegos.*

Anders deveria me devolver o Bambi hoje cedo, mas, à medida que a manhã avança sem nenhuma notícia, começo a ficar nervosa.

Estou atraída por ele. Mais do que gostaria de admitir. E, depois do modo como me olhou na noite anterior, não tenho certeza de que o sentimento não seja nem um pouquinho recíproco. Então por que ele não entrou em contato como prometeu?

Dou o braço a torcer e mando uma mensagem.

Você ainda vai trazer o Bambi de volta hoje à tarde?

Ele responde em um minuto. *Não. É nosso agora.*

Ladrão!, respondo, rindo.

O Jonas vai levá-lo em uma hora. Papai está em casa. Vou voltar para Indy em breve.

Sinto um buraco no estômago. *Hoje?*

Achei que ele havia dito amanhã.

Isso

É tudo o que ele responde, nada mais, nenhuma pontuação, nada.

Luto contra a vontade de perguntar quando ele vai voltar... se vai voltar.

Decido por: *Dirija com cuidado.*

Ele não responde.

Levo cerca de uma semana até parar de me sentir sem graça sempre que penso em Anders. A princípio, fico furiosa comigo mesma por desenvolver uma paixonite por alguém que chegou a me *dizer* que não estava interessado. Como foi que acabei me iludindo, achando que talvez ele tivesse mudado de ideia, é um mistério para mim.

Pelo menos, não volto a pensar em Scott. Passo os dias trabalhando sozinha no quarto, as noites com meu pai e Sheryl, ou com Bailey e Casey, ou às vezes em uma combinação dos quatro, e sempre que tenho algum tempo livre me dedico à restauração do Airstream.

À certa altura, minha melancolia desaparece e volto a me sentir uma sortuda por estar em Indiana no verão.

É sábado à tarde, fim da primeira semana de agosto. Em meio ao rodízio para atender os clientes, tenho ajudado Sheryl na cozinha. Ou melhor, no momento, ela tem me ajudado.

Depois de colher uma enorme safra de ruibarbo e inspirada pelos bellinis, pesquisei no Google receitas de coquetéis e encontrei uma com xarope de ruibarbo. Sheryl e eu andamos esterilizando frascos, lavando e cortando pedaços de ruibarbo e depois os cozinhando com açúcar refinado e água. Nossos esforços produziram várias dezenas de potes de xarope rosa-brilhante, que cintilam sob as luzes do balcão da cozinha.

Nesse meio-tempo, meu pai assistiu à corrida de rua da IndyCar, em Nashville. Ele me chamou mais cedo, porque havia visto Anders na TV, e estava fora de si.

A câmera cortou antes de eu chegar à sala, mas meu pai rebobinou para mim e, devo admitir, meu coração disparou ao ver Anders sentado no posto de cronometragem na reta dos boxes, com um fone de ouvido preto e uma expressão muito séria.

Achei que tínhamos concordado em ser amigos, no mínimo. Mas quase duas semanas se passaram sem uma palavra.

Lembro a mim mesma que também não mandei nenhuma mensagem.

Percebi que faço isso com frequência. Julgo uma situação precipitadamente e acho que as pessoas estão pensando uma coisa quando, em geral, sou eu quem entende tudo errado. Como o mal-entendido com Bailey sobre onde me sentar à mesa de jantar. Casey e ela apareceram para jantar diversas vezes nos últimos quinze dias, e, na primeira, ela fez questão de me sentar ao lado do meu pai. Eu me senti um pouco idiota, na verdade, como se tivesse exagerado e estivesse me comportando feito uma pirralha mimada. Mas ela insistiu e, quando superei o desconforto inicial, apreciei que minha meia-irmã se importasse. Ajudou. Eu me senti mais parte da família, e a sensação de estar sendo excluída de algo desapareceu por completo.

— Olha ele ali de novo! — grita meu pai da sala de estar. — Wren!

— Estou indo — respondo.

Ele já está rebobinando e pausando, e, num impulso, pego o celular e tiro uma foto da tela da TV.

Envio para Anders com a mensagem: *Olha! Meu amigo está na televisão!*

A corrida já terminou em tempo real — meu pai teve que pausar para atender os fregueses —, mas, pelo que Anders nos disse sobre os dias de competição, ainda deve estar na pista. Duvido de que vá me responder tão cedo. Isso se responder.

Bailey combinou de passar aqui depois do trabalho, e, quando chega, preparo drinques para nós — uma dose de xarope de ruibarbo, uma de vodca de baunilha e duas de limonada —, depois os levamos para a varanda. Meu pai e Sheryl nos deixam sozinhas. Eles têm um balanço de madeira branca, que é meu lugar favorito para me sentar de manhã cedo, ou nas noites mais frias, quando posso assistir à dança dos últimos vaga-lumes da estação sobre a soja. As plantas chegam agora à cintura e têm pequenas vagens penduradas.

Às vezes Jonas passa com o trator, ou no Gator, ou em outro veículo agrícola. Na véspera, eu o vi pulverizando os campos, os braços mecânicos gigantes se estendendo de ambos os lados do trator. Quando, hoje de manhã, um pulverizador agrícola sobrevoou a plantação, aspergindo algum tipo de defensivo no milho, assisti da janela do quarto, e o imaginei no pequeno avião branco também. Duvido que fosse ele, mas me divertia ao pensar em Jonas indo de lá para cá, riscando um monte de afazeres da lista de tarefas. Não dá para acreditar que, além disso, ele trabalhe na oficina da cidade.

Percebo que sinto falta de Jonas, e não apenas do seu irmão. Gostei de passar tempo com *os dois* quando ajudaram com o Bambi, e estou triste que nossos caminhos não tenham se cruzado outra vez.

Jonas ainda não me cobrou pela troca de pneus de Bambi. Pensei em aparecer no seu trabalho para acertar as contas e perguntar sobre a substituição do pneu sobressalente, mas me ocorreu que ele talvez quisesse fazer isso por fora. Quem sabe eu vá até a fazenda no dia seguinte, para acertar o pagamento e ver como ele está.

O calor sufocante deu uma trégua. Na véspera, chegou à casa dos noventa e cinco graus, mas hoje ficou apenas em oitenta. Estou em Indiana há um mês e já me acostumei a falar em Fahrenheit, mas, na verdade, é vinte e seis, em vez de trinta e cinco graus Celsius. Observo Bailey tomar sua bebida.

— Vamos dar uma volta? — pergunto, em um rompante.

Poderíamos dar um pulo na fazenda Fredrickson agora, mas deixo a ideia de lado assim que me ocorre. Bailey não tocou no nome de Jonas desde no porre no Dirk's, e me pergunto se está tentando tirá-lo da cabeça. Se for o caso, não quero minar sua determinação.

— Sério?

Bailey não parece convencida, mas está uma noite linda.

— Você deu uma olhada no canteiro de abóboras ultimamente?

— O canteiro de abóboras? — Ela faz uma careta. — Não.

— Vamos. As gavinhas começaram a florescer alguns dias atrás.

Descemos a trilha e passamos pelo celeiro preto, na direção do campo que margeia o milharal dos Fredrickson, aquele que foi atingido pelo granizo. O canteiro de abóboras se estende diante de nós, as flores parecendo estrelas-do-mar amarelas em um mar de verde.

— Isso está tão bom — comenta Bailey, feliz.

Imune à paisagem... ela está falando do drinque.

Eu tomo um gole.

— Casey não se animou a sair hoje à noite?

— Não, ele está com o Brett.

— Eles se dão bem, né?

— Um pouco demais até. Não consigo me livrar dele.

— Você *quer* se livrar dele?

Não tenho certeza se foi zombaria ou irritação que consegui discernir no tom seco dela.

— Não, ele é legal. Ainda não abusou da hospitalidade. Você vai saber quando acontecer.

Ela sorri, mas me pergunto se está falando sério. Não está casada com Casey há tanto tempo e, ao contrário do marido, é nova na cidade.

Casey está dando tempo e atenção suficientes à esposa? Está fazendo o bastante para garantir que ela se adapte?

Ainda não me sinto à vontade para fazer essas perguntas. Tenho a sensação de que ela riria da minha preocupação.

Pelo menos ela tem meu pai e Sheryl por perto, então não está completamente sozinha.

E tem a mim também, por enquanto.

Um veículo aparece na estrada e, assustada, percebo que Jonas está ao volante. Ao nos ver, ele pisa no freio, e uma nuvem de poeira branca envolve a caminhonete preta, assim como minha irmã e eu. Estamos rindo e tossindo enquanto ele abaixa o vidro da janela. É como se o destino tivesse se intrometido e o colocado no nosso caminho. Se isso é bom ou não, ainda não sei.

— Senhoras — diz ele, com um sorriso, os olhos passando de mim para Bailey.

— E aí! — exclama ela. — Como vai?

— Nada mal.

— Onde você estava? — pergunto.

— Feira Estadual de Indiana. O que é *isto*?

Ele gesticula para nossos drinques cor-de-rosa.

— Experimenta um pouco.

Bailey lhe entrega seu copo pela janela.

Ele toma um gole e faz uma careta.

— Rapaz, que negócio doce.

Ele devolve o copo.

— Ah! Você pode esperar um segundo? — pergunto. — Sua mãe iria amar este drinque. Pode levar para ela um pouco de xarope de ruibarbo?

— Ela já foi embora. Desculpe.

— Para onde? — pergunto, surpresa.

— Wisconsin, para a casa da irmã do meu pai. Ela e meu pai vão passar algum tempo por lá. Partiram hoje de manhã.

— Ah, legal!

— É, férias muito atrasadas. — Ele parece satisfeito com a situação. — Anders está voltando para cá amanhã, na verdade. Vocês deviam aparecer na fazenda, podemos queimar uma carne.

— Ah, beleza! — responde Bailey.

Estou assumindo que "queimar uma carne" é a expressão local para um churrasco, mas, o mais importante, *Anders está voltando? Por quanto tempo?*

Eu não deveria me importar. *Sei* que não deveria. Mas foda-se, eu me importo.

— Que horas? E o que temos que levar? — pergunta Bailey.

— Umas quatro? E só vocês mesmas.

Assim que ele se afasta, quero morrer, porque me esqueci de perguntar sobre os pneus do Airstream. Deixa pra lá, pago amanhã.

Quando olho para o rosto de Bailey, vejo que está radiante.

Será que ela está feliz com Casey?

Será que se sente atraída por Jonas?

Espero que um dia, em breve, eu me sinta confortável o suficiente para perguntar.

Para meu alívio, Anders responde a minha mensagem mais tarde naquela noite. Apenas um emoji de sorriso, mas é melhor que nada.

Já virei quatro coquetéis de ruibarbo — a gente se sentou na varanda até as estrelas aparecerem — e talvez, se estivesse sóbria, encerraria a interação por ali. Mas não estou, então digito uma resposta.

Vi o Jonas mais cedo. Você convenceu seus pais a tirarem férias?!

Espero um minuto, então vou para o banheiro escovar os dentes. Quando volto para o quarto, ele respondeu.

Convenci. Nem dá para acreditar.

Jonas convidou a Bailey e eu para um churrasco amanhã. Espero que esteja tudo bem.

Vai ser bom ver você.

Consigo me impedir de responder, mas aquela merda de mensagem me deixa acordada metade da noite.

Capítulo Vinte

Bailey chega quando estou terminando de me arrumar.

— Você está bonita — elogia ela, me dando um abraço de um braço só.

— Você também.

Ela está usando uma saia jeans e um top branco com babados de renda na manga.

— Deve ser a coisa mais verão que eu trouxe para a viagem — explico sobre meu macacão preto. — Eu realmente preciso fazer compras.

— Aonde você quer ir?

— Indianápolis? Bloomington?

— Vou com você — responde ela, entusiasmada. — A gente pode passar o fim de semana fora.

— Seria divertido. Você pode tirar uma folga?

Ao ser lembrada do trabalho, seu humor despenca.

— Acho que não, na verdade. Temos um casamento atrás do outro agosto inteiro.

— Você não gosta de organizar casamentos? — pergunto, preocupada.

— Gosto, mas todos os eventos que planejo acontecem no clube de golfe, então é tudo um pouco repetitivo. Meu trabalho era muito mais variado quando eu fazia parte de uma agência.

— Não há agências de planejamento de eventos na cidade?

Ela abre um sorriso irônico.

— O que você acha? O clube de golfe é literalmente o único lugar onde as pessoas fazem alguma coisa mais importante. Festas de aniversário, festas de aposentadoria, velórios... Clube de golfe. As pessoas nesta cidade carecem seriamente de imaginação.

— Podemos ir às compras em um dia de semana? — Volto ao nosso plano. — Não importa quando faço meu trabalho, contanto que cumpra as horas.

— Um dia de semana seria ótimo! Que tal nesta quinta-feira? Se formos a Bloomington, eu posso perguntar à minha amiga Tyler se podemos dormir na casa dela.

— Amei!

É outro dia quente, mas a umidade está baixa, então a sensação não é tão insuportável como tem sido na última semana. Eu me flagrei ansiando por uma tempestade, uma que envie relâmpagos riscando o céu e gotas furiosas, mas não sei se esse tipo de clima prejudicaria as plantações dos Fredrickson, então não desejei nada drástico.

— Como você está se sentindo sobre o Scott hoje? — pergunta Bailey, ao pegarmos a trilha em direção à fazenda.

— Melhor — respondo.

Na semana passada, mandei uma mensagem para avisar que ficaria em Indiana.

Isso é ótimo!, respondeu ele, o que me irritou muito por algum motivo. *Você precisa que eu passe em casa? Pague alguma conta? Regue as plantas?*

Não, minha mãe está cuidando de tudo.

Legal. Me avisa se precisar que eu resolva alguma coisa.

Achei aquele entusiasmo todo paternalista, mas, quando contei a Bailey na noite anterior, ela me convenceu de que não era.

— Vocês têm história, e não é como se odiassem um ao outro antes de se separar. Aposto que ele sente sua falta. Provavelmente adoraria se continuassem amigos.

— Sem chance — murmurei.

Havíamos bebido apenas dois drinques, mas conforme a noite avançava, com as palavras de Bailey martelando na minha mente, comecei a pensar em quanto ele gostaria de ouvir sobre a restauração do Airstream.

Quando admiti para Bailey que estava pensando no que disse, ela me incentivou a enviar uma foto do Bambi para Scott, apenas para abrir uma linha de comunicação mais leve.

Não sei se poderíamos ser amigos, mas talvez pudéssemos ser amigáveis?

Ainda estou pensando no assunto.

O celeiro vermelho aparece ao longe, e depois o milharal à direita termina abruptamente, revelando a casa recuada da estrada. Arrepios irrompem na minha pele à visão da BMW de Anders estacionada na entrada. Odeio que a perspectiva de vê-lo novamente me afete tanto.

Quando me apaixono, tenho a tendência de mergulhar de cabeça, e a última coisa de que preciso no momento são sentimentos não correspondidos por um homem que ainda sofre com a perda da esposa. Dou a mim mesma uma dose de apoio moral enquanto caminhamos até a porta e batemos.

Não há resposta.

Bato mais forte.

Ainda sem resposta.

— Isto é música? — pergunta Bailey, enquanto pego o celular.

Inclino a cabeça para um lado, ouvindo. Parece Sam Fender.

Ela desce correndo os degraus e vira à direita para contornar a casa. Eu verifico as mensagens e a sigo e, óbvio, há uma de Anders.

Estamos na cabana.

Sorrio e guardo o telefone no bolso. Vamos ver a casa do lago!

O caminho termina em um gramado desalinhado. Mais adiante, à direita, está o abrigo contra tempestades, meio escondido por um roseiral estrategicamente plantado. A música fica mais alta à medida que atravessamos o gramado e chegamos ao bosque, galhos estalam sob nossos pés enquanto a rajada luz do sol se infiltra pelo dossel frondoso das árvores. O lago brilha entre os troncos altos e esguios, e o cheiro de fumaça de churrasco vem na nossa direção carregado por uma brisa leve.

Jonas e Anders estão sentados em espreguiçadeiras em um pontão sobre a água, muito descontraídos com garrafas de cerveja nas mãos e as pernas longas esticadas à frente. Anders olha para trás e nos vê, e, quando seu olhar encontra o meu, meu coração traiçoeiro dá um salto.

— Oi! — chama Bailey.

— Ei! — responde Jonas, e os dois se levantam.

Jonas nos encontra na metade do caminho para nos cumprimentar. Parece feliz, satisfeito, e não sei se é a cerveja, o fato de ter o irmão em casa outra vez, ou se está simplesmente colocando uma máscara para "estranhos", como Anders uma vez o acusou de fazer, mas é muito bom vê-lo de bom humor.

Ele dá um abraço em Bailey, e depois em mim, então pousa o braço sobre meus ombros enquanto caminhamos em direção a Anders.

— Ei — digo a Anders, e Jonas me solta. — Você conseguiu tirar uma folga, então?

— Consegui — responde ele, cruzando os braços.

Ele não faz nenhum movimento para nos abraçar, e me ocorre que não é tão aberto ao contato físico como o irmão. Eu me pergunto se ele é um pouco como Sheryl; zeloso do espaço pessoal.

Ou talvez ele esteja apenas me lembrando de que não está interessado.

— O chefe concordou em ser flexível pelo restante da temporada — interrompe Jonas, dando um tapinha nas costas do irmão.

— Isso é incrível! — exclamo, tentando afastar aquele último pensamento incômodo.

— Ele não tira férias há mais de três anos — revela Jonas, em um tom seco. — Acho que é o mínimo que a equipe pode fazer.

— Você não tira férias há três anos? — pergunto a Anders, chocada e determinada a não me deixar abater pelas paredes que ele parece ter erguido desde a última vez que o vi. — Por que não?

Ele hesita e depois faz uma careta para o irmão.

— Ele é viciado em trabalho — responde Jonas no lugar de Anders.

Anders dá de ombros para mim, a mancha âmbar no seu olho brilhando sob a luz do sol.

— Bem, estou feliz que esteja tendo uma folga agora. A gente trouxe cerveja e vinho.

Estendo a bolsa térmica, desejando não ter conhecido aquele homem inatingível e tão atraente.

Jonas a pega.

— O que você quer beber?

— Vinho, por favor.

Ele olha para Bailey.

— O mesmo.

Ele segue para a cabana.

— Sentem-se. — Anders aponta para as espreguiçadeiras. — Vou só dar uma olhada nas costelas.

— Ah, é isso que vamos comer? — grita Bailey às suas costas.

— É. Devem ficar prontas logo. O Jonas deixou a carne na brasa a tarde toda.

Jonas sai outra vez e vê Anders na churrasqueira a carvão.

— Ei! Sai daí! — grita ele. — Leva isso para as garotas.

Anders volta, revirando os olhos.

— Seu irmão é meio possessivo, hein? — comento, enquanto ele me entrega um copo de vinho.

— É. Tive sorte de ele não ter me espetado com a sonda de carne.

— Como é?

Uma risada irrompe de Anders, o que contagia Bailey e eu, então Jonas se aproxima, exigindo saber o que é tão engraçado.

A tensão já se dissipou quando nos acalmamos.

— Você é gótica? — pergunta Jonas, enquanto comemos a refeição de dar água na boca.

Ele serviu as costeletas grelhadas com espigas de milho assadas, salada de repolho caseira e batatas amanteigadas embrulhadas em papel alumínio.

Faço uma careta e olho para meu macacão preto.

— Você está brincando, né?

— Emo, então? Ou é a mesma coisa? Só vejo você de preto.

— Não, não é a mesma coisa. Emo significa *emotional hardcore*, um tipo de música punk rock que evoluiu na década de 90. O gótico está associado ao rock gótico, um gênero que surgiu na década de 70.

— Já fizeram essa pergunta para você — diz Anders, bem-humorado, enquanto pega uma espiga de milho.

Eu sorrio, mais que aliviada por ele ter voltado a relaxar na minha companhia.

— É verdade, fizeram. E, não, não sou gótica nem emo. Sou arquiteta, e sempre usamos preto.

Anders quase engasga com a boca cheia ao rir, e fico assustada ao perceber quão leve e agitado meu coração parece de repente.

O lance de "arquitetos vestem preto" é uma generalização, mas se aplica a mais da metade dos meus colegas no antigo escritório de Londres.

— Não vai ter mais preto depois de quinta-feira — avisa Bailey, incisiva.

— Eu nunca disse que não compraria preto — retruco.

— O que vai acontecer na quinta-feira? — pergunta Jonas.

— Vamos fazer compras em Bloomington — responde Bailey.

— *A gente* vai para Bloomington na quinta! — diz Jonas.

— Sério? Para quê? — pergunto.

— Assunto de vendas. Podemos ir juntos, se quiserem.

— Vão passar a noite? — pergunta Bailey, esperançosa.

— Não, ida e volta no mesmo dia.

— Ah, queríamos ficar com minha amiga e sair quinta-feira à noite.

— Não temos uma noitada na cidade há anos — Jonas fala e chuta o pé de Anders.

— Vocês iam muito lá? — pergunto aos dois.

— Bastante, para ver uns shows no Bluebird, ou para ir ao clube de comédia, nos fundos da Pizzaria Mother Bear — fala Jonas.

— Adoro a pizza da Mother Bear! — digo.

— Você conhece? — Anders quer saber.

— Sempre ia lá quando visitava meu pai e a Sheryl. Meu outro lugar favorito é o Nick's English Hut.

— Ah, o Nick's é ótimo — concorda Anders, animado.

O Nick's English Hut fica na Kirkwood Avenue, um lugar popular que irradia direto do campus. Sheryl dizia que a IU Bloomington tinha um dos campi mais bonitos dos Estados Unidos, no mesmo nível das universidades da Ivy League, mas ela é uma orgulhosa nativa de Indiana, então não tenho certeza se é uma pessoa confiável para dar essas informações.

Objetivamente, a universidade é bonita, com edifícios ornamentados construídos com calcário local, janelas espessas e profundas, e até uma torre ou outra. Tem um toque de arquitetura inglesa antiga.

O Nick's English Hut, no entanto, é tão inglês quanto o vizinho Irish Lion é irlandês. Mas pelo menos o Lion tem asas de duende no menu. Ninguém pode acusá-los de não entrar no clima.

— Cara, os sanduíches stromboli do Nick. — Jonas geme. — Vamos comer lá na quinta-feira — diz a Anders, de forma inequívoca.

— Como você consegue pensar na próxima refeição mastigando a de agora? — argumenta Anders.

Jonas dá de ombros e lambe os dedos.

— Na última vez que fomos ao Nick's, o Scott acha que viu John Mellencamp no banheiro — digo a Bailey.

Ela sorri e assente.

— Eu o via em Bloomington o tempo todo. Ele mora na cidade vizinha.

— Quando foi isso? — pergunta Anders.

— Alguns anos atrás.

— Desculpa, quem é Scott? — Jonas parece confuso.

— O noivo da Wren. Bom, o *ex*-noivo — corrige Bailey.

Jonas fica surpreso. Olha para o irmão, mas Anders não reage porque já sabia disso.

— Quanto tempo vocês ficaram juntos? — pergunta Anders, sem se alterar.

— Três anos.

Jonas olha para Anders novamente. Então para mim. Depois, para Bailey.

Minha irmã sorri para ele, que devolve o sorriso.

— Então, onde está o *seu* marido hoje?

— No trabalho.

— O que ele faz? — pergunta Jonas, e fico feliz em ouvi-lo fazer a pergunta tão casualmente, como se não se incomodasse com o fato de Bailey ser casada.

Espero que seja um sinal de que ele não está interessado na minha irmã. Não gosto de pensar em Jonas dando em cima de uma mulher casada. Obviamente, sua ligação com Heather é um pouco mais compreensível pela história de ambos, mas um caso, em qualquer circunstância, é deplorável, na minha opinião.

— Ele é professor de golfe — responde Bailey.

Tento voltar a me concentrar na conversa.

— Golfe? — Jonas se retrai. — Ele é mauricinho?

— Não mesmo — responde Bailey, com uma risada.

— Ele tinha um bigode muito peculiar e nada mauricinho — declaro.

— Ah, *sinto falta* daquele bigode — lamenta Bailey.

Nas últimas semanas, tenho convivido mais com Casey e gosto muito, mesmo, do meu cunhado. Acho que ele e Bailey formam um casal maravilhoso. Ele é amável e doce, e ela está sempre frenética ao lado do marido, como acontece em geral. Mas, ao mesmo tempo, ele parece ajudá-la a manter um pezinho na realidade. Tenho a impressão de que nunca fica irritado nem é grosseiro, e parece amá-la de verdade.

Mesmo assim… Bailey parece insatisfeita.

Pode ser simplesmente o trabalho — é difícil quando um parceiro está extremamente feliz, e o outro, insatisfeito —, mas e se for mais que isso? E se esta cidade for muito pequena para Bailey?

Bailey e Casey compraram uma casa aqui. Toda a família dele mora na cidade. Ele adora o trabalho. Está empenhado. Até meu pai e Sheryl se mudaram para ficar mais perto dos dois. Minha irmã deve sentir muita pressão para ser feliz.

Capítulo Vinte e Um

Bailey colocou "American Girl", de Tom Petty and the Heartbreakers, para tocar nos alto-falantes do carro, e estamos cantando o refrão a plenos pulmões, com as janelas abertas e o ar quente soprando e bagunçando nossos cabelos.

Bloomington fica a cerca de uma hora ao norte, e passamos por muitas plantações e cidadezinhas no caminho. Nós e os irmãos estamos viajando em carros diferentes. Eles estão indo a negócios, não por prazer, então não fizemos planos de nos encontrar, mas talvez esbarremos com os dois.

Bailey e eu vamos ficar hospedadas no centro na cidade, em um apartamento que pertence a Tyler, amiga da minha irmã. Na verdade, ela está fora da cidade no momento, e ficou arrasada ao perder a oportunidade de nos encontrar, mas disse que poderíamos pegar a chave com o vizinho e ficar à vontade.

Passamos a tarde passeando, pulando de loja em loja. Quando, pela terceira vez, vou direto para as roupas escuras, Bailey me arrasta para uma arara mais colorida. De repente, me tornei a dona hesitante de um short jeans, três camisetas de cores variadas, de um vestido estampado azul, branco e amarelo, que marca minha cintura e meu peito e flutua em volta dos joelhos, e de um vestido preto e vermelho no mesmo estilo.

Bailey me convenceu a comprá-los ao afirmar que eu estava "deslumbrante". Eu não tinha tanta certeza, mas ela foi tão insistente que não tive energia para discutir.

Ela comprou um vestido de verão amarelo, um short branco e um par de tops listrados.

No fim da tarde, a gente se flagra ao lado da fachada peculiar e desordenada do Nick's English Hut.

— Tira uma foto para o Anders! — insiste Bailey.

Hesito, mas apenas um instante.

Ele responde quase de imediato: *Já está se preparando para a noite?!*

Não exatamente, mas não vai demorar.

Bailey está olhando por cima do meu ombro.

— Pergunta se eles ainda estão em Bloomington!

Vocês ainda estão na cidade?

Estamos. Jonas quer ir ao Nick's para um stromboli, na verdade.

— Pergunta se a gente pode ir junto! — pede Bailey.

— Não — retruco, olhando para a tela do telefone.

Nem a pau que vou passar recibo.

— Por que não? — pergunta Bailey, com uma careta.

— Porque não.

Então mais uma mensagem chega: *Nos vemos lá?*

— Isso é um convite! — exclama Bailey, apontando para a tela do meu celular.

Eu a encaro contemplativa, então, enfim, reúno coragem para perguntar.

— O Casey não liga que você saia com eles?

Bailey muda o peso do corpo entre os pés.

— Bom, acho que ele não *amou* quando contei que ia lá no domingo, mas não fez escândalo. Gosto muito deles, principalmente do Jonas. Ele é tão divertido.

Eu hesito.

— Você quer dizer como amigo, certo?

Estou com medo da resposta. Se Bailey acabasse puxando a nosso pai e tendo um caso, não tenho certeza se a perdoaria.

Ela me encara.

— Eu *nunca* trairia o meu marido.

— É tão bom ouvir isso — admito, com uma onda de alívio.

— Ai, Wren. — Ela solta um suspiro decepcionado. — Achei que tivesse uma opinião melhor de mim.

A vergonha me invade.

— Desculpa.

Ela abre um pequeno sorriso.

— Tudo bem. Há muito sobre você que ainda tenho que aprender também. Mas estamos nos aproximando, né?

Eu sorrio para ela.

— É, estamos.

— Não precisa se preocupar com o Jonas e eu. Eu amo o Casey. Você sabe que somos ótimos juntos.

Assinto.

— Vocês formam um lindo casal. Mas você está feliz, Bailey? — pergunto, hesitante. — Não acha que o Casey consideraria mudar de cidade, se você não estivesse? Ele poderia arrumar emprego em outro clube de golfe.

— Não, Wren, ainda não quero desistir da cidade natal do Casey.

— É só que… é uma cidade tão pequena. Não tem muitos eventos culturais. Acho até que você vai ficar entediada em breve.

— Estou meio entediada agora, mas preciso dar uma chance. E fazer amigos vai ajudar. O Casey pode ter suas dúvidas sobre o Jonas, por causa da reputação, mas ele se preocupa muito mais com a minha felicidade. E o Jonas me faz rir. Também gosto do Anders, mas o Jonas é tão fofo.

— Ele é. Também gosto dos dois — confesso.

— E aí? — Ela gesticula enfaticamente para meu celular.

Tudo bem. Queríamos visitar o lugar mesmo. Respondo à mensagem de Anders: *Vamos chegar em uma hora*. Então voltamos para a casa de Tyler, a fim de deixar as sacolas de compras e nos arrumar.

O interior do Nick's é repleto de fotos emolduradas, recortes de jornais e uma tonelada de recordações da Universidade de Indiana. Um monte de gente famosa assinou as paredes, inclusive Barack

Obama, que esteve ali em 2008. Ainda me lembro de como meu pai, Sheryl e Bailey ficaram arrasados por não o encontrar.

Avistamos Jonas e Anders sentados em uma cabine de madeira vermelha, bebericando nos copos de cerveja.

Bailey se esgueira por trás de Jonas e lhe dá um tapinha no ombro. O rosto dele se ilumina ao vê-la, e ele se levanta de um pulo para dar um grande abraço de urso na minha irmã e depois em mim.

Anders fica onde está e desliza no banco para abrir espaço. Eu me sento ao seu lado, sem fazer nenhuma tentativa de abraçá-lo. Estou me acostumando ao seu jeito.

O bar está cheio, mas não lotado. As aulas na faculdade não voltam até a próxima semana... em termos norte-americanos, o verão acabou em meados de agosto, o que é desanimador.

— O que você fez hoje? — pergunto, quando o garçom chega para anotar os pedidos.

Jonas sorri para Anders, que ri baixinho e explica:

— Jonas anda tentando convencer alguns comerciantes a comprar seu milho de pipoca.

— Não sabia que você cultivava milho de pipoca.

— Nem nosso pai — responde Anders, lançando um olhar de esguelha para mim.

— *O quê?*

— Plantei alguns pés como um experimento — interrompe Jonas, sorrindo como um aluno travesso. — Não muito, apenas doze hectares, mas não contei para o meu pai porque... — Ele para de falar.

— Nosso pai não gosta de mudanças — explica Anders.

Jonas assente.

— Exatamente.

— Então o Jonas está muito feliz por nossos pais terem se afastado por uns dias, porque o milho de pipoca só cresce cerca de um metro e oitenta, e era apenas uma questão de tempo até que nosso pai passasse por aquele campo e notasse que os talos não eram tão altos quanto os outros.

— Isso é tão desonesto — diz Bailey, achando graça.

— Você espera vender tudo antes de contar? — pergunto.

— Esse é o plano. Quero levar para os mercados de produtores daqui também — responde Jonas.

Eu me lembro bem dos mercados de produtores de Bloomington… Há food trucks e música ao vivo, e muitos fazendeiros locais comparecem para vender de tudo, desde frutas e vegetais até flores frescas de cores vibrantes.

— Você deveria fazer uma noite de cinema drive-in! — sugere Bailey, de repente. — Ou talvez não um drive-in… Seria mais sociável se as pessoas saíssem dos carros e se sentassem no celeiro ou sob as estrelas. Você poderia vender ingressos.

Jonas ri e me encara do outro lado da mesa.

— E poderíamos ter sua meada de milho, Wren, exibir seu labirinto para pessoas de todos os cantos.

— Ainda acho que é uma ideia brilhante — murmuro, porque sei que ele está me provocando.

— O que é isso? — pergunta Anders.

— O campo entre nossa terra e a deles — explica Jonas. — Quando eu disse para a Wren que o perdemos para o granizo, ela sugeriu que cortássemos a plantação e fizéssemos uma enorme *meada de milho*. Fazer as pessoas colherem abóboras em Wetherill antes de ir até a nossa casa para uma boa diversão rural.

Anders não ri com o irmão.

Bailey dá um tapa na mesa.

— *Amei* o conceito!

— O quê? Não!

Jonas a dispensa com um aceno de mão.

— Por que não? — pergunta Anders ao irmão.

— Tá brincando? — retruca Jonas, chocado. — Já imaginou nosso pai comprando a ideia?

— O papai não está aqui — argumenta Anders, em um tom calmo. — É hora de você botar as mãos naquela fazenda e fazer o que quiser com ela.

Capítulo Vinte e Dois

Na manhã seguinte, Bailey e eu saímos da cidade em direção ao sul, depois estacionamos o carro e caminhamos até uma pedreira abandonada para nadar. Fico nervosa ao ver as placas de propriedade particular, mas não tem como parar minha irmã, o furacão.

— Eu sempre ia até a pedreira Rooftop com meus amigos, quando era mais nova — murmura ela, deitada de costas na água, os olhos fechados contra a luz solar ofuscante. — O governo a fechou agora, porque as pessoas mergulhavam dos penhascos e era perigoso, mas lindo. Foi de onde pegaram as pedras para a construção do Empire State, na verdade.

— Que maravilhoso. Enquanto isso, eu estava caminhando pela garoa cinzenta até o Centro de Lazer Kingfisher, em Sudbury.

Estou boiando na água, observando os paredões de pedra calcária que mergulham no verde-esmeralda da água. Árvores frondosas revestem as margens, e alguns arbustos ralos se agarram à pedra.

— Você ficou triste quando saiu dos Estados Unidos? — pergunta Bailey, do nada.

Hesito, então respondo honestamente.

— Fiquei triste no geral.

— Sinto muito. Eu vivia com medo da minha mãe e do meu pai se separarem.

— Mas eles nunca te deram motivo para se preocupar, né?

— Tá brincando? — Ela bate as pernas, e sua cabeça sai da água. — Eles discutiam o tempo todo!

— Sério?

— *O tempo todo!* — repete ela, com os olhos arregalados.

— Eles nunca discutiam quando eu estava de visita.

— Ah, não, tinham um comportamento impecável nessas ocasiões — argumenta ela, de modo jocoso. — Em parte era por isso que eu amava as suas visitas, mas ficava com medo quando você ia embora, porque eles compensavam todo o tempo perdido.

— Sobre o que os dois discutiam? — pergunto, não gostando nada da ideia de Bailey sofrer.

— Por tudo e por nada. Por minha mãe passar muito tempo no trabalho; por meu pai bagunçar a casa; por minha mãe não ser carinhosa ou convidar muitos amigos para ficar; por meu pai não preparar o jantar do jeito que minha mãe queria; por minha mãe ser a principal fonte de renda da família…

— Eu achava que meu pai não se importava que sua mãe ganhasse mais que ele.

— Ele não se importava. *Ela*, sim.

— A Sheryl não gostava que meu pai ganhasse menos que ela?

— Ela reclamava muito disso! Não o respeitava, odiava que ele gostasse de ser zelador e estivesse feliz com o que ganhava. Queria que ele se esforçasse mais, fosse ambicioso como ela. Minha mãe o pressionou para tentar uma vaga nos serviços estudantis, embora ele adorasse trabalhar no terreno, e quando ele conseguiu ela ainda não ficou satisfeita. Sempre o menosprezou por não ser mais bem qualificado. Sinceramente, pensei que seria o fim, que ela se divorciaria e encontraria alguém mais adequado, mas nunca aconteceu. Em algum momento, acho que ela fez as pazes com os demônios dela.

Estou perplexa. Não tinha ideia de nada disso.

— Eles nunca teriam ficado juntos se não fosse por mim — acrescenta Bailey.

Então percebo que foi isso que aconteceu. Sheryl engravidou de Bailey por acidente.

Uma mulher tão orgulhosa quanto Sheryl teria admitido que seu caso com um zelador fora um erro desde o princípio? Não se sentiria determinada a mostrar a todos que meu pai era o amor da vida dela apenas para que pudesse justificar ter arruinado um casamento? Dava para imaginá-la quebrando a cabeça para fazer a relação dar certo, mesmo que, a portas fechadas, não estivesse feliz.

Mas os dois *fizeram* funcionar. Não tenho a impressão de que estejam fingindo. Agora não, pelo menos para mim.

Sheryl já está com sessenta e poucos anos. Aposentada. E parece muito mais descontraída do que era. Sinto como se ela tivesse feito as pazes com a vida que deixou para trás e com aquela que se descortina à sua frente.

Estou feliz por isso.

Talvez, quando mais jovem, eu torcesse para que o relacionamento dos dois entrasse em colapso, para que Bailey fosse forçada a passar pelo que eu tive de passar, e para que meu pai se arrependesse de ter deixado minha mãe e eu. Eu era criança e estava sofrendo. Estava ressentida e com ciúme. Mas nunca deveria ter desejado a ninguém o que passei. Na verdade, me magoa pensar em Bailey vivendo qualquer outra coisa além da infância feliz que sempre imaginei que ela tivesse desfrutado.

Capítulo Vinte e Três

É segunda-feira à tarde, e estou a caminho da cidade, em uma missão para comprar limões. Bailey e Casey vão jantar com a gente mais tarde, e quero preparar comida mexicana, mas percebi, muito tarde, que não tínhamos nem de longe suco suficiente para as margaritas. Eu podia ter pegado o carro do meu pai para ir até o supermercado, mas senti vontade de esticar as pernas, então optei por caminhar. Foi uma decisão da qual me arrependi cerca de cinco minutos depois.

É um dia escaldante, com ventos de mais ou menos quarenta quilômetros por hora, o que faz parecer que estou andando dentro de um secador de cabelo gigante. A poeira acerta meu rosto, arranhando meus óculos escuros e se prendendo nos meus lábios, e meu cabelo chicoteia nas bochechas. Quando chego ao supermercado, estou com calor, suada, suja e com sede.

Apoio os óculos escuros no topo da cabeça e me aproximo das portas automáticas, mais que pronta para receber o ar-condicionado do interior. Mas as portas se abrem um segundo antes, e uma mulher emerge, com a expressão exausta, segurando a mão de uma criança de cabelos encaracolados que poderia derrubar o teto com a força dos gritos.

— Ah, oi! — cumprimento ao perceber que é Heather.

— *EU QUERO! EU QUERO!*

O bebê de cabelos cacheados está tentando puxá-la de volta para a loja, rugindo e com o rosto vermelho-vivo molhado de lágrimas. É como se sua vida dependesse de possuir seja lá o que tenha despertado sua atenção.

A expressão de Heather é assassina, mas agora ela também parece confusa.

— Desculpa, sou a Wren — explico, depressa, precisando levantar a voz para me fazer ouvir. — Meu pai e minha madrasta são donos da Fazenda Wetherill.

Ela balança a cabeça para mim, impaciente.

— E?

— Você passou lá esses dias? Com sua família? Para colher pêssegos? Eu só estava dizendo oi.

Ela me encara, sem acreditar que eu a pararia sob aquele — ou possivelmente qualquer outro — pretexto.

— Não importa. Vou deixar você ir — murmuro.

Ela murmura enquanto arrasta a criança até um carro. Sinto o rosto quente ao entrar no supermercado.

As atendentes do caixa riem de modo conspiratório, e tenho a sensação de que estão falando de Heather, mas controlam o semblante ao me ver, e uma delas me dá as boas-vindas.

— Estamos aqui se precisar de ajuda com alguma coisa!

— Obrigada, pode deixar.

É uma loja adorável, que vende não apenas produtos frescos, mas também artigos de artesanato local, como sabonetes, perfumes, cartões, brinquedos e joias. Encontro os limões rapidamente, mas vago sem pressa, bebendo a água gelada que peguei em uma geladeira e deixando o ar frio refrescar meu sangue aquecido enquanto cheiro os sabonetes e experimento o perfume.

Quando enfim paguei as compras e saí, minha temperatura corporal já havia atingido um nível mais suportável.

Infelizmente, em menos de cinco minutos de caminhada, já estou toda suada e desconfortável outra vez. Estou perto da ponte quando vejo o Gator passando ao longo da margem gramada a distância. Quase me alcança quando chego à rua, e meu rosto se abre em um sorriso ao ver Anders ao volante.

— Quer uma carona? — grita ele, parando.

— Sim, por favor!

Atravesso a rua correndo, exultante, e deslizo para o banco creme ao seu lado.

— O que você estava fazendo?

— Verificando o sorgo de alepo nas torres de transmissão. — Ele aponta para os postes de eletricidade à distância, gigantes esqueléticos segurando cabos com as mãos esticadas. — Não podemos passar o pulverizador por cima delas, então vou ter que fazer à mão, assim que o vento diminuir.

— Sorgo de alepo é uma erva daninha?

— É.

De repente, ele fica tenso e se vira para me encarar com os olhos arregalados e chocados.

— Que foi? — pergunto, apreensiva.

— Que perfume é esse que você está usando?

— Experimentei no mercadinho da cidade.

Laurie usava este perfume. Percebo na hora. Minha boca fica seca.

— Vou sair.

Estou prestes a saltar pela porta aberta, desesperada para amenizar sua dor, quando seus dedos agarram meu pulso para me impedir. Quase com a mesma rapidez, ele me solta.

— Está tudo bem — diz ele, inseguro, estendendo o braço para as chaves na ignição.

A sensação do toque estremece até meus ossos.

Não vejo a hora de chegarmos a Wetherill. A sensação na minha pele persiste, como se eu tivesse sido marcada, e não gosto nada daquilo. De quantas provas mais preciso de que Anders não havia superado a morte da esposa? O fato de ele ainda me afetar tanto me faz sentir suja.

— O perfume te lembra a Laurie, não é? — pergunto ao sair.

Ele assente, com uma expressão de dor.

— Minha mãe comprava para ela.

— Vou direto para o banho. Obrigada pela carona.

— Wren, espera.

Ele parece envergonhado, e eu hesito, me sentindo mal.

— Temos aquele pneu extra para você em casa. Posso trazer agora?

— Tem certeza? Quer dizer, seria ótimo, mas só se você tiver tempo.

Eu me lembrei de atazanar Jonas em relação ao pagamento no último domingo. Ele resistiu, mas depois de um tempo deu um preço aos três pneus, que me pareceu muito barato. De cara, recusou que eu arcasse com a mão de obra.

Anders assente.

— Volto em um minuto.

— Obrigada.

Entro, largo os limões na cozinha e corro escada acima para tomar um banho.

Quando volto para o pátio, Anders já está instalando o pneu extra. Ele nota meu cabelo recém-lavado e se retrai.

— Foi uma situação esquisita. Desculpa — murmura ele.

— Você não tem nada pelo que se desculpar.

Tive tempo para me recompor. Aquele foi o choque de realidade de que precisava.

— Você não tem que esperar, se precisar fazer outra coisa — diz ele.

— De modo algum. Mas tudo bem mesmo você me ajudar? Não posso acreditar que está trocando outro pneu para mim. Eu já deveria saber fazer isso na minha idade.

Ele olha para mim.

— Acho que seu pai não ensinou a você, certo?

Balanço a cabeça.

— Nem minha mãe. Ela é ainda pior do que eu com essas coisas de carro.

— Posso ensinar, se você quiser.

— Sério? Eu deveria parar de ser tão patética.

Ele me explica, passo a passo, o que está fazendo, e, quando o estepe novo está preso com segurança de volta ao suporte, entro para pegar as chaves do Bambi. Anders pediu para ver o progresso que fiz no interior.

Quando volto, encontro-o sentado no banco da frente do Gator, com uma perna longa pendurada para fora da porta. Está ao telefone, mas o guarda no bolso assim que me vê.

Destranco a porta externa do Airstream e me afasto para tirar a tela.

— A madeira estava completamente podre — explico, enquanto ele examina o interior. Em alguns pontos, a estrutura de metal está à mostra. — Ainda preciso arrancar o guarda-roupa, a cozinha e o banheiro. Se é que se pode chamar isto de banheiro. — Só há espaço para uma pequena privada encardida. — Acho que não vou conseguir salvar nada, infelizmente.

A motosserra elétrica do meu pai no balcão da cozinha chama a atenção de Anders.

— O que você está fazendo com *isso*?

— Meu pai me deu um monte de ferramentas. Ainda não sei do que vou precisar.

Ele me olha por cima do ombro, com uma expressão de incredulidade.

— Tá zoando com a minha cara, né?

— É só uma coisa elétrica — respondo, com uma risadinha. — Não é como se fosse uma enorme motosserra come-membros e bebe-gasolina.

— Você pode causar sérios danos com essa coisa! — Ele ergue a voz, alarmado. — Seu pai deu para você?

— Deu.

Ele balança a cabeça.

Não posso deixar de me divertir com sua reação.

— Tem uma trava de segurança. Ele me mostrou como usar.

— Foi bondade da parte dele. — Anders comprime os lábios, me lançando um olhar arrependido. — Não quero ser rude.

— Está tudo bem.

Dou de ombros, sorrindo.

Ele espia o interior de novo, os olhos esquadrinhando cada centímetro.

— Uma serra oscilante funcionaria melhor.

— Talvez eu não precise de uma serra. Os armários são aparafusados e chumbados.

Ele se vira e me estuda por um instante.

— Por que a gente não o leva para a fazenda? Temos todas as ferramentas de que você pode precisar, e eu posso ajudar.

— É muito gentil, mas…

— Me deixa ajudar. — Ele me interrompe. — Eu quero. Eu gostaria. De verdade.

— Você tem mesmo, mesmo certeza?

Preciso soar um pouco mais convincente. Ele devia estar ali pelo irmão, e não por mim.

— Tenho muita, muita certeza — insiste ele, e parece tão sincero que me vejo concordando.

Capítulo Vinte e Quatro

Passo as noites seguintes na fazenda dos Fredrickson, trabalhando com Anders na restauração do Airstream. Na sexta-feira, fazemos um grande progresso, e estou animada com a tela em branco que em breve vamos ter.

Anders foi buscar algumas cervejas enquanto admiro Bambi, com a mente trabalhando a todo vapor.

— Acabei de ter uma ideia maluca — digo, quando ele retorna, depois de agradecer pela cerveja.

— O quê? — pergunta ele.

— É antiético. Talvez até imoral. Você provavelmente vai me odiar por isso.

— Conta assim mesmo.

— Existem milhões de vilarejos na Inglaterra, e a maioria não tem comércio. Há alguns anos, tive a ideia de equipar uma van como loja de conveniência e circular pelas aldeias, meia hora aqui, meia hora ali, depois de dar aos moradores um cronograma para que soubessem os horários de chegada. Pensei que poderia chamá-la literalmente de "A Lojinha da Vila" e mandar fazer um letreiro grande. Enfim, imaginei instalar um mecanismo na parte de trás da van para que a traseira… tipo, mais que apenas as portas… se abrisse. A van estaria repleta de prateleiras, porta-revistas, doces e um monte de coisas para que crianças e idosos, aliás gente de todas as idades, aproveitassem.

— Gostei da ideia — diz ele com um aceno de cabeça, me observando o tempo todo com um sorriso discreto nos lábios. Até que ele faz uma cara de surpresa. — Espera aí. Você não está pensando em fazer isso com o *Bambi*, né?

— É muito ruim?

— Decepar um Airstream vintage? É depravado!

Começo a rir.

— É verdade.

Não estou propondo transformar Bambi em uma lojinha de vilarejo. Estava pensando em algo mais na linha de integrá-lo à paisagem. A vista dos fundos seria ótima, e talvez a cozinha pudesse ser montada na parte traseira para que, às vezes, se o clima permitisse, desse para cozinhar do lado de fora.

Anders estuda o Airstream enquanto explico um pouco melhor a ideia, então ele dá a volta até a parte de trás, para e olha com atenção um pouco mais. Eu me junto a ele, tomando um gole da cerveja.

— Não daria para dividi-lo no meio por causa da janela — explica ele.

— E se toda a parte de trás se abrisse a partir de um único ponto aqui — sugiro, indicando uma linha de rebites que divide a curva da traseira do corpo principal, em formato de barril.

— Dobrá-lo na abertura do painel — repete ele, pensativo, então balança a cabeça. — O peso da porta o faria tombar.

Ele está certo, óbvio.

— O que *daria* para fazer é instalar uma roda retrátil que desce para sustentar um pouco do peso. Teríamos de verificar a estrutura. Pode não ser forte o suficiente para suportar as dobradiças. — Anders pega o telefone e digita alguma coisa. Espio por cima do ombro e vejo que pesquisou no Google a estrutura interna de um Airstream 1961. — É, aqueles aros de alumínio não seriam fortes o suficiente. Teríamos de soldar uma nova estrutura de aço à base da subestrutura de aço.

Ele olha para mim.

Eu sorrio.

Anders ri e guarda o telefone no bolso.

Desde o incidente sobre o perfume de Laurie, tenho me esforçado muito para deslocar meus sentimentos ao campo do puramente platônico. Minha cabeça quase já embarcou, mas meu coração está demorando para acompanhar. A risada dele ainda me faz sentir como se alguém tivesse bombeado hélio na minha caixa torácica.

— Seria muito errado, né? — argumento.

— E, por algum motivo, muito certo — responde ele. — Mas, antes de qualquer coisa, vamos terminar de despir esta garota.

— Garoto — corrijo.

— *Garoto* — concorda ele, só para fazer minha vontade.

Anders andou limpando os silos de grãos durante a semana, enquanto Jonas trabalha nos dois silos gigantes de prata ao lado do galpão mais além. Dei uma espiada dentro de um e parecia o Tardis — cavernoso —, com piso de metal perfurado e um sistema de ventilação que sopra ar quente através dos grãos. Jonas acaba de levar a última leva de trigo do inverno para o mercado, onde os grãos são guardados nos depósitos até que seja possível vendê-lo por um bom preço. É difícil acreditar que em breve as duas cabeças gigantes de Homem de Lata vão estar cheias de soja e milho que ele e o pai plantaram nos idos de maio.

Quando Jonas chega em casa, Anders o chama para contar o que estamos pensando em fazer com o Airstream.

Fico à espera da expressão de horror absoluto, mas nada acontece. Jonas assente e diz que pode encomendar o aço pela oficina, depois acrescenta, indiferente:

— Com uma condição.

— Qual? — pergunto.

— Vamos servir pipoca e bebidas na noite de cinema.

Meu rosto se ilumina antes que eu considere a possibilidade de ele estar zombando de mim.

— Está falando sério? — Ouso perguntar.

Ele sorri.

— Gosto *mesmo* da ideia. Mas... — Jonas dá de ombros. — Não saberia como organizar algo assim.

— A Bailey saberia — digo a ele, sem hesitar. — É o que ela faz: planeja eventos.

— É, mas que tal uma licença para o filme ou qualquer outra coisa de que você precise?

— Ela não teria nenhum problema em resolver tudo. Bailey adoraria o desafio. Sei que adoraria.

Bailey já me disse que não se sente desafiada no trabalho; está cansada de organizar casamentos e festas de aposentadoria no clube de golfe. Adoraria mergulhar de cabeça em algo original e empolgante. Talvez isso seja exatamente do que ela precisa.

Jonas se vira para observar o celeiro e toma um gole da cerveja. Anders e eu trocamos olhares otimistas.

— Não custa perguntar o que ela acha da ideia — diz Jonas.

— Vou ligar para ela agora mesmo.

Pego o celular.

— Pode convidá-la, se ela estiver livre. Trouxe hambúrgueres. Vocês duas estão convidadas. Diz para ela trazer traje de banho.

— Sério?

— Sério. Com certeza vou até o lago.

Bailey está interessada, então peço que passe por Wetherill no caminho para pegar meu biquíni.

Ela aparece em menos de meia hora, com a bolsa de praia amarela e um sorriso igualmente radiante.

A umidade tem estado alta durante toda a semana, o que é muito desconfortável, então, assim que Jonas acende o fogo, decidimos nadar.

O ar está turvo de poeira e pólen, e há insetos rodeando o espelho d'água. Os bichinhos se espalham quando Jonas corre e se lança do fim do pontão, com Anders logo atrás. Bailey os imita, gritando para trás:

— *Veeem*, Wren!

Então minha irmã solta um grito quando mergulho ao seu lado, o que me faz rir, porque eu sabia que ela não acreditava que eu teria coragem.

A temperatura está perfeita — quase fria o bastante —, então nado um pouco para longe e flutuo de costas, encarando as nuvens cheias acima.

Bailey e Jonas começam a rir e, quando ergo a cabeça, encontro-os perto do pontão, boiando. Mas Anders está próximo a mim, com água até a cintura, olhando sobre a água para os campos de milho além do lago.

Sua pele é perfeita, com um tom marrom-dourado, e meu olhar desliza por sobre os contornos dos ombros e descem até os sulcos firmes do abdômen.

Ergo os olhos para seu rosto de novo, e sou inundada pelo alívio ao perceber que ele não me flagrou observando-o. Não há nenhum sinal de tensão à vista. A expressão de paz é rara em Anders.

— Este lugar combina com você. — As palavras saem da minha boca sem que eu pense duas vezes.

Não quero trazê-lo de volta à terra de supetão.

— Quê?

Ele olha para mim distraído, enquanto afundo, deixando a água subir até o pescoço.

— Você parece feliz.

Ele sorri e assente.

— Que legal que o Jonas está pensando em fazer uma noite de cinema! — sussurro alto para ele ouvir.

— Eu sei! — sussurra Anders de volta, olhando para o irmão. — Nem posso acreditar na mudança. Jonas está tão diferente de quando mamãe me chamou para casa.

— Por que sua mãe estava preocupada?

— Ele estava retraído e meio triste, acho. Além disso, andava bebendo demais, sendo imprudente com as coisas da fazenda… como se não se importasse, caso se machucasse. Mas ela ficou preocupada de verdade quando ele começou a limpar a cabana. Ela achou que poderia ser um sinal de que ele estava tentando colocar a vida em ordem, para não ser um fardo depois de partir.

— Meu Deus — murmuro, horrorizada.

— É. Ele está melhor agora, mas quem sabe se teria surtado.

— Tenho certeza que sua presença ajudou.

— Tem sido bom para mim também.

— Você acha que o fato de seus pais *não* estarem por aqui ajudou? — pergunto, com cuidado, enquanto outra torrente de risadas jorra até nós da direção de Bailey e Jonas.

Anders os observa por um momento, então concorda, quase resignado.

— Principalmente meu pai. Ele sempre foi controlador. Quando a gente era criança, ele bebia muito. Às vezes a bebida o deixava com raiva. Não era violento, mas podia ser intimidante. O Jonas costumava me tirar de casa e tentar me distrair. Íamos até o rio ou pegávamos as bicicletas para andar na trilha de motocross até termos certeza de que o meu pai estaria desmaiado no sofá quando chegássemos em casa. Depois de um tempo, meu pai conseguiu vencer a bebida, mas ainda tem um certo controle sobre nós. Nunca fomos próximos. Você viu como o Jonas fica nervoso quando o assunto é qualquer mudança na fazenda.

Concordo com um movimento de cabeça.

— Sinto muito.

Sopro bolhas na água ao deixar escapar um suspiro, percebendo que prendi o fôlego enquanto ele me contava tudo.

— Estou feliz que neste verão o Jonas tenha tido algum tempo sem o meu pai pegando no pé dele. — Anders me encara. — Você se dá bem com seu pai?

— Melhor do que quando eu era mais nova. E isso me ajudou a ficar aqui por mais tempo.

Na verdade, meu pai e eu nos sentamos juntos na varanda, na noite anterior. Ele queria saber como estava indo meu trabalho e parecia genuinamente interessado enquanto eu o colocava a par de tudo, embora o som da minha própria voz quase tivesse me feito dormir.

— Quando você volta para casa? — pergunta Anders.

— Reservei um voo para o início de outubro porque tenho um casamento para ir, mas posso adiantar minha partida se eu sentir que estou abusando da hospitalidade. E você?

— Preciso voltar para Indy no próximo fim de semana, mas só por alguns dias.

— A trabalho?

— Vou dar uma passadinha na oficina quando estiver por lá, mas na verdade é para o aniversário de um amigo.

— Eu gostaria de visitar Indy novamente, em algum momento.

— Você pode vir comigo se quiser.

— Eu não estava tentando fazer você me convidar — protesto, mesmo sentindo a empolgação crescer.

— Sei que não.

— Ei! — grita Jonas para nós. — Tragam esses traseiros para cá antes que a gente planeje toda essa porcaria de noite de cinema sem vocês!

— É sobre isso que estavam falando? — pergunto, ao nos aproximarmos.

— Isso e outras coisas. Bailey quer transformar este lugar em um espaço para casamentos — diz Jonas para Anders. — Talvez a gente precise contratar alguém para quebrar as pernas do nosso pai e mantê-lo em Wisconsin um pouco mais.

— Que *horror*! — repreende Bailey.

Não sei se Jonas e Anders estão levando Bailey a sério ou simplesmente sendo condescendentes, mas todo mundo sorri enquanto minha irmã descreve fotografias de casamento em frente ao grande celeiro vermelho e nos campos de milho, velas flutuantes no lago, uma recepção dentro do celeiro, com luzinhas penduradas nas vigas, vasos de flores nas mesas, uma banda ao vivo e fardos de feno para as pessoas se sentarem.

Estou embarcando por completo na ideia, então Bailey grita para Jonas:

— Você poderia até reformar sua cabana e oferecê-la como suíte nupcial!

— E onde *eu* dormiria? — pergunta ele, com uma careta.

— Na casa da fazenda, seu idiota. Até lá, seus pais já vão ter deixado tudo para você.

Eles continuam conversando, e eu me pego examinando a margem do outro lado do lago, onde os campos de milho sobem a colina ao longe. Estou tendo uma ideia.

Amanhã talvez eu vá à cidade para comprar um bloco de desenho.

Capítulo Vinte e Cinco

Estou me sentindo quente. E não é por causa da temperatura externa nem porque estou vestida de forma inadequada. Na verdade, estou usando o short jeans que comprei com uma camiseta branca, então não poderia estar mais bem preparada para o verão. Não. É porque estou assistindo a Anders manejar uma rebarbadora.

Ele está usando um visor com protetores auriculares embutidos e luvas resistentes, e centenas de faíscas voam para ambos os lados. Anders corta o aço nos tamanhos de que precisamos; mais tarde, vai soldá-los para fazer a estrutura facetada à qual as dobradiças vão ser aparafusadas.

— Todo mundo que é engenheiro de corrida sabe soldar? — perguntei a ele na noite anterior.

— Só os que cresceram em fazendas — respondeu ele, com um sorriso.

O aço havia chegado à tarde, então tomamos conta da mesa da cozinha para calcular os ângulos em que precisaríamos construir a estrutura interna.

— Meu pai provavelmente tem um esquadro centenário por aqui, em algum lugar — ponderou ele, mas, antes que pudesse se levantar para começar a vasculhar as gavetas do escritório, tirei meu exemplar ajustável da mochila.

— Sou arquiteta, sempre carrego um esquadro — expliquei.

Ainda fico mexida quando o faço rir.

Outro dia, tive um momento de hesitação ao ouvir que Jonas havia encomendado o aço. Alterar um Airstream dos anos 60 soava como um sacrilégio, mas então pensei no que os arquitetos fazem em prédios históricos. Nós os adaptamos para voltar a usá-los e, desde que as adaptações sejam sensíveis e quaisquer alterações fáceis de reverter, em geral é aceitável. Com isso em mente, e depois de discutir com Anders, decidimos parafusar, em vez de soldar, a estrutura de aço na subestrutura, a fim de que possa ser facilmente removida no futuro. Não vamos cortar nenhum dos painéis existentes, assim tudo pode voltar a ser o que era caso alguém mude de ideia. Eu me senti melhor depois que tomamos essa decisão.

Meu celular vibra e desvio a atenção de Anders para checar uma mensagem de texto.

Não acredito! Como é por dentro?

Meu coração dá um salto. É de Scott.

Mais cedo, enfim cedi e enviei uma foto do Bambi para ele com a mensagem: *Acredita que encontrei isso debaixo de uma lona na casa do meu pai?!*

Não havia um bom momento para tomar a iniciativa. Ele trabalha com Nadine e, até onde sei, estão morando juntos, então era muito provável que ela estivesse presente quando Scott recebesse minha mensagem. Mas acho que Nadine é o tipo de garota que lida bem com a possibilidade de o namorado ser amigo da ex. Com sorte, vai dar tudo certo.

Digito uma resposta. *Esse é ele antes.* Anexo uma foto que tirei antes de começar os trabalhos. *E aqui é o que a gente está fazendo agora.* Envio uma que tirei pela manhã.

Quanta coisa! Com o que vai revestir o interior?

Lâminas de bétula, eu acho.

Legal. Fácil de curvar.

Exatamente.

Por favor, continue me atualizando.

Então outra mensagem aparece.

Obrigado por entrar em contato. É bom ter notícias suas.

Eu havia me acalmado ao longo da conversa, mas então volto a ficar nervosa.

É bom ter notícias suas também, respondo.

Fico encarando a tela por um longo momento, mas pelo jeito é o fim da nossa troca de mensagens.

Ao guardar o celular, tento imaginar como seria se Scott e eu ainda estivéssemos juntos, se ele estivesse ali, me ajudando com a reforma do Airstream, e estivéssemos planejando uma viagem pelos Estados Unidos. Nós nos demos muito bem quando fizemos uma viagem de carro, no verão anterior.

Uma lembrança daquelas férias me assalta. Tínhamos acabado de atravessar a fronteira para o parque nacional, no norte de Portugal, e decidido caminhar até uma cachoeira. A descida pelo paredão de um penhasco para alcançá-la parecia um pouco perigosa, assim como navegar a série de pedregulhos lisos e escorregadios que se projetavam do rio, mas valeu a pena o esforço para alcançar a magnífica cachoeira branca, cascateando da pedra amarela e do carvão até um profundo lago verde-esmeralda.

Scott me desafiou a pular direto na água, que estava muito, mas não cortantemente, gelada, porém eu pretendia entrar devagar e esperar o sangue se acostumar à temperatura. Então pisei em uma pedra logo abaixo da superfície e meus pés escorregaram. De repente, eu estava submersa até o pescoço e ofegante.

Scott achou a cena hilária. Quando a mesmíssima coisa aconteceu com ele, quase morri de rir.

A lembrança me faz sorrir. A gente se divertiu bastante. Mas quando olho para Anders, ainda trabalhando duro, não consigo me imaginar restaurando o trailer com qualquer outra pessoa.

Scott e eu tivemos ótimos momentos juntos, mas não éramos um *par perfeito*.

Outra memória da viagem me ocorre. Estávamos contornando a costa norte da Espanha, quando olhei pela janela e vi um milhão de eucaliptos que haviam sido plantados às margens se estendendo ao longo da estrada. Havia tantos que imaginei que deviam ser uma espécie nativa, mesmo sempre tendo pensado que eucaliptos fossem originários da Austrália. Scott me garantiu que sim. Explicou que as sementes haviam sido levadas da Austrália para a Europa, no fim do século XVIII, que a primeira árvore havia sido plantada nas estufas de Kew, em Londres, e que a primeira ao ar livre havia crescido em um palácio na Itália. Disse que os espanhóis estavam arrancando muitos pés, uma vez que são altamente inflamáveis e representam um sério risco de incêndio florestal.

Ele continuou, listando nomes de exploradores e datas reais, mas, no fundo, essa era mesmo a questão.

Era uma história interessante?

Era.

Eu estava interessada?

Não particularmente.

Eu estava, no começo, mas, depois de um tempo, minha mente viajou e não me esforcei para me concentrar.

E sei que não foi um evento isolado.

Definitivamente, houve momentos em que não dei ao meu ex-noivo o respeito merecido.

Eu não o menosprezo, mas será que fiz isso em algum momento isolado? Será que me comportei um pouco como Sheryl fazia com meu pai? É uma possibilidade difícil de encarar.

Eu me lembro de como fiquei impressionada quando Anders me disse que era engenheiro de corrida. Também achava que ser mecânico de uma equipe de corrida era legal, mas definitivamente fiquei muito mais deslumbrada quando soube que ele era engenheiro.

Eu me sinto um pouco babaca ao perceber isso.

Mas o fato é que *respeito* Anders. Muito. E acho que ele também me respeita.

Então me dou conta de que Scott estava certo. Ele merece estar com alguém que o respeite. Estava certo ao escolher Nadine. Ele e eu não fomos feitos um para o outro, e consigo ver isso agora. Negligenciei nossas diferenças inerentes porque queria me casar com um homem que fosse decente e confiável, alguém que ficasse ao meu lado, alguém em quem eu confiasse.

E eu não estava errada em confiar em Scott. Ele não teve culpa de se apaixonar por Nadine. Pelo menos foi honesto comigo sobre os próprios sentimentos, em vez de embarcar em um caso, como meu pai.

Mas sua rejeição ainda dói.

Assim como a rejeição do meu pai.

Podemos estar nos dando melhor que nunca, e sei que talvez até houvesse momentos em que ele se arrependia da decisão de deixar minha mãe e eu, mas o fato é que ele foi embora. Ele *nos* deixou. Ele *me* deixou.

Eu não fui o bastante para ele.

Eu não sou o bastante.

Será que algum dia vou ser o bastante? Será que algum dia vou ser perfeita para alguém?

Percebo que Anders poderia ser essa pessoa para mim.

Mas acho que estou muito longe de ser essa pessoa para ele.

A tristeza me envolve e lágrimas brotam nos meus olhos assim que o som da rebarbadora morre.

— Você não deveria estar aqui sem proteção para os ouvidos — adverte Anders.

O barulho é ensurdecedor, mas não consegui reunir forças para me afastar.

Assinto e me levanto, pegando a mochila.

— Wren?

Ele notou minha expressão.

— Você se importa se eu for até o lago? — Minha voz soa rouca, e meu lábio inferior está trêmulo.

— Claro que não.

Jogo a mochila no ombro e saio do galpão.

Jonas está lá fora, lavando o trator. Anders me disse que o irmão é exigente quando o assunto é manter o equipamento agrícola limpo, e acreditei quando vi o brilho da colheitadeira enorme.

Jonas levanta o esguicho como se fosse me atingir com um jato, mas então vê meu semblante e desliga a água.

— O que aconteceu?

Ele olha para além de mim, em direção a Anders, que me seguiu até lá fora.

— Nada.

Balanço a cabeça e faço menção de passar por ele, mas Jonas coloca a mão com gentileza no meu braço.

— Ei — diz ele, em um tom suave.

— Estou um pouco triste por causa do meu ex, só isso.

Não elaboro muito, mas não quero que Jonas pense que meu estado tem algo a ver com seu irmão. Mesmo que, em parte, tenha.

Algumas lágrimas escapam e rolam pelo meu rosto. Eu as enxugo depressa, e talvez seja minha imaginação, mas juro que Jonas lança um olhar incisivo para Anders.

Anders se aproxima um pouco mais.

— Você está bem? — pergunta ele, mas não perto o suficiente para estender a mão e me tocar.

Assinto, tirando a mochila das costas para procurar um pacote de lenços de papel que tenho quase certeza de ter deixado na minha mesa, em Wetherill.

Jonas solta um muxoxo de frustração, e acho que é dirigido a Anders, porque ele fuzila o irmão com um olhar, que definitivamente não foi fruto da minha imaginação, então me puxa para um abraço.

A combinação de ardência nos olhos, nó na garganta, empatia e alguém me dando um bom abraço apertado me faz desmoronar.

Eu me vejo aninhada à muralha do peito de Jonas, envolvida pelos braços enormes, sem conseguir controlar o choro.

Scott me abraçava o tempo todo, e sinto muita falta de contato físico. Era outra coisa para a qual eu confiava nele. Meu pai não é capaz de me abraçar mais de duas vezes ao ano.

— Vai buscar a porra de um lenço para ela — vocifera Jonas para Anders, então, enquanto o irmão se afasta, ele murmura no meu ouvido: — Lamento que meu irmão seja um idiota emocional.

— Não, ele não é. — Eu me afasto, defendendo-o. — Ele tem apoiado muito você.

— Sim, mas ele precisa conseguir dar um abraço em uma amiga, se ela precisar. Acho que ele sente que está traindo Laurie ao tocar em outra mulher. É doloroso assistir.

Espera aí... *Como é que é?* É por isso que Anders mantém distância? Achava que ele fosse como Sheryl, zeloso do próprio espaço pessoal.

— Vou sentar um pouco à beira do lago. — Não sei mais o que dizer. — Por favor, fala para o Anders não se preocupar com o lenço.

— Tem certeza?

— Tenho. Obrigada mesmo assim.

Quando chego ao pontão, meus olhos já estão secos. Então me sento em uma das espreguiçadeiras e tento colocar os pensamentos em ordem. A revelação de Jonas me surpreendeu, embora eu não saiba o motivo: é óbvio que Anders ainda está de luto.

Abro a mochila e pego o bloco de desenho, determinada a me distrair com trabalho.

Estou tão envolvida na atividade que quase tenho uma síncope quando, meia hora depois, Anders aparece no pontão. Nem ouvi seus passos ecoando nas tábuas.

— Você vai me mostrar o que está fazendo?

Ele gesticula com a cabeça em direção ao meu bloco de desenho.

Por instinto, eu o abraço junto ao peito, mas está mais que na hora de vencer a timidez; já estou trabalhando no esboço há alguns dias.

— Só estou rabiscando — digo, já me desculpando. — Tive a ideia quando Bailey mencionou a suíte de lua de mel.

— Posso ver?

É óbvio que Anders sente que me deixou por conta própria por tempo suficiente. Ouvi a rebarbadora ser religada logo depois que me sentei ali.

Eu lhe entrego o bloco e ele puxa uma cadeira ao meu lado.

— Uau! — exclama ele, assim que põe os olhos na primeira imagem. — Não tinha ideia de que você sabia desenhar tão bem.

— Eu desenhava o tempo todo — confesso, enquanto ele estuda o esboço a lápis. — Mas faz muito tempo que não me sinto inspirada.

— Então... dariam a volta no lago?

— Ali.

Aponto para a margem mais distante.

Ele vira a página e a examina com o mesmo entusiasmo.

Projetei uma série de cabanas de troncos sobre palafitas, que abraçam o contorno do lago, mas as toras seriam fixadas verticalmente, de modo que cada uma das casas poderia ser curvada em um formato diferente. Gosto da ideia de cabanas diferentes, mas que ainda se encaixam de forma coesa. Eu as imagino pintadas de preto.

— Como já disse, estou só rabiscando umas ideias. Mas, se vocês um dia decidirem *mesmo* usar este lugar como um espaço para casamentos ou outros eventos, achei que a possibilidade de oferecer uma acomodação talvez rendesse um bom dinheiro.

— Quanto custa algo assim? — pergunta Anders.

— A mão de obra seria a parte mais cara, porém eu acho que você e o Jonas poderiam fazer muita coisa. Usar troncos de madeira, como ele e seu pai fizeram com a cabana, e instalar uma bomba térmica na nascente do lago. — O que forneceria resfriamento no verão e aquecimento no inverno. — E as janelas são todas de tamanho padrão — explico, porque há muitas. — Você pode comprar todas já prontas.

Ele está surpreso porque, no desenho, são de tamanhos variados, algumas no sentido do comprimento e outras no sentido da largura, como uma tela de Mondrian. Eu pensei nisso para aproveitar ao máximo a vista, tanto do lago quanto dos campos.

— Podemos mostrar para o Jonas? — pergunta ele, por fim.

— Lógico.

— Depois temos que pensar no que fazer amanhã.

— Amanhã?

— Você vai para Indy comigo, certo?

— Eu vou?

— Achei que você quisesse. Vou de carro.

Não sei se ele está tentando me animar, mas eu adoraria passar um fim de semana na cidade. Além disso, estou feliz que ele se sinta confortável comigo a ponto de me convidar, mesmo que não consiga lidar com a ideia de me abraçar.

Capítulo Vinte e Seis

— Você deveria aproveitar a viagem para ir ao Midland Arts & Antiques Market. Você vai amar. Fica em uma antiga fábrica. É enorme e tem um monte de coisas do século passado. Isso se você não quiser passar o dia inteiro no Circle Centre Mall, claro.

— Definitivamente, não... É uma ideia incrível. Onde fica?

— Pertinho do meu apartamento. Vou mostrar no mapa. Talvez você até encontre luminárias de parede dos anos 60 para o Airstream.

— Você pode ir comigo?

Observo Anders no banco do motorista da sua BMW.

— É melhor eu ir direto para a oficina depois que deixar você.

A maior parte da equipe dele está em uma corrida naquele dia, mas Anders quer ir ao escritório para imprimir alguns documentos e se inteirar do que aconteceu na sua ausência.

O que começou com uma oferta para me dar carona e uma pesquisa de hotéis para passar a noite se transformou em Anders insistindo que eu usasse seu quarto de hóspedes e me juntasse a ele em uma noitada com seus amigos.

Não sei se está em uma missão para me animar ou se Jonas o fez se sentir culpado, mas ele parece bastante feliz com o plano.

Indianápolis é uma cidade planejada, com ruas que se cruzam a partir de uma rotatória central, chamada Monument Circle. A exceção a essas estradas norte-sul-leste-oeste são quatro ruas diagonais principais, que começam a cerca de um quarteirão do centro e seguem para fora da cidade. Anders mora a nordeste das diagonais — na Massachusetts Avenue, ou Mass Ave, como ele chama —, e seu loft fica dentro de uma antiga fábrica de seda. O prédio tem cinco andares, e é feito de tijolos vermelhos, com janelas gigantes no estilo Crittall. A chaminé original da fábrica foi mantida — começa no nível do solo e deve ter o dobro da altura de todo o bloco de apartamentos. Há também um tanque de água prateado e redondo no telhado, com a palavra "Seda" pintada em letras vermelhas.

— Que legal — digo, admirada. — Há quanto tempo você mora aqui?

— Desde fevereiro. Toda a área ficou coberta por cerca de meio metro de neve no dia da mudança.

Eu me pergunto onde ele morava com Laurie.

Os corredores que levam ao apartamento são monótonos e pouco inspiradores, mas, por dentro, os tetos são altos e a janela ocupa praticamente toda a parede dos fundos da sala, embora esta seja separada do restante do apartamento por portas de correr e um solário. A cozinha fica perto da porta e é em plano aberto, com um balcão.

— O quarto de hóspedes é ali.

Anders aponta através da sala de estar para uma porta à esquerda.

Pelo que vejo, o quarto dele fica alguns degraus acima, virando a esquina da cozinha. Para além de uma parede divisória na altura da cintura, o quarto é aberto para a sala, acho que para roubar luz da janela gigante, afinal não há nenhuma no cômodo.

As paredes são brancas, os pisos, de madeira e com ar despojado, e grande parte do mobiliário é moderna, com uma vibe escandinava, com cadeiras e sofás de couro marrom e mesas laterais e de centro elegantes.

Espera um minuto.

— Aquilo ali é uma poltrona Eames? — pergunto, com uma satisfação indisfarçável ao ver o modelo de balanço de fibra de vidro amarela no solário.

— É, comprei naquele mercado que comentei.

— Estou com tanta inveja.

Gosto *muito* do estilo dele.

Ai, meu Deus. Por que ele tem de ser tão descolado? Por que não pode me fazer pegar ranço de uma vez por todas com uma coleção de estatuetas esquisitas ou brinquedos fofinhos na cama?

A quem quero enganar? Eu provavelmente gostaria dele mesmo assim.

Eu me sinto irritada e nervosa ao colocar as malas no quarto. A luz do sol se infiltra pela janela, direto sobre a cama de casal, arrumada com uma impecável colcha de piquet branco. Contrasta com a parede de concreto pré-moldado atrás. Há um banheiro que dá para o quarto de Anders, então uso as instalações antes de ir para a cozinha.

— Quer que eu prepare um café para você antes de ir? — pergunta Anders.

— Não, obrigada, estou bem.

— Deixa eu mostrar o mapa para você.

Ele me ajuda a me orientar, então me dá um molho de chaves e promete tentar voltar mais cedo para irmos até o bairro de Fountain Square, dar uma olhada antes da festa de aniversário do amigo.

Amei o Midland Arts & Antiques Market tanto quanto Anders imaginou que eu iria amar. A loja ocupa dois andares inteiros de um antigo armazém, com acabamento bruto em todos os cantos. Eu passaria o dia inteiro andando aqui.

Encontro algumas luminárias de alumínio com cúpulas de vidro que ficariam incríveis fixadas na parede do Bambi. Os cabos de alimentação estão amarelados pelo tempo, os interruptores um pouco soltos, e colocar vidro em um veículo que se movimenta é provavelmente uma má ideia, mas não consigo resistir.

Depois, passeio pelas ruas, observando cafés independentes, restaurantes elegantes e adegas com mesinhas na calçada, cabeleireiros e barbearias, delicatéssens e butiques, uma galeria e um museu. Próximo ao apartamento de Anders, fica um bairro histórico chamado Lockerbie Square, onde as ruas arborizadas são ladeadas por antigas casas de madeira pintadas em belas cores — azul-céu, amarelo-mostarda, torta-de-limão —, todas com cercas de estacas na frente.

Nem dá tempo de visitar o Circle Centre Mall. Existem tantas coisas interessantes para ver nesta parte da cidade que odeio a ideia de pegar um táxi para ir a um shopping sem alma.

Por fim, volto ao apartamento na antiga fábrica de seda para me arrumar, e, mais uma vez, o nervosismo faz crescer um nó na minha garganta. Gostaria de não me sentir tão no limite. Uma bebida para acalmar cairia muito bem.

Levei vários engradados de cerveja para a fazenda dos Fredrickson ao longo das últimas semanas, então não me sinto muito culpada ao me servir de uma cerveja da geladeira de Anders. No caminho para a cozinha, espio seu quarto, onde um porta-retratos branco na mesa de cabeceira chama minha atenção. Exibe uma fotografia colorida de Laurie, e é difícil de passar despercebido, porque a moldura deve ser de vinte por vinte e cinco centímetros. Minha curiosidade me arrasta para dentro, perto o suficiente para distinguir os detalhes. Laurie está com o longo cabelo loiro-claro preso em um rabo de cavalo, sorrindo para a câmera. Não é um sorriso radiante, como na fotografia do casamento, mas sua expressão é suave, os olhos azuis gentis. Tenho a estranha sensação de que teria gostado dela se a tivesse conhecido.

Não é surpresa que Anders *não esteja nem perto de esquecê-la*. A ex-esposa é a última coisa que ele vê antes de adormecer à noite, e a primeira quando acorda de manhã. Anders deve sentir muito a falta dela.

Ao pensar nisso, me acalmo. Desisto de pegar uma bebida e volto para o quarto a fim de terminar de me arrumar.

Anders volta umas seis da tarde, desculpando-se por não ter chegado mais cedo. Toma um banho rápido e, quando reaparece, seu cabelo loiro-escuro está úmido. Ele se trocou, e agora veste uma camisa cinza-carvão com botões de pressão brancos sobre uma camiseta branca com jeans preto e botas desert.

Optei por voltar ao meu infalível preto padrão. Coloquei o vestido justo, na altura do joelho e sem mangas que usei na primeira vez que fui ao Dirk's, aquele com contas brancas ao redor do decote V.

Anders insiste que não quer beber muito, então conto como foi meu dia enquanto dirigimos para o sul, até chegarmos a outra rua diagonal, que leva ao sudeste da cidade. Quanto mais nos afastamos do centro de Indy, mais baixos e espaçados se tornam os prédios. Intercalados por estacionamentos, a maioria é de tijolos vermelhos, alguns com detalhes ornamentados, cornijas decorativas e escadas de incêndio de metal preto, do tipo que você vê em filmes ambientados em Nova York. Existem alguns murais gráficos divertidos nas paredes externas de lojas e condomínios, e pelo jeito estamos entrando em um bairro mais jovem e descolado.

— Aquele é o prédio do Teatro Fountain Square. — Anders acena para a frente. — É para onde estamos indo.

O edifício é grande e um pouco sem graça, mas a sinalização antiquada em volta do andar térreo explode em cores.

— Você é linda — diz Anders.

É o quê?

Eu me viro para encará-lo, assustada, e vejo que ele sorri ao apontar para fora da janela. Sigo a linha do seu dedo até as letras brancas enormes fixadas na lateral de um edifício, onde se lê: "VOCÊ É LINDA".

Solto uma risada.

— Ah, óbvio que você não estava falando de mim.

— Por que óbvio? — retruca ele.

— Não estou atrás de um elogio. Sei que não sou.

— Está de sacanagem?

Ele parece vagamente incrédulo.

— Não. A Bailey é a irmã bonita. A que horas começa a festa? — pergunto, para mudar de assunto.

Wilson, o amigo de Anders, alugou uma pista de boliche duckpin, seja lá o que for isso. Boliche de dez pinos em uma escala menor, acho.

— Às oito, mas ele sempre atrasa. Pensei em tomarmos uma bebida no roofbar primeiro.

Ele contorna o prédio, passando pelo letreiro vintage mais legal que já vi. A coisa se projeta para fora do edifício e é azul, em formato de cápsula, com linhas de néon branco envolvendo-o na horizontal e letras amarelas que formam as palavras "Boliche Duckpin". Ao lado, se vê o cartaz do Teatro Fountain Square, iluminado com tantas lâmpadas que não destoaria em Las Vegas.

Há duas pistas de boliche antigas no edifício e, assim que estacionamos, Anders me leva até o quarto andar para me mostrar aquela a que *não* vamos mais tarde. Foi restaurada ao seu design original da década de 30, com um café nos fundos, bem como um salão de madeira com oito pistas. A sala é inundada de luz graças a uma longa fileira de janelas na parede caiada de branco.

Continuamos subindo, até o jardim da cobertura, onde a paisagem é completamente plana e a vista se estende por quilômetros. Em um canto, há um cartaz que diz "Fountain Square: Nada Careta" e, abaixo, está pendurado um grande relógio redondo, com o clássico logo vermelho e branco da Coca-Cola no mostrador.

Nós nos sentamos a uma mesa com vista para os arranha-céus da cidade à distância, e uma garçonete se aproxima. Escolho um drinque à base de rum, e Anders opta por uma cerveja com baixo teor alcoólico. A mulher se afasta, mas não consigo parar de sorrir.

— Este é um dos lugares mais cheios de personalidade que já visitei. Quero me mudar para cá.

Anders parece bem-humorado.

— Estou só meio brincando — continuo.

— Você tem passaporte estadunidense? — pergunta, interessado.

Assinto. Eis o melhor presente que meu pai já me deu.

— Eu nasci aqui. Em Phoenix.

— Morou lá quanto tempo?

— Até eu ter uns seis anos. Minha mãe esperou até a Bailey nascer para arrumar nossas coisas e voltar para o Reino Unido. Meu pai já havia se mudado para Indiana com Sheryl nessa época. Essa parte da minha vida parece um sonho quando penso agora.

Conto sobre o bangalô de azulejos vermelhos dos meus pais, na base da montanha Camelback, sobre as tempestades de areia, os cactos e as cidades de vaqueiros. No meio-tempo, a garçonete traz as bebidas.

— Gostaria de voltar ao Arizona um dia para ver todas as coisas de que me lembro, como o Grand Canyon e o lago Powell. Encontrei um álbum de fotos antigo do meu pai esses dias, e a água parecia tão verde, com um monte de pedregulhos enormes nas margens. Quero ver se esses lugares são tão legais quanto me lembro.

— Você poderia fazer uma viagem no Bambi.

— Eu adoraria. Até convidaria você também, mas não tem bem muito espaço para dois quartos.

Ele sorri.

— Acho que vou ter que comprar meu próprio Airstream.

— Não, você pode pegar o Bambi emprestado quando quiser. É sério. Ele é tão seu quanto meu.

— Ah.

Ele parece emocionado ao pegar a cerveja.

— Scott e eu conversamos sobre viajar pelos Estados Unidos uma vez — confesso.

Anders assente, o olhar fixo no meu. O sol sai de trás de uma nuvem e atinge seu rosto, iluminando a mancha âmbar na íris. Ele levanta a mão para se proteger e diz:

— Laurie e eu também queríamos fazer isso.

É a primeira vez que cita a esposa por vontade própria.

— Quanto tempo você foi casado? — pergunto, gentilmente.

Ele abaixa a mão, mas estreita os olhos contra a luz.

— Um ano e meio, até o acidente, mas já estávamos juntos fazia alguns anos.

— Como vocês se conheceram?

Ele se recosta na cadeira.

— Ela trabalhava como relações públicas da equipe. Comparecia à maioria das corridas.

— Onde você morava antes do apartamento de agora?

— Em Broad Ripple, cerca de meia hora ao norte daqui. Você ia gostar de lá também, na verdade.

— Não vou pedir para você me levar.

— Não me importo de levar.

Não traria de volta muitas lembranças ruins? Um bom sinal.

— Você está bem depois de ontem? — pergunta ele, com uma expressão preocupada.

— Estou. Desculpa, foi constrangedor.

Eu me contorço no assento e minha perna bate contra a dele.

— Não mesmo. — Ele se inclina para a frente de novo, então apoia os cotovelos no tampo da mesa. — Seu ex chateou você de algum modo?

— Não, não foi nada do que ele disse. Enviei algumas fotos do Bambi para o Scott, porque achei que ele gostaria de ver o que fizemos, e trocamos algumas mensagens. Foi tranquilo, mas acho que ainda preciso lidar com algumas questões.

Ele estreita os olhos.

— Ele teve um caso?

— Não, mas se apaixonou pela colega de trabalho e percebeu que ela era a sua cara-metade. E *não* eu.

— Ele é um idiota.

Solto uma gargalhada, mas ele mal abre um sorriso.

— O que ele faz? — pergunta Anders, enquanto eu me esquivo da intensidade na sua expressão.

Ele me faz sentir como se estivesse conectada a uma tomada elétrica quando me olha assim.

— Ele é paisagista. Tem um negócio próprio.

Ele balança a cabeça, o olhar ainda fixo no meu.

— Nadine, a namorada atual, trabalha com ele. Não é má pessoa. Quando percebeu que tinha sentimentos por Scott, tentou dar um aviso prévio para pedir demissão. Acho que, por acidente, testemunhei o momento em que Scott finalmente aceitou que estava apaixonado por ela e não podia deixá-la partir.

O gargalo se choca contra seus lábios, e ele a afasta, me lançando um olhar interrogativo.

Conto sobre o dia no parque.

— Scott estava com uma expressão de desejo ao olhar para ela. É difícil explicar. Mas, quando Nadine encontrou o olhar dele e nenhum dos dois quebrou o contato, percebi que havia algo entre eles. Eu me senti mal — digo, com um estremecimento.

— Sinto muito — murmura Anders.

— Tudo bem. Sério, está tudo bem. Agora eu percebo que não éramos certos um para o outro. Acho que Scott… ou talvez Nadine… tenha feito um favor a ambos. — Abro um sorriso. — Mas me fala sobre o Wilson. É um dos seus companheiros de equipe?

— Na verdade, não. — Anders desperta de um devaneio. — Eu o conheci em um bar de blues com música ao vivo chamado Slippery Noodle. Ele é músico.

Eu me animo, encantada.

— Sério?

— É. Outro lugar que você ia adorar. É o bar mais antigo de Indiana… dizem que é mal-assombrado — acrescenta ele, sorrindo. — Fica a uns cinco minutos de carro do meu apartamento, mas eu costumava ir lá o tempo todo quando era mais novo. Wilson e eu sempre batíamos um papo no bar… somos amigos há anos.

— Mal posso esperar para conhecê-lo.

Tomamos mais uma bebida no terraço, depois descemos para o porão. O espaço é decorado com autêntica parafernália dos anos 50 e 60, com piso xadrez vermelho e branco na parte do restaurante, e cadeiras de vinil e bancos de bar vermelhos. Sinais de néon enfeitam as paredes, assim como pôsteres antigos, e há divisórias de vidro delimitando o cômodo.

Muitos amigos de Anders já estão presentes, formando um grupo muito interessante e eclético. Ele me apresenta a artistas, músicos e até a um arquiteto de olhos gentis e barba hipster. Há uma mulher com um vestido de bolinhas vermelho e branco dos anos 50, e o visual combina tanto — inclusive o cabelo ruivo em um penteado lateral retrô — que pergunto a Anders se ela se veste assim todos os dias. Ele responde que sim.

Quando Wilson chega fazendo festa, já tomei três drinques e estou quase bêbada. Ele tem cerca de um metro e oitenta de altura, é magro e está vestido todo de preto, exceto por um cinto com tachas prateadas nos quadris estreitos. Os cachos pretos e grossos batem bem abaixo dos ombros.

— Quem é? — pergunta ele para Anders, os olhos castanhos brilhantes.

— Esta é minha amiga Wren — responde Anders.

Foi assim que ele me apresentou a todos, sua "amiga Wren".

— Parabéns — digo, feliz.

— A Wren é arquiteta — explica Anders, com um sorriso brincando nos lábios.

— Você conheceu o Dean? — Wilson acena para o hipster barbudo.

— Só dei oi.

— De onde você é?

— Da Inglaterra.

— Captei o sotaque. Qual região?

— Um lugar chamado Bury St. Edmunds.

— Nunca estive em Bury St. Edmunds, Wren. Conta tudo.

Descrevo as ruínas de contos de fadas e a arquitetura histórica, entrando em detalhes sobre um pequeno pub chamado Nutshell, que é um dos menores da Grã-Bretanha e está lotado de um monte de coisas estranhas, inclusive um gato mumificado.

Anders parece tão fascinado quanto Wilson ao ouvir sobre minha cidade, mas deixa o amigo falar. Imagino que isto deve ser algo em que Wilson é bom: fazer muitas perguntas e deixar as pessoas à vontade. E, quanto mais ele pergunta sobre mim, mais percebo que é sua natureza. Ele se interessa… por pessoas, coisas. Consequentemente, me flagro fazendo perguntas sobre sua música, os instrumentos que toca; o que me parece ser todos, mas ele prefere a guitarra elétrica.

Anders fica com a gente por um tempo, até se afastar para buscar mais bebidas e depois ir socializar com os amigos. Com certo atraso, percebo que ele deu um abraço em Wilson quando este chegou e jogou o braço carinhosamente ao redor dos ombros de Dean quando nos apresentou, mas não é tátil com nenhuma das mulheres. Ainda parece determinado a deixar evidente que não está disponível, embora já tenham se passado quase quatro anos e meio desde que perdeu a esposa.

Acho que todo mundo lida com o luto de um jeito diferente, mas é muito triste pensar em como Anders mantém as barreiras erguidas há tanto tempo.

Em certo momento, a garota ruiva no vestido estilo anos 50 nos aborda, e Wilson nos apresenta adequadamente. Seu nome é Susan, e ela é fotógrafa, mas também trabalha em uma loja de discos um pouco mais acima naquela rua. Ela insiste que eu vá visitá-la algum dia, para ouvirmos o disco de vinil de uma banda desconhecida que acabou de descobrir em uma feira de antiguidades.

Dean se junta a nós, e passamos um tempo conversando sobre arquitetura. Ele anda trabalhando em uma cafeteria situada em um antigo prédio de banco, de meados do século, e acabou de projetar uma casa térrea modernista, com telhado saliente e enormes portas de vidro deslizantes. Soam como o tipo de projeto em que eu mataria para tocar.

E, talvez seja influência do álcool ou uma síndrome de "a grama do vizinho é sempre mais verde", mas me sinto como se estivesse vivendo uma das melhores noitadas da minha vida.

Ainda não encontrei minha tribo em Bury St. Edmunds. Minha única amiga é Sabrina, mas ela e seu noivo, Lance, parecem intrinsecamente ligados a Scott, porque eu os conheci enquanto ainda era noiva. Todos meus outros amigos do trabalho e da universidade estão em Londres ou espalhados pelo país. Eu adoraria ter um grande grupo de amigos locais como aquele. Anders tem sorte.

Wilson insiste que eu me junte a ele e a um de seus companheiros de banda, Davis, para a primeira partida de boliche. As pistas são mais curtas que as de boliche de dez pinos e as bolas, menores, mas o objetivo é o mesmo: derrubar tudo.

Óbvio, não consigo acertar nada, nem que minha vida dependesse disso. Estou bêbada demais.

— O que estou fazendo de errado? — pergunto a Anders.

— Não posso dizer. Você não está no meu time — responde ele, com um sorriso.

Susan, uma colega de equipe de Anders, derruba todos os pinos, com exceção de um, na terceira tentativa, e ele levanta os braços e a aplaude.

— Quem se importa com quem ganha ou perde? O importante é competir! — exclama Wilson, imitando o sotaque inglês e projetando a voz como algum imponente ator shakespeariano. — Mas você *está* torcendo o braço na altura do cotovelo — murmura ele, no meu ouvido.

— Quê? Assim?

— Não, assim.

Ele agarra meu braço e o mantém reto.

Tento corrigir o arremesso ao lançar a bola pela pista de madeira, e acerto cada um dos pinos. Fico tão surpresa, e depois tão exultante, que pulo e grito:

— ISSO AÍ!

Wilson bate na minha mão, e depois Davis também, então olho para Anders exultante, apenas para encontrá-lo já rindo, com o semblante carregado de afeição. Estou tão cheia de *sentimentos* que, quando ele não quebra o contato visual, também não o faço.

Anders inclina a cabeça para o lado, e seus olhos parecem escurecer enquanto sua risada se transforma em um sorriso leve. Eu me sinto como uma mosca presa no mel — não, um mosquito preso no âmbar; impossível de me desvencilhar da intensidade daquele olhar.

O olhar de Anders se move para meus lábios, e meu coração dispara quando ele volta a me encarar. Flagro o calor escaldante daquele olhar por um segundo, então ele estremece e desvia a atenção.

Ele se levanta de um pulo e pega uma bola de boliche. Leva um momento para eu perceber que simplesmente chegou a vez dele de jogar.

— Hora de *dar um sacode* em você — diz ele, em um tom leve e brincalhão.

Forço uma risada, mas o que está acontecendo, pelo amor de Deus? Será que acabei de imaginar a conexão entre nós? Ele parece ter voltado ao normal, enquanto eu mal consigo respirar direito. Meu pulso está acelerado, latejando sob a pele, enquanto Anders age com indiferença.

Eu me esforço para seguir o exemplo, mas é difícil.

Quando a partida termina, ficamos no bar por mais algumas horas, rindo, bebendo, conversando e comendo, até que finalmente damos a noite por encerrada, e Anders nos leva para casa.

— Quer uma saideira? — pergunta ele, ao abrir a porta.

— Sinto muito que você não pudesse beber — digo.

— Não ligo. Eu estava feliz.

— Estava? Feliz?

— Muito — responde ele, com um sorriso.

Cara, Anders está muito sóbrio.

— Por favor, você pode ficar muito bêbado agora? — pergunto, cambaleando até o sofá de couro, então me jogo nas almofadas.

— Vou fazer o possível. O que você quer?

— Algo suave.

Ele me serve uma água com gás e um uísque com gelo para si mesmo, então se senta na poltrona à minha direita.

— Tive uma noite tão boa. Gosto muito dos seus amigos — comento.

— Fico feliz. Eles também gostam de você.

— São todos tão interessantes.

— *Você* é interessante.

— *Você que é* — retruco, bêbada.

Anders ri e balança a cabeça, levando o copo aos lábios, então hesita e o abaixa.

— Aquela coisa que você disse antes, sobre Bailey ser a mais bonita. Seu pai nunca disse que você era bonita quando criança?

— Não — respondo, sem rodeios.

— Mas ele disse isso para Bailey?

— Acho que sim. Quer dizer, olha pra ela. Não somos nada parecidas.

Ele franze a testa.

— Discordo.

— Qual é? Até o Jonas comentou como a gente era diferente.

— Ele está enganado. Vocês têm os mesmos olhos. Não na cor, os seus são mais bonitos, mas os de vocês duas têm formato amendoado.

Mais bonitos? Balanço a cabeça, mesmo quando meu coração se eleva e infla.

— Meus olhos não são nada parecidos com os da Bailey. Os dela são grandes e com aquele ar meio bu.

Ele fica compreensivelmente confuso com a descrição.

— Não sei o que isso significa, mas acho que vocês duas têm olhos grandes. E ambas têm o nariz perfeitamente reto.

Sorrio para ele, contente com o fato de que Anders obviamente dedicou algum tempo à questão.

— Vocês sempre se deram bem? — pergunta ele.

— Na verdade, não. Não era tão fácil quando éramos mais novas. Não que *não* nos déssemos bem, mas não éramos próximas antes desta viagem.

— Por quê?

— Em parte por causa da diferença de idade, e em parte porque nunca passamos muito tempo juntas. Além disso, somos *bem* diferentes. A Bailey é muito mais extrovertida que eu. Sempre me senti um pouco em desvantagem. A gente ficou mais próximas neste verão, mas, no fim das contas, estou hospedada com a família *dela*. Sempre vou sentir como se meu pai fosse mais da Bailey do que meu.

A expressão de Anders é de empatia.

— Sinto muito que se sinta assim. Pareceu óbvio para mim, naquela minha visita, que seu pai adora muito você.

Solto um suspiro.

— Meu pai não consegue nem me *abraçar*. Quer dizer, ele me abraçou quando cheguei aqui, e vai me abraçar quando eu for embora, mas esse lado da família realmente não curte demonstrações de carinho. Não comigo, pelo menos. Acho que a única vez que Sheryl já me abraçou com vontade foi há algumas semanas, quando estava se desculpando por algo que fez quando eu era mais jovem.

Ele me hipnotiza com sua atenção, obrigando-me a entrar em detalhes.

— Ela escondeu aquele álbum de fotos de que falei. A Bailey gostava de folhear, então Sheryl o guardou. Acho que se sentia ameaçada por mim, pela minha mãe, pela história do meu pai com a gente. Nunca me deixou me aproximar, me fazia sentir como se eu fosse um transtorno. Eu me lembro de uma vez, quando tinha uns oito ou nove anos, que ela fez permanente. O cabelo dela ficou encaracolado e brilhante. Eu estava morrendo de vontade de ver como era, mas quando tentei tocar um dos cachos, ela me afastou. Sheryl não foi muito legal comigo quando eu era criança.

— Você acha que isso pode ser em parte o motivo da sua insegurança?

— Eu sou insegura?

— Para uma pessoa tão inteligente e talentosa como você, acho que é bastante insegura.

Eu o encaro e sinto um frio na barriga ao entender o que acabou de dizer.

— Acho que não ajuda o fato de o meu pai ter me abandonado. E depois o Scott também — acrescento, com um dar de ombros petulante.

É mais uma coisa de que tentei fazer pouco caso, mas que Anders não acha engraçado. Seu olhar é urgente e intenso. Um ardor fervilha na minha pele.

— Acho que eu devia ir para cama. Estou bêbada demais para esta conversa — decido, de repente.

Anders assente e se inclina para a frente devagar, descansando os cotovelos nos joelhos, com o copo aninhado nas mãos. Ele me observa levantar.

Estou hiperciente da sua atenção ao me servir de mais água da garrafa na geladeira. Atravesso a sala na direção do quarto, hesitando antes de me virar para desejar boa-noite. Ele ainda está olhando para mim, e, por algum motivo, não consigo falar. Fico ali parada, imóvel, à espera, embora não tenha certeza de quê.

— Você *é* linda, Wren.

Ele diz aquilo tão baixinho, com tanta sinceridade, que abro a boca, então a fecho de novo.

Seu olhar se prende ao meu por tanto tempo que meus pensamentos se dispersam como pinos de boliche. Tento desviar, mas estou mergulhada em mel mais uma vez, presa em âmbar. Algo dentro de mim começa a se desenrolar, desdobrando-se em direção a ele. Eu me sinto atraída, mas, quando dou um único passo, Anders volta os olhos para a bebida.

— Boa noite — diz ele.

Ele vira o conteúdo do copo e dou meia-volta nos saltos altos. Eu me fecho no quarto e tento controlar as batidas rápidas do meu coração.

No meio da noite, eu me levanto para usar o banheiro e juro ouvir o som de uma risada de mulher do outro lado da parede.

Mas de manhã, quando acordo, me pergunto se foi apenas um sonho.

Capítulo Vinte e Sete

Quando me aventuro a sair do quarto por precisar com urgência de algum remédio para dor de cabeça, Anders ainda está dormindo. Passo furtivamente pelo quarto dele, com os olhos fixos na direção contrária, e pego minha bolsa perto da porta, onde a deixei na noite anterior. Se eu não estivesse com tanta dor, não ousaria arriscar acordá-lo. Em silêncio, encho um copo com água da torneira, volto para o quarto e me acomodo na cama.

Minha mente repassa tudo o que aconteceu na noite anterior, mas continua voltando para *Você é linda, Wren* e aquela expressão no rosto dele.

Nunca achei que ele estivesse atraído por mim, mas agora não tenho tanta certeza disso.

Eu me sinto agitada demais para adormecer de novo, então em determinado momento me levanto e tomo um banho. Quando saio do quarto, Anders está perambulando pela cozinha.

— Oi! — exclamo, indo encontrá-lo.

— E aí — responde ele, de modo ríspido, sem me olhar nos olhos.

Meu estômago se contrai. *Por favor, que as coisas não fiquem estranhas entre a gente...* Eu me recomponho, determinada a não nos deixar retroceder.

— Café? — oferece ele, enquanto me sento ao balcão.

— Por favor. A noite passada foi muito divertida. — Injeto calor no tom de voz, mantendo-o leve e amigável. — Mas fiquei muito louca. Espero não ter feito papel de idiota. Precisei tomar um Tylenol mais cedo. Como você está se sentindo?

— Bem.

Ele balança a cabeça e coça a nuca, o tronco virado para a máquina de café.

Anders está vestindo uma camiseta cinza amarrotada. Acho que dormiu assim.

Você é linda, Wren.

Tento me blindar contra as lembranças que fazem meu coração disparar.

— Você dormiu bem? Parece cansado — comento.

— Estou um pouco. Creme? Açúcar?

— Sim, por favor. Duas colheres.

Por mim seriam três, porque estou de ressaca, mas resisto à tentação.

— Que tal sairmos para tomar café da manhã? Uma boa fritura cairia bem. Você precisa trabalhar hoje?

— Não. Mas acho que seria bom voltar para a fazenda mais cedo.

— Já cansou da cidade grande? — pergunto, com um sorriso.

Talvez ele estivesse cansado de *mim*. Ah.

Anders dá de ombros e abre um pequeno sorriso.

Será que estava apenas sendo gentil ontem à noite? Era o tipo de coisa que ele diria a qualquer amiga para fazê-la se sentir melhor? Estou com medo de ter interpretado de modo equivocado os olhares que trocamos.

— Podemos ir quando você quiser. Posso voltar outra hora.

— Vamos tomar café da manhã em algum lugar. — Ele decide de repente. — Tem uma cafeteria na esquina que acho que você vai curtir.

Gosto do fato de ele saber minhas preferências.

Sufoco o pensamento assim que ele me ocorre. Preciso trabalhar com mais afinco para fortalecer minha mente.

Vamos a um estabelecimento independente, com vitrines gigantes nas duas paredes adjacentes às ruas. Por dentro, é pintado de cinza-escuro e decorado com uma mistura de poltronas e sofás surrados para deixar os fregueses bem confortáveis. Livros velhos e jogos de tabuleiro usados estão empilhados nas prateleiras do bar, e tenho a sensação de que as pessoas podem passar horas ali.

Ao nos sentarmos, aponto para uma poltrona que tem o mesmo estilo antigo da que a família de Anders tem em casa. Ele ri comigo ao se lembrar das tentativas da mãe de manter a expressão séria ao imitar a pose dos ancestrais.

— Você acha que Jonas e a esposa vão estar naquela parede um dia? — pergunto.

— Não sei onde ele vai encontrar uma — responde Anders, irônico. — Acho que já esgotou todas as mulheres disponíveis da cidade.

— Talvez ele precise passar algum tempo por aqui, encontrar uma boa garota da cidade para ser convertida.

Ele sorri.

— Poderíamos trocar de lugar.

— Você adora a fazenda, né?

Não é uma pergunta. Estou pensando em como ele parecia tranquilo quando fomos nadar, no último fim de semana.

— Sim, amo. — Ele olha pensativo pela janela, para os carros passando. — Jonas me pressionou muito para voltar para casa. Eu disse para meu chefe que a minha família precisava de mim. Que meu *irmão* precisava de mim. Mas agora me pergunto se o Jonas me fez ficar na fazenda mais por mim do que por ele. Acho que ele sabia que eu precisava de algum tempo longe de tudo.

— Pelo jeito ele está agindo como seu irmão mais velho de novo, cuidando de você, e não o contrário. Era assim quando vocês eram mais novos, não era?

Ele assente, batendo a colher com suavidade na borda da enorme xícara de café.

— Gostaria de poder ficar para a colheita. Jonas está cogitando contratar um ajudante — comenta ele, e sinto um peso no coração com a ideia de Anders ir embora. — Talvez eu ainda consiga ajudar um pouco.

— Se conseguir, posso dar uma volta de trator com você? — pergunto, com um sorriso.

Leve e despretensiosa, leve e despretensiosa.

— Com certeza — responde ele, com um sorriso.

Anders continua a relaxar e, quando paramos em Wetherill, acho que voltamos ao normal. Fico aliviada.

— Vai lá e dá um abraço na família — ordena ele, enquanto saio do carro. — É um desafio.

— Vamos ver. — Eu me viro e baixo a cabeça para encará-lo pela porta aberta. — Obrigada de novo. Eu me diverti muito.

— Eu também.

Eu me endireito e fecho a porta antes que as coisas fiquem estranhas de novo.

Passamos a última parte da viagem falando sobre minha família, e ele me convenceu de que meu pai — e talvez até Sheryl — com certeza já quis me abraçar em inúmeras ocasiões, mas se conteve, porque não queria ultrapassar os limites. O fato é, e Anders também concorda, que os dois simplesmente não me conhecem tão bem. Não sabem que eu os mantive a distância por ter medo de me magoar. Eu tenho o poder de mudar a narrativa se quiser… está a meu alcance. Mas provavelmente preciso tomar a iniciativa.

Quando chego à porta da frente, dou uma olhada para trás, ciente de que Anders se foi há muito tempo.

Sheryl está na cozinha, com um descascador de frutas.

— Eu devia saber que encontraria você aqui — provoco. — Humm, peras?

— As primeiras da estação! — cantarola ela.

— Na hora certa. Eu estava ficando um pouco entediada com pêssegos.

— Agora também é época de maçãs.

Ela tem respingos de massa no avental e no cabelo.

— Cadê meu pai?

— No celeiro. Como foi seu fim de semana? Achei que a gente não iria ver você antes da hora do jantar.

— Voltei cedo demais? Espero que não se importe.

— Claro que não. Sentimos sua falta — diz ela, para minha alegria. — Você se divertiu?

— Foi muito legal. — Meus olhos disparam para a mistura de bolo salpicada no cabelo grisalho. — Você tem um pouco… — Aponto para cima da têmpora direita.

— Onde? — Ela inclina a cabeça para mim.

— Ali.

— Pode limpar? — Ela soa um pouco irritada.

— Claro, sim, desculpe. Achei que não gostasse de pessoas tocando seu cabelo, ou, você sabe, invadindo seu espaço.

— Não gosto que as pessoas invadam meu espaço — explica ela, os olhos castanhos encontrando os meus. — Mas você não é uma pessoa qualquer, você é da *família*.

Estendo a mão e, para minha surpresa, meu nariz começa a arder enquanto me concentro em remover delicadamente a massa de bolo. Sinto que Sheryl me observa o tempo todo.

— Esta é uma daquelas coisas, né? — pergunta ela, séria. — Um erro que cometi quando você era mais jovem.

Um nó se forma na minha garganta. Assinto.

— Posso te dar um abraço? — pergunto, movida por um impulso ao pensar em Anders.

— *Lógico* que pode, querida! — responde ela, com a voz saltando uma oitava quando abre os braços para mim.

— O que está acontecendo aqui? — interrompe meu pai. Ele acabou de entrar pela porta da frente e está com os olhos arregalados de surpresa. — Cadê o *meu* abraço?

Eu rio e começo a me afastar de Sheryl, mas ela se agarra à minha cintura, abrindo o outro braço para meu pai.

E não acho que seja porque quer manter o controle ou porque não gosta de ser excluída. Meio que tenho a impressão de que é porque ela ainda não está pronta para me deixar ir embora.

Capítulo Vinte e Oito

— Certo, é isso — diz Jonas para Bailey enquanto ela encaçapa a bola preta. — Acho que você deveria se divorciar desse tal Casey e se casar comigo.

— Até parece, seu imbecil.

Ela dá um safanão no braço de Jonas, que ri e junta as bolas para uma segunda partida. Eu sorrio com a camaradagem entre os dois, convencida agora de que a amizade é puramente platônica.

É domingo à noite, uma semana depois da viagem a Indianápolis, e nós quatro viemos ao Dirk's para algumas rodadas de sinuca.

Anders e eu passamos todas as noites da última semana trabalhando no Bambi, além de todo o dia de ontem e o de hoje, sem contar tudo que ele e Jonas vêm fazendo para aprontar a fazenda para a colheita.

Estou acostumada a chegar à fazenda e os encontrar ocupados, suados e sujos de graxa e terra. Os dois têm reabastecido veículos agrícolas, trocado óleo de motor, filtros de ar e pneus, e feito atualizações de software. Usam cabeçotes diferentes — peças grandes de maquinário que vão na frente da colheitadeira — para colher culturas diferentes, e todos têm inúmeras partes móveis que podem avariar e interromper o processo, de modo que ambos têm sido rigorosos ao verificar tudo.

Apesar disso, mais cedo, quando fui à fazenda, Anders e Jonas estavam rasgando a trilha de motocross atrás dos galpões, gritando como criancinhas enquanto saltavam os obstáculos. Senti o coração inflar ao observá-los.

O milho está começando a mudar agora — tornando-se dourado de baixo para cima —, e as folhas verdes dos primeiros pés de soja plantados estão salpicadas de manchas amarelas. Até nossas abóboras estufaram. Nem dá para acreditar que setembro está tão perto.

Anders e eu estamos *quase* terminando a restauração do Bambi. À tarde, remontamos os painéis das extremidades e instalamos uma borracha de vedação na nova abertura da porta traseira para impedir a entrada de água da chuva. Vamos fazer um teste adequado amanhã, com a lavadora de alta pressão, e depois, quando tivermos certeza de que não há vazamentos, fixar o compensado de bétula nas paredes internas e instalar o piso de linóleo.

Ambos estamos muito felizes com o modo como estamos progredindo, e temos trabalhado duro, mas esta noite queríamos descontrair e relaxar. Bailey e Jonas também. Mais cedo, os dois haviam finalizado um anúncio da noite de cinema e o enviado ao jornal local para ser publicado ainda esta semana. Bailey está animada, mas Jonas parece nervoso. Ainda não contou aos pais o que planejou.

Peggy e Patrik decidiram ficar em Wisconsin por mais algumas semanas, e acho que Jonas tem esperança de que os pais não fiquem sabendo do primeiro evento de cinema ao ar livre a ser realizado não apenas na fazenda Fredrickson, mas na cidade inteira.

Mas, de acordo com Anders, é apenas uma questão de tempo — provavelmente apenas alguns dias — até um dos amigos dos pais mencionar o evento para os dois.

Anders espera que não seja motivo para os pais voltarem mais cedo.

Depois da provocação inicial, Jonas embarcou na ideia de labirinto, embora diga que nem morto vai chamá-lo de "meada de milho". Disse que, se eu quiser, posso projetar o traçado, então ando rabiscando no meu bloco de desenho, planejando o labirinto para que comece e termine no canteiro de abóboras da propriedade da minha família.

Meu pai e Sheryl concordaram que vendêssemos as entradas para o labirinto no celeiro, o que não só vai poupar Jonas e Anders de ter que ficar à disposição para receber os clientes, como significa que as pessoas podem parar em Wetherill e colher frutas e legumes. É vantajoso para ambos os lados. Meu pai mandou fazer um banner para a placa do outro lado da ponte.

Depois da conversa, percebi que eu deveria ter dito a meu pai e Sheryl que Patrik e Peggy não sabem dos nossos planos, mas então pensei que, pelo menos assim, os dois podem alegar ignorância caso alguma coisa não saia como queremos. Eu realmente espero que os dois não sejam uma pedra no caminho.

É minha vez e, felizmente, Jonas deixou uma bola perto de uma boca para mim. Eu a acerto, mas de algum jeito consigo fazê-la quicar no pano verde em vez de encaçapá-la.

Xingo e faço uma expressão desconsolada para Anders.

Ele sorri para mim e segura minha nuca, levando-me para mais perto.

— Quem se importa com quem ganha ou perde? O importante é competir!

É uma imitação absolutamente perfeita do que Wilson disse no fim de semana passado, mas estou tão chocada com o contato físico que nem mesmo abro um sorriso.

Ele me solta, deixando um calor escaldante em seu rastro.

Eu me forço a rir e depois vou pegar minha bebida em uma mesa próxima. Como pode um pequeno toque entre amigos me deixar tão abalada?

Observo furtivamente enquanto Anders prepara sua tacada, notando como os músculos do braço se alongam quando ele se inclina sobre a mesa, o modo como seus olhos verdes se estreitam, concentrados. A camisa xadrez preta e branca está aberta, e a camiseta cinza por baixo sobe, proporcionando um vislumbre da pele queimada de sol acima da fivela do cinto. Imagino deslizar as mãos naquele abdome liso e sentir os músculos se contraírem sob meus dedos. Fico quente.

Não. Para com isso.

Depressa, desvio o olhar para o bar e mal acredito quando percebo que Heather está parada ali.

Olho para Jonas, mas acho que ele não a notou. Ela está com um casal de amigos.

Arregalo os olhos para Anders do outro lado da mesa.

— Que foi? — sussurra ele.

Eu gesticulo com a cabeça em direção ao bar.

Anders ganha uma expressão sombria quando a vê.

Jonas está com o braço em volta dos ombros de Bailey e parece muito descontraído. Anders se aproxima e sussurra algo no ouvido do irmão.

A mudança na linguagem corporal de Jonas é dramática. Ele enrijece e, dois segundos depois, solta Bailey e se vira para o bar.

Heather já o viu. Está imóvel, a mão segurando a bebida parada a meio caminho dos lábios. Até que ela se recupera e toma um gole, erguendo a outra mão para acenar para ele.

Jonas a cumprimenta com um longo e significativo aceno de cabeça e, em seguida, vira de costas, esvaziando o copo em um gole.

Uau! Ele definitivamente ainda sente algo por ela. A tensão entre os dois é palpável.

— Casey! — grita Bailey de repente, acenando como uma lunática para o outro lado do bar.

— Oi!

Casey acena de volta, serpenteando entre as mesas para chegar até ela, então joga os braços ao redor da esposa.

— O que você está fazendo aqui? Achei que fosse sair com o Brett hoje à noite!

— Cancelei. Achei que era hora de sair com minha esposa e os amigos dela. E aí, Wren? — cumprimenta ele calorosamente ao me dar um abraço.

Eu o abraço de volta, feliz por vê-lo ali.

Anders se aproxima para ser apresentado, então Bailey puxa Casey para Jonas.

— E aí? — diz Jonas, apertando a mão de Casey. Soa amigável, mas preocupado.

Infelizmente, acho que fazer Casey se sentir bem-vindo vai depender do restante de nós.

— Como está o Fortnite? — pergunto a ele, com um sorriso. — Matou alguma criança ultimamente?

Eu rio da sua expressão tímida e explico para Anders que Bailey se irritou com o marido outra noite, porque ele estava no meio de um jogo de videogame quando o jantar ficou pronto.

— Eu disse para ele para arrastar a bunda até a cozinha imediatamente — acrescenta Bailey.

— E o Casey disse... O que você disse mesmo, Casey? — pergunto.

— Eu disse que, se eu pausasse naquela hora, todo mundo ia ver meu avatar parado e saber que minha esposa me chamou para jantar.

— Aí *eu* disse — interrompe Bailey — que todo mundo ia ver o avatar parado e achar que a mãe dele o tinha mandado ir para a cama.

— Você já jogou Fortnite? — pergunta Casey para Anders, em meio às risadas.

Anders balança a cabeça.

— Aparece lá em casa um dia desses.

— Não, não. Talvez eu nunca mais veja você — interrompo.

De repente, percebo que Jonas não está mais com a gente. Bailey nota também.

— Cadê o Jonas? — pergunta ela.

Os amigos de Heather estão no bar, mas ela sumiu.

— Não sei — respondo, preocupada. — A ex dele está aqui. Talvez tenha ido falar com ela.

Casey paga uma rodada de bebidas para todo mundo e, depois de esperar mais dez minutos, Anders o convida para tomar a vez do irmão na mesa de bilhar.

Acho que nós dois estamos distraídos com o que aconteceu com Jonas. Só Deus sabe para onde ele foi ou o que está fazendo. Mas acho que temos uma boa ideia de com quem está.

Capítulo Vinte e Nove

— Acho que eu devia ir procurá-lo — diz Anders, depois que nos despedimos de Casey e Bailey e estamos caminhando para a ponte.

Ficamos apenas mais uma hora depois que Jonas desapareceu.

— Vou com você, se quiser.

Ele cambaleia para o lado.

— Vai andar por vontade própria na garupa da minha moto?

— Vou. Eu confio em você.

— Vai ser um *longo* caminho — brinca ele.

— Mudo de ideia quando ficar sóbria.

Mas então me imagino abraçando a cintura dele por trás e acho que não vou mudar, não.

Argh, qual é o meu *problema*? Um toque e me derreto toda.

— Nem acredito que a gente talvez termine o Bambi esta semana — comento.

— Eu sei!

— E aí não vou ter mais desculpa para passar um tempo com você todas as noites.

— Você não precisa de uma desculpa.

Está piorando. A luta para superar meus sentimentos está ficando cada vez mais difícil.

Caminhamos em silêncio por um minuto, ouvindo o rio correndo abaixo de nossos pés ao cruzarmos a ponte. Na outra margem, deparamos com os campos que se estendem sem fim e um céu repleto de estrelas.

— Espero que o Jonas esteja bem. A Heather mexe mesmo com ele, né? — digo.

— É, nunca vi ninguém mexer assim com ele.

— O que o Jonas vê nela?

Estou perplexa.

— Não faço ideia. A Heather morde e assopra. Sempre teve algum tipo de domínio sobre ele.

— O Jonas parecia nervoso mesmo antes de ela aparecer.

— Está estressado com nosso pai e a fazenda.

— O que acha que seu pai vai fazer quando descobrir o que vocês estão planejando?

Ele dá de ombros.

— Não sei. Ele sempre foi imprevisível. Com sorte, mamãe vai colocar algum juízo na cabeça dele. Acho que ela é a única pessoa capaz disso.

— Você acha que sua mãe vai apoiar vocês dois?

— Ah, ela vai ser totalmente a favor. Qualquer coisa para fazer o Jonas feliz. As férias foram ideia dela. Queria dar um tempo para meu irmão, sem meu pai por perto, dar a ele uma chance de imaginar um futuro na fazenda, de estar no comando. — Anders solta um longo suspiro. — Quando meu pai voltou do hospital, ela até cogitou a hipótese de vender.

— O quê? A *fazenda*? — pergunto, surpresa.

Pensei que eles nunca o fariam?

— Ela disse que já era tempo, que nossa família havia dado o sangue por esta terra por muito tempo, e que não havia vergonha em deixar outra pessoa assumir.

— O que seu pai disse?

— Ele discordou cem por cento.

Sorrimos um para o outro.

— Mas sei lá, acho que o fato de a minha mãe ter considerado abrir mão da fazenda libertou algo em Jonas. Acho que, de algum jeito, tirou um pouco da pressão. Ele tem estado tão otimista nessas últimas semanas. Você e a Bailey…

— Principalmente a Bailey.

— Lá vem você de novo — murmura Anders. — Ele adora você, Wren. E amou sua ideia das cabanas ao redor do lago. Ele fica estudando seus esboços no celular.

Quando Anders mostrou o desenho, Jonas perguntou se podia tirar fotos.

— Você e a Bailey foram como presentes.

— Ah, para.

Eu me inclino e bato carinhosamente no braço dele. Eu o sinto enrijecer, o que me desanima por um momento, porque daria qualquer coisa para sermos mais táteis um com o outro. Mas então ele diminui a distância entre nós, e seu braço roça o meu ao caminharmos. É quase assustador como é extasiante ficar tão perto de Anders.

— Quantos anos seu pai tem? — pergunto, na tentativa de manter a conversa casual para que ele não sinta a necessidade de se distanciar novamente.

— Oitenta e dois em dezembro.

— E sua mãe?

— Setenta e seis.

— Então ela tinha quase quarenta anos quando teve o Jonas?

— Eles estavam tentando formar uma família havia anos. Na verdade, o Jonas e eu tínhamos um irmão mais velho, Lars, mas ele morreu ainda bebê.

— Poxa, que triste.

Será que era a isso que Peggy estava se referindo quando mencionou uma tragédia familiar?

— Foi uma morte no berço, não havia nada a ser feito. Mas minha mãe demorou muito para engravidar do Lars, e depois do Jonas. Disse que ela e meu pai ficaram surpresos quando eu surgi, só dois anos depois.

— Você tem alguma foto do Lars?

— Tem uma na sala da casa da fazenda, e minha mãe tem outras. Ela ainda visita o túmulo dele com frequência. Está enterrado no cemitério depois do lago.

— Vocês têm um cemitério de família?

— Temos, atrás dos arbustos, à esquerda.

— Todos seus ancestrais estão ali?

— Só os que viveram e morreram na fazenda.

— Deve tornar ainda mais difícil abandonar tudo.

O pensamento dos ossos dos ancestrais dele enterrados nas profundezas das terras da fazenda... é isso que amarra Anders e sua família àquele lugar para sempre.

No entanto, seria assim com ou sem a fazenda. A história da família sempre vai estar ligada ao lugar. A fazenda Fredrickson sempre vai ser o legado da família. Chegamos a Wetherill, e Anders aponta para a casa.

— Qual é o seu quarto?

— Aquele com duas águas-furtadas no fim.

Aponto para o nível superior.

É engraçado, sinto *mesmo* como se fosse meu quarto. O quarto de hóspedes em Bloomington nunca me passou essa impressão. Hospedou um zilhão de outros convidados e professores universitários visitantes, e era tão estéril em comparação ao quarto de Bailey, que foi mantido exatamente como ela o deixou, repleto de brinquedos dela, inclusive uma casa de boneca que sempre cobicei.

Ninguém além de mim ficou no meu quarto da fazenda. Sei que nem sempre vai ser assim, afinal é um quarto de hóspedes, mas suspeito de que sempre vou me sentir em casa ali.

— Às vezes vejo você e o Jonas quando estão nos campos. Isso me distrai do trabalho, o que é uma coisa boa.

— Lamento que você não esteja gostando muito do trabalho no momento.

— Tudo bem. — Fico tocada pela preocupação na sua voz. — Pelo menos vou continuar nos Estados Unidos por mais tempo. E tenho me sentido mais inspirada ultimamente, então isso é bom. — Eu aceno para a pista para incentivá-lo a continuar o caminho. — Eu disse que acompanharia você.

— Você não ficou sóbria, então?

Ele me encara com um sorriso discreto.

Ainda estamos lado a lado, e absorvo o calor do seu corpo, a sensação da sua camisa macia pressionada contra a pele do meu braço.

— Estou bem, na verdade. — Sorrio de volta. *Meu Deus, ele é adorável.* — Ainda não estou pronta para encerrar a noite. Está muito bom aqui fora.

As estrelas são pontinhos de luz sobre veludo preto, e o ar parece mais frio que antes, a umidade se esvaindo conforme o outono se aproxima. A previsão do tempo disse que teríamos chuva nesta semana, mas não há uma única nuvem no céu.

— Você desenha muito para o trabalho? — pergunta Anders, arrastando as botas pela terra.

Não estamos mais nos tocando, mas ainda me sinto próxima a ele.

— Não, faço tudo no computador. Mas eu costumava esboçar perspectivas no meu antigo escritório.

A demanda por aquele tipo de desenho era bem alta, na verdade. Às vezes os clientes achavam difícil visualizar o projeto final, então eu o esboçava em 3D e o coloria, mas fazia tudo à mão livre, o que dava a tudo mais a impressão de uma obra de arte que de uma visualização de computador padrão. Os clientes adoravam, e minha chefe, Marie, ficava feliz.

Você tem talento para o desenho, lembro as palavras dela. Marie é francesa e morou no Reino Unido por uns trinta anos, mas seu sotaque ainda era carregado. *Ninguém mais consegue fazer igual.*

Eu gostava de trabalhar com Marie. Ela tinha quase sessenta anos, mas não dava sinais de querer se aposentar.

Penso em algo e me pergunto... Será que ela ainda tem um escritório e estaria interessada em meus croquis em um esquema freelancer? Tudo de que preciso são fotos dos edifícios e planos existentes.

Decido ligar no dia seguinte para perguntar. Era a parte do meu trabalho de que eu mais gostava; isso e fazer o projeto em si.

Quando chegamos à fazenda, um carro dá a partida, e os faróis quase nos cegam.

— Quem é? — pergunta Anders, perplexo, enquanto o carro avança devagar.

Ele estende o braço para me parar e seu calor atravessa o algodão da minha camisa até a pele.

— É a Heather — comenta Anders, em choque quando ela passa, então eu a vejo, o longo cabelo escuro preso em um rabo de cavalo alto, o rosto contraído de raiva.

— Que porra você está fazendo, Jonas? — murmura Anders, decepcionado, enquanto assistimos Heather pegar a estrada rumo à cidade.

É uma pergunta que ele repete com muito mais raiva depois de chegar à cabana.

Jonas está sentado em uma espreguiçadeira à beira d'água.

— Ela é *casada*, pelo amor de Deus! Tem *três filhos*! — grita Anders.

— Ela queria conversar. Não aconteceu nada — rebate Jonas.

— É, *ainda* — argumenta Anders, de modo incisivo. — Ela está cravando as garras em você, como da última vez. Ela não te faz bem! Quando você vai aceitar isso, cacete?

— É muita gentileza da *sua* parte me dizer o que é bom para *mim*.

— Não começa — adverte Anders, em um tom de voz estranho, inquieto.

— E o que *você* está fazendo? — pergunta Jonas, não com raiva, mas com irritação. — Já se passaram quase quatro anos e meio. Quando vai começar a viver de novo?

— Eu *estou* vivendo.

— De um jeito péssimo! Olha para o que você tem bem na sua frente. Você nem consegue enxergar, porra. Não se permite.

— Não faz isso.

Anders olha para mim, que estou atrás, antes de se voltar para o irmão, que ainda tem o braço estendido na minha direção.

Meu coração é um bumbo ecoando nos meus ouvidos.

— Não posso — diz Anders, balançando a cabeça. — Você sabe que não posso.

— Sim, você pode — retruca Jonas, com veemência.

Ele deixa cair o braço e fita o irmão.

Então Anders diz, em uma voz tão baixa que mal consigo ouvir:

— Eu não posso, porra, e você sabe.

Quando me dou conta, ele está se afastando do irmão e vindo na minha direção.

— Sinto muito, Wren — murmura ele, sem me encarar ao passar por mim.

Anders não me dá nenhuma indicação para que eu o siga, então fico onde estou e o observo voltar em direção à casa. Sinto o coração martelar tão forte que abala meus alicerces.

— Wren.

Dou meia-volta ao som da voz de Jonas.

— Você tem um minuto para mim?

Caminho em direção a ele, chocada.

É óbvio que Jonas tem algo a dizer.

Capítulo Trinta

— Quer uma cerveja? — pergunta Jonas.

Balanço a cabeça.

— Tem certeza? Vamos entrar — sugere ele ao perceber que hesito.

Eu o sigo até a cabana e me sento à pequena mesa de madeira. As bordas são ásperas e inacabadas, e tenho a impressão de que ele mesmo a fez.

Jonas abre duas latas e passa uma para mim, depois puxa uma cadeira e se senta pesadamente.

Levo a lata aos lábios, e Jonas bebe da sua, então quase me engasgo com a boca cheia quando ele diz:

— Ele gosta de você.

Balanço a cabeça para ele, tossindo.

— Não é verdade. Não assim.

— Ele gosta de você, Wren. Exatamente assim.

— Você está enganado.

— E acho que talvez você goste dele também.

— Não importa se eu gosto dele — argumento, balançando a cabeça fervorosamente, mesmo que meu estômago tenha começado a dar cambalhotas diante da possibilidade do que Jonas disse ser verdade. — O Anders ainda é apaixonado pela Laurie. Ele me confessou que não está nem perto de esquecê-la. Ele me disse, Jonas. Deixou bem claro.

— Quer saber como sei que ele gosta de você? — pergunta.

Eu o encaro, absolutamente em choque.

— Como?

— Porque todas as noites na última semana, depois que você saiu, ele foi para o quarto assistir a vídeos da Laurie no celular.

Então eram dela as risadas femininas que ouvi através das paredes do apartamento dele em Indy?

— E o que isso tem a ver? Ele sente saudade.

— Quer saber? Acho que não. Ele se sente culpado. É a culpa que o liga a Laurie, não desejo, amor nem qualquer outra coisa.

— Por que ele se sentiria culpado? Não foi culpa dele, foi? *Foi*? O acidente?

Jonas balança a cabeça.

— Não, de jeito nenhum. Ele nem estava junto.

— Não sei exatamente o que aconteceu. Ele disse que foi um acidente de kart, mas não entrou em detalhes.

Karts são pequenos... Como seria possível alguém morrer em um?

— O cachecol da Laurie ficou preso no eixo da roda — explica Jonas, engolindo em seco. — Ela não deveria estar usando um, e aquele kartódromo já tinha sido fechado por negligência. Mas estava frio e era a festa de aniversário da amiga dela, e a Laurie pensou que, se o enfiasse dentro da jaqueta com o cabelo comprido, não aconteceria nada. Mas, em algum momento, o cabelo deve tê-la irritado e ela o soltou. Nisso, puxou o lenço junto. Ele se desenrolou e ficou preso no eixo, que continuou girando, cortando o oxigênio dela.

Cubro a boca com a mão. Ela *sufocou*?

— Foi um acidente, um acidente *trágico* — continua Jonas, em um tom rouco. — Achei que o Anders estivesse progredindo. Ele se mudou para outro apartamento no início do ano e finalmente parou de usar a aliança de casamento, então pensei que era o fim, que era um sinal. E tem ajudado passar algum tempo aqui, se afastar da cidade e da vida que os dois compartilhavam. Mas ele voltou de Indy realmente feliz depois do tempo que você esteve lá. Ele está se apaixonando por você, Wren. Tenho certeza.

Anders havia deixado bem claro que não queria nada além de amizade, então minha mente era tomada pela dúvida toda vez que pensava ter sentido uma faísca entre nós. Mas agora, com as palavras de Jonas, a faísca explodiu em chamas. Ele ainda está falando.

— Mas o Anders continua assistindo àquelas merdas de vídeos. Eu deletaria todos se pudesse, mas sei que ele os baixaria de algum lugar de novo. É como se não pudesse se impedir de tentar manter viva a memória da Laurie. Mas ela se *foi*, Wren. E ele precisa *viver*.

— Anders quer a mesma coisa para você — reflito, em voz alta. — Você precisa deixar a *Heather* para trás, e *você* precisa viver.

Ele balança a cabeça e sorri triste, os olhos fixos na mesa.

— Sei que sim — murmura ele, passando a mão pelo rosto e soltando um suspiro de derrota.

— O que você vê nela? — pergunto, tentando focar em Jonas por um minuto. Isso é importante. *Ele* é importante.

Jonas baixa a mão e dá de ombros.

— Nem sei mais.

— Porque, se não se importa que eu diga…

Ele levanta os olhos para me encarar.

— … acho ela meio escrota.

Seus olhos se arregalam — passei total dos limites — e, então, ele joga a cabeça para trás e ri.

Eu dou risada também, me lembrando de Heather entrando no celeiro e sendo rude comigo, com o bebê sonolento no colo. Em seguida, olho para Jonas do outro lado da mesa, para seu cabelo desgrenhado da cor de chocolate ao leite, e meu coração dá um salto.

— O filhinho da Heather. O cabelo dele.

— Ele não é meu, se é o que você está pensando.

— Como você sabe?

— Não transamos há mais de cinco anos.

— Então o filho mais velho? A filha?

Ele balança a cabeça.

— Pode acreditar. As contas não fecham. Antes eu desejava que não fosse o caso. Queria que aquelas crianças fossem minhas, muito mesmo.

— Você as conheceu? — pergunto, e não era para ser uma piada, mas agora não consigo manter uma expressão séria.

— Talvez eu tenha escapado por um triz — responde ele, com uma risada.

— Acho que é definitivamente o caso. E não estou falando sobre as crianças agora, Jonas — digo, suplicante, estendendo a mão sobre a mesa para cobrir a dele. — Você merece coisa muito melhor. Tão, *tão* melhor. Mas precisa abrir seu coração para outras mulheres, dar uma chance a outra pessoa. Enquanto isso, deixa a Heather deitar na cama que ela fez para si mesma.

Ele pigarreia.

— Vou pensar no assunto. — Então ele me lança um olhar significativo. — Agora vai lá e coloca um pouco de bom senso na cabeça do meu irmão.

O fogo na minha barriga se torna um incêndio enquanto caminho para a casa principal. Estou muito nervosa. A porta lateral está destrancada, mas chamo o nome de Anders e então me aventuro a entrar. A luz da cozinha está acesa, assim como a da sala, mas não o vejo em lugar algum. Até que ouço passos no andar de cima.

— Olá? — chamo.

O movimento para por um segundo, depois recomeça.

Caminho até a base da escada.

— Anders?

Ele aparece no topo, com uma expressão esgotada, então noto a bolsa pendurada no seu ombro.

— O que você está fazendo? — pergunto, sem ar.

— Tenho que voltar para Indy — responde ele, com pesar, deixando cair a bolsa aos pés, mas não desce as escadas.

— Por quê?

— Temos corridas na costa Oeste, neste fim de semana e no próximo. Meu chefe me quer lá.

— Você está *indo embora*? — pergunto, enquanto ele coça a cabeça. — *Hoje?* Por quanto tempo?

— Não sei.

O incêndio no meu interior se extingue com aquele banho de água fria.

— Podemos conversar?

Ele balança a cabeça.

— Não tem o que falar. Preciso arrumar minhas coisas.

— Quando seu chefe pediu para você voltar ao trabalho?

— Ele sempre falou que queria que eu fizesse as duas últimas corridas da temporada.

— Mas por que você está partindo tão de repente? Pensei que a gente iria terminar o Bambi nesta semana. — É a única resposta normal em que consigo pensar.

— Sinto muito. — Sua voz soa tensa.

— E quanto à noite de cinema? Você vai estar aqui para o evento? — É no fim de setembro.

Um vislumbre de dor perpassa suas feições, e ele parece em conflito quando me encara. Anders me dá um único aceno lento de cabeça e então pergunta:

— Você vai?

— Acho que sim.

Seus ombros caem um pouco.

— Não entendo o que está acontecendo — admito, baixinho.

— Não está acontecendo nada — diz ele, e parece tão torturado que percebo o duplo sentido nas palavras.

Nada *está* acontecendo… *não pode* acontecer… entre *nós dois*.

— Eu tenho que ir — continua ele, soando distante, inacessível.

Anders está no topo da escada e eu na base, sua não convidada, e os degraus entre nós parecem um limite que não posso cruzar.

Meu coração se parte bem ali, na frente dele. Quando chego a Wetherill, está totalmente estilhaçado.

Capítulo Trinta e Um

Estou na varanda, sentada na cadeira de balanço, ouvindo música enquanto olho para os campos. O milho está completamente dourado. Jonas diz que a colheita é iminente. Contratou um garoto chamado Zack para ajudá-lo. Ainda não há sinal da volta do seu pai, nem qualquer notícia de Anders.

Já se passaram dez dias desde que ele partiu, e estou muito triste. Eu nem sequer havia admitido a profundidade dos meus sentimentos, mas agora é como se eu estivesse passando por outro rompimento.

Jonas veio me ver na segunda-feira, depois que o irmão foi embora. Estava preocupado com a possibilidade de ter pressionado Anders demais, muito cedo. Eu não sabia o que dizer. Até onde sei, ele pode ter se enganado quanto aos sentimentos do irmão. Mas a semente que plantou durante nossa conversa sincera na cabana se enraizou em mim e germinou em algo que não posso ignorar.

Tenho ouvido canções de amor não correspondido, o que é um pouco melodramático da minha parte, mas "Nicest Thing", da Kate Nash, começou a tocar agora, e a letra mexe muito comigo.

— Ei, passarinho! — exclama meu pai, em um tom gentil, quando entra na varanda. — O que aconteceu?

Balanço a cabeça, mas ele se senta ao meu lado e abre o braço. Eu coloco os pés no chão e me aninho contra a flanela macia da sua camisa, respirando o cheiro de sabonete e sabão em pó enquanto as lágrimas escorrem pelo meu rosto.

— Vou ajudar você a terminar o Airstream — murmura ele.

— Não é por isso que estou triste — confesso.

— Eu sei. Mas vou ajudar mesmo assim.

No dia seguinte, vou até a fazenda dos Fredrickson para perguntar se Jonas pode rebocar o Bambi de volta para Wetherill.

— Você não ia fazer algum tipo de teste de água primeiro? Vamos, sim. Vamos fazer isso agora — acrescenta ele, antes que eu tenha a chance de responder.

— Você teve notícias do Anders? — pergunto ao entrarmos na cabana.

— Liguei para ele na quinta-feira. Meu irmão vai ficar na costa Oeste para a próxima corrida.

É no fim de semana que vem, em Laguna Seca, perto de Monterey… a última corrida da temporada. No fim de semana anterior, ele estava em Portland, Oregon. Sei porque meu pai fez aquela coisa de me chamar quando Anders aparecia na tela. Acho que percebeu o erro assim que viu minha cara. Pelo jeito, somou dois e dois.

— E quanto aos seus pais? Notícias de quando voltam?

— A tempo para a noite de cinema — revela Jonas, irônico. — Meu pai já sabe.

Solto uma exclamação.

— O que ele disse?

— Não conversamos, mas com certeza está cético, como sempre. Minha mãe ficou sabendo por uma amiga na cidade, que estava animada para vir. Disse que não perderia por nada no mundo.

— Eles não vão tentar puxar o seu tapete?

— Não, vai rolar mesmo. Este bebê vai estar pronto para servir pipoca e bebidas?

Jonas dá um tapinha na lateral do Bambi.

— Esse é o plano. A pipoca vai ficar pronta a tempo?

— Vou colher no início da próxima semana, se o clima estiver bom. — Seu sorriso se apaga. — Queria que o Anders estivesse aqui.

— Quando a gente vai esculpir o labirinto? As abóboras também devem estar no ponto a partir da próxima semana.

Já passamos da primeira semana de setembro, e elas finalmente estão mudando de verde para laranja.

— Você terminou de projetar tudo?

Ele concorda em mudar de assunto.

— Terminei.

— Provavelmente vou estragar tudo — avisa Jonas.

— Que tal eu sentar no trator com você e dar as instruções?

— Perfeito. Ah, cara — diz de repente. — Por favor, não desiste dele.

Meu bom humor evapora.

— O que eu posso fazer, Jonas?

— Eu também gostaria de saber.

Ao longo da semana seguinte, meu pai e eu instalamos um piso de vinil cinza com padrões geométricos monocromáticos e painéis de bétula nas paredes do Airstream e, embora meu coração doa sempre que penso em Anders, estou muito contente por trabalhar lado a lado com meu pai.

Quando pergunto se Jonas pode indicar um eletricista, ele mesmo se disponibiliza para instalar as luzes e resolver a fiação.

Depois, vamos para o milharal a fim de cortar o labirinto, e é muito mais divertido do que eu imaginava.

Eu instruo Jonas.

— Cinco metros à frente, depois à esquerda. Não, esquerda! ESQUERDA, JONAS, ESQUERDA!

Para um homem de tantos talentos, é hilário quantas vezes ele confunde esquerda com direita. Adicione o fato de que eu insisto em usar o sistema métrico em vez de pés e jardas, e acabamos com tantos erros que não temos ideia se o labirinto vai mesmo funcionar.

Bailey e Casey chegam à noite, depois de abrirmos os corredores do labirinto, e é ótimo notar como Jonas parece mais amigável com Casey agora que Heather não o está distraindo. Bailey, Sheryl e eu ficamos bastante embriagadas com os últimos drinques de xarope de ruibarbo, enquanto meu pai, Casey e Jonas bebem cerveja demais. Nós seis rimos muito ao tentar encontrar a saída do labirinto, e, mesmo que eu tenha projetado aquela porcaria e Jonas aberto o caminho, Bailey e Casey são os primeiros a chegar ao centro. Jonas e eu espalhamos um monte de fardos de feno em torno de um espantalho bem tosco.

— Seu espantalho precisa de uma incrementada! — grita Bailey através do milharal.

— Você resolve isso, então! — grito de volta.

— Estou muito ocupada planejando noites de cinema e casamentos! Mãe! *MÃE!* Você precisa fazer algo quanto a este espantalho!

Jonas concordou em hospedar um casamento na fazenda no mês seguinte. Bailey disse que seria o teste perfeito, uma vez que o casal que vai trocar alianças tem expectativas muito baixas.

Palavras dela, não minhas, mas fizeram Jonas e eu rirmos.

A noiva está grávida de três meses e quer se casar antes que a barriga fique muito aparente para que possa usar o vestido de noiva da avó.

Bailey sabia que estava se arriscando ao oferecer o celeiro, em vez de enfiar o casal no clube de golfe para a cerimônia, mas teria sido difícil para os dois arcar com os custos do pacote de casamento que ela normalmente vende. Bailey está mesmo gostando de organizar um casamento de última hora e com orçamento apertado, e é emocionante vê-la tão feliz.

Eu gostaria de estar por aqui para ver os frutos do trabalho dela, mas tenho que comparecer ao casamento de Sabrina e Lance em outubro. Perdi o fim de semana da despedida de solteira de Sabrina, que aconteceu no fim de agosto, então não posso perder o casamento também, mesmo que não goste da ideia de ir sozinha. Posso não ter mais ressentimentos em relação a Scott, mas não vai ser fácil vê-lo com a nova namorada na festa dos nossos amigos.

Quando Jonas e eu finalmente chegamos ao meio do labirinto, comemoramos e batemos as mãos antes de nos sentarmos em um fardo de feno.

Não havia percebido, mas o grande celeiro vermelho está cheio de fardos de feno da colheita do trigo de junho. Em geral, Jonas os guardaria por um tempo, depois os venderia como forro para as baias de animais, quando a oferta de feno no mercado cai, mas está planejando se livrar dos fardos mais cedo, uma vez que os rendimentos da noite de cinema e do casamento cobrem todos os custos de quaisquer lucros perdidos. Ele vai guardar apenas alguns para servir de assentos improvisados.

— Queria que o Anders estivesse aqui — confessa ele, ao meu lado.

Suspeito de que não vai ser a última vez que vou ouvir essa frase saindo da sua boca.

— Eu também — admito, melancólica.

— Liga pra ele.

Solto um suspiro.

— O amigo do Anders, Dean, entrou em contato comigo mais cedo.

Jonas me lança um olhar de soslaio, as sobrancelhas franzidas.

— E? Eu conheço o Dean. Ele é arquiteto, certo?

Assinto.

— A gente se conheceu na festa de aniversário do Wilson. Ele me seguiu no Instagram, e agora me mandou uma mensagem.

Os desenhos da licitação estão quase prontos, e depois vou precisar trabalhar no projeto executivo, que é ainda mais detalhado. Mas, alguns dias atrás, enviei um e-mail para minha antiga chefe, Marie, e ela respondeu de imediato, afirmando que estava superinteressada em me contratar para uns projetos que tinha em vista. Aquilo me inspirou a atualizar meu feed do Instagram com alguns esboços antigos de perspectiva. Pelo jeito, chamaram a atenção de Dean.

— E? — pergunta Jonas.

— Vai abrir uma vaga no escritório dele. Dean perguntou se eu estaria interessada.

Jonas se vira para me encarar.

— É para cobrir uma licença-maternidade, então não é permanente, mas… sei lá. Estou cogitando a ideia.

— Você está pensando em ficar nos Estados Unidos?

Um enorme sorriso ilumina seu rosto, e, quando assinto, ele me levanta e me gira, fazendo com que meus pés acertem o espantalho, derrubando-o.

— Jonas, para! — Estou gritando de tanto rir. — Olha a bagunça que você está fazendo!

— Ah, cara, eu adoraria que você ficasse! — exclama ele, quando finalmente me solta, o que me faz pensar no que Anders disse sobre o irmão antes de partir: *Ele adora você, Wren*.

Eu me pergunto quão diferente o verão teria sido se Jonas e eu tivéssemos sentido algo além de uma afeição platônica um pelo outro. Estou feliz por não ter sido assim. Eu também o adoro. E estou contente que ele seja meu amigo. Sinto que sempre vai ser. Vou sentir saudade se eu acabar voltando para casa de vez, mas espero que possamos recuperar o atraso sempre que eu visitar meu pai.

— Preciso dar um pulo no Reino Unido daqui a umas três semanas para um casamento, mas devo voltar o mais rápido possível. Dean me pediu para ir até o escritório ainda esta semana para uma conversa.

— Manda uma mensagem para o Anders — implora ele. — Manda uma mensagem para ele agora e o convida para um café.

Talvez seja porque estou bêbada e não tenho a competência mental para pensar em proteger meu coração, mas é exatamente o que faço.

Anders responde enquanto estamos saindo do labirinto. Desistimos de encontrar a trilha e estamos cortando caminho pelo milharal, porque estou desesperada para fazer xixi. Felizmente, os pés foram plantados com espaço o suficiente entre si para que humanos trapaceiros como eu possam desistir quando bem entenderem.

Vou trabalhar na quinta-feira, responde Anders, e sinto um peso no coração, mas então continuo a ler. *Pode ser um jantar? O quarto de hóspedes está à sua disposição se você quiser ficar.*

Meu coração idiota alça voo.

Capítulo Trinta e Dois

Deixei uma chave para você com meu vizinho. Ele mora no 12. Volto lá pelas 6.

Fecho a porta do apartamento de Anders. Parece o mesmo — elegante, limpo e arrumado —, mas sinto tudo diferente.

Ao colocar a mala no quarto de hóspedes, dou uma olhada na direção do de Anders e levo um susto ao perceber que a foto de Laurie não está mais na mesinha de cabeceira. Nem percebi que a estava procurando até sua ausência ser a primeira coisa que notei.

O que aconteceu? O que isso significa? Qualquer coisa? Nada? *Tudo?*

Passei o dia inquieta, mesmo que tenha sido um dia ótimo. Dean me mostrou alguns dos projetos em que está trabalhando, e até me levou para ver o incrível Pavilhão de Visitantes do Museu de Arte de Indianápolis. Estou me sentindo muito inspirada. Adoraria trabalhar com ele, mas há muito o que considerar. Dean disse que eu poderia pensar com calma sobre o assunto, porque a funcionária só vai sair de licença-maternidade no fim do ano. Acho que ele não vai ter nenhum problema para preencher a vaga.

Anders chega pouco depois das seis. Eu me acomodei na ilha da cozinha e estou me deliciando com a garrafa de vinho branco que comprei em uma delicatéssen na rua do apartamento. Nesse ritmo, vou virar alcoólatra até o fim do mês. Estou muito abalada.

— Oi — cumprimenta Anders, e sua expressão é tão suave quanto a saudação.

Ele parece cansado e talvez até um pouco triste, mas ainda está lindo de cortar o coração.

— Oi.

— Como foi seu dia?

— Bom. — Endireito os ombros e ofereço a garrafa. — Quer um pouco?

— Claro.

Ele pega outra taça do armário e vem se sentar ao meu lado no balcão.

Anders não me abraça, nem eu esperava que o fizesse, mas sua proximidade por si só faz cada terminação nervosa do meu corpo ser atraída na sua direção. Preciso me esforçar para agir como se nada tivesse acontecido, e, teoricamente, nada aconteceu. Ele não tem ideia de como sua partida me deixou arrasada. É um pequeno consolo.

Despejo vinho no seu copo e me viro para ele.

— Vi que seu piloto ficou em segundo lugar no campeonato — comento, imaginando se conseguiria forçar as coisas a voltarem a ser como eram, uma vez que seguir em frente não parece ser uma opção. — Parabéns.

Brindo contra sua taça, e Anders retribui.

— Obrigado — responde ele, com um sorriso discreto.

— Aposto que ele teria vencido se você não tivesse tirado uma folga — digo, em tom de piada.

— Nem vem. — Sua risada silenciosa faz meu sangue ferver. — Ernie fica me dizendo a mesma coisa.

É o nome do piloto de Anders.

— Vocês se dão bem? — pergunto, tentando soar indiferente, como se todo meu corpo *não* estivesse ardendo de desejo.

— Sim, ele é legal. Ainda precisa amadurecer um pouco, mas é rápido. Vai chegar lá. Você conseguiu ir ao Circle Centre Mall?

Balanço a cabeça.

— Não vim aqui para fazer compras. Fui conversar com o Dean.

— O Dean? — Ele parece surpreso. — Meu amigo Dean?

— Achei que ele talvez tivesse comentado com você. Tem uma vaga abrindo no escritório, e ele me perguntou se eu estaria interessada.

— No escritório dele? Aqui? Em Indy?

Assinto.

Não sei como interpretar sua expressão. Os olhos se arregalam, e ele se afasta, encarando a parede no outro extremo da cozinha.

— Você consideraria se mudar para os Estados Unidos? — pergunta ele, em um tom impassível e monocórdio, com o maxilar tenso.

— Por que não?

Por que ele parece tão nervoso?

— Bom, vou tomar um banho. — Anders desce do banquinho e deixa o copo. — Está com fome? — pergunta ele, por sobre o ombro, e sinto que está se esforçando para soar normal.

— Estou, um pouco.

— Vou ser rápido. Saímos em dez?

— Combinado.

Caminhamos até o restaurante, um estabelecimento alemão chamado Rathskeller, localizado no porão de um teatro ornamentado do século XIX, a apenas alguns minutos do apartamento. Anders me disse que é o restaurante mais antigo da cidade que ainda atende e que é diferente de todos os que eu já tenha visitado. Há uma sala de jantar formal pitoresca, com uma atmosfera de pousada bávara antiga e, do lado de fora, um biergarten onde normalmente há música ao vivo.

Nós nos acomodamos no Kellerbar, que está cheio e onde várias cabeças de alce nos encaram das paredes e bandeiras estilo castelo medieval caem do teto alto de madeira. O garçom nos guia até uma mesa aconchegante para dois, encostada a uma parede áspera revestida de pedra.

— Outro lugar ótimo a que você me apresentou — comento, calorosa.

— Tem um garçom aqui chamado Wayne. O cara tem uma memória incrível. Um amigo meu foi morar fora e, quando voltou, depois de oito anos, Wayne serviu a mesma cerveja alemã que ele gostava de beber e as mesmas batatas fritas recheadas que ele adorava, mesmo sem pedir.

— Que incrível! — Olho ao redor. — Ele está aqui?

— Não, deve ser a noite de folga.

Anders olha o cardápio, então faço o mesmo.

— Eu deveria pedir uma salsicha alemã ou algo assim, mas preciso dizer que gostei muito da ideia daquelas fritas recheadas.

— São ótimas. Você deveria pedir o que tem vontade.

— O pretzel é bom?

— É, vamos pedir um de entrada. Você vai amar.

Desde o momento em que saiu do banheiro, vestindo a mesma roupa que usou no dia da tempestade — uma camisa xadrez preta, branca e cinza sobre uma camiseta branca e jeans pretos —, achei difícil desviar os olhos de Anders.

Ele, no entanto, parece estar se esforçando para nem sequer me encarar.

O que eu não daria para saber o que está passando pela sua cabeça.

Fazemos o pedido e o garçom leva os menus.

— Terminei o Bambi — digo, tentando soar casual.

— Sério?

Faço que sim com a cabeça

— Meu pai ajudou. E o Jonas também. Ele cuidou da parte elétrica.

— Como ele está?

— Jonas ou o Bambi?

Ele bufa.

— Eu estava falando do Bambi. — Anders franze a testa e aqueles dois sulcos aparecem. — Mas o Jonas está bem?

Ele não queria se separar do irmão tão de repente. Então por que o fez?

— Está.

Conto sobre a fazenda e o que aconteceu desde que ele foi embora, inclusive como estão ficando os preparativos para a noite de cinema. Anders se diverte quando descrevo nossa tentativa de traçar o labirinto, mas, ao mesmo tempo, parece triste por ter perdido o momento.

— Por que você não volta para a fazenda no fim de semana? O labirinto vai abrir no sábado, as famílias vão colher abóboras, vai ser uma boa diversão rural — acrescento, com um sorriso, imitando Jonas. — E você precisa ver o espantalho que a Sheryl fez. É assustador pra cacete.

Ele joga a cabeça para trás e ri, e, quando me encara de novo, seus olhos brilham, iluminados por dentro.

— Você foi embora do nada. — Não consigo segurar as palavras.

Ele fica sóbrio de repente, e baixa o olhar.

— Por quê, Anders? — Eu o pressiono gentilmente.

No começo, ele não responde, e não tenho certeza que vai, mas então seus olhos encontram os meus e a intensidade me tira o fôlego. O ar entre nós parece carregado. Então ele suspira baixinho, e sua expressão muda para algo que já vi em algum lugar antes.

A resposta me atinge com um *déjà-vu*: foi assim que Scott olhou para Nadine quando percebeu que estava apaixonado por ela.

— Anders — sussurro, deslizando a mão sobre a mesa em direção a ele.

Anders congela, encarando meus dedos. Depois de um momento, ele me lança um olhar doloroso. Meu estômago dá uma cambalhota, mas, quando começo a me afastar, ele pega minha mão.

— Porra, não — sussurra ele.

Sinto arrepios ao longo de todo o braço, subindo até o pescoço e descendo pelo outro lado. E agora não são borboletas no estômago, mas vaga-lumes, que iluminam meu interior com um brilho quente, saltando e girando.

Estou rendida à vulnerabilidade que vejo nos olhos dele, uma necessidade crua e um desejo indisfarçável. Então sou inundada por amor… e também alívio, afinal *não* estou sozinha. Ele *também* se importa comigo.

Mas então Anders olha para além de mim, e sua expressão é tomada pelo horror absoluto. Observo, confusa, ele se endireitar devagar e se recostar na cadeira. Então desliza a mão para fora do meu alcance, deixando-me ávida por mais.

Ergo o olhar quando uma mulher se aproxima da mesa. Está na casa dos cinquenta e tantos anos, bem-vestida, é loira e atraente, com olhos azul-claros. Os lábios estão pressionados em uma linha fina, as feições tensas.

— É por isso que você não tem nos visitado ultimamente? — pergunta ela a Anders, apontando o queixo para mim.

— Kelly… — Ele começa a dizer, balançando a cabeça.

— Na saúde e na doença! — sussurra ela, e Anders visivelmente recua. — Você jurou! — Ela olha para mim, e vacilo diante da ferocidade naqueles olhos azuis. — E para você está tudo bem, não é?

— Por favor, Kelly. Ela não sabe — implora Anders.

— Sei o quê? — pergunto.

— Que ele é casado! — grita Kelly, incrédula. — *Casado!* Com minha filha, *Laurie!*

Um suor frio brota na minha pele. Anders ficou pálido.

— Pensei que Laurie tivesse morrido em um acidente de kart. — Minha voz não soa como minha.

— Não. Minha filha, a esposa *dele* — responde Kelly, acenando com a cabeça para o homem diante de mim —, está muito viva.

Ela balança a cabeça para Anders, em um gesto condenatório, e então seus olhos azuis se enchem de lágrimas.

— Ligo para você amanhã — promete Anders a ela, em um tom calmo, então afasta a cadeira da mesa e se levanta. Depois coloca a mão no braço da mulher, mas ela o repele. Ele trava o maxilar ao pegar a carteira e deixa algumas notas na mesa. — Wren, é melhor a gente ir embora.

Empurro a cadeira e me levanto, sentindo as pernas trêmulas.

Que porra está acontecendo?

— Você me deixou muito triste — diz Kelly quando Anders passa por ela.

Ele se retrai enquanto me guia para fora do bar.

Capítulo Trinta e Três

— O que foi isso? — pergunto, assim que saímos.

— Vamos conversar quando chegarmos ao apartamento.

— Anders? A Laurie ainda está viva? Você é casado?

— Por favor, Wren, eu explico em casa.

— Ela está em coma ou algo assim? *Anders?*

— Por favor — implora ele, lançando um olhar tão devastado para mim que minha boca se fecha abruptamente.

É a viagem de cinco minutos mais longa da minha vida. Pensamentos e perguntas dispararam pela minha cabeça, desesperados para ganharem voz. Estou trêmula, embora a temperatura esteja amena, e, ao meu lado, Anders está pálido e silencioso, com os ombros curvados e as mãos enfiadas nos bolsos da calça jeans.

Ele destranca a porta do apartamento e acena, estoicamente, para a sala de estar. Estou enjoada enquanto sigo até o sofá e me sento.

Anders empurra a mesa de centro para fora do caminho e coloca uma cadeira no lugar, sentando-se diante de mim. Ele se inclina para a frente, com os cotovelos nos joelhos e as mãos entrelaçadas no meio enquanto me encara.

— A Laurie está viva — revela ele, sem rodeios, e acho que eu mesma morro um pouco, bem ali na sua frente.

— E você ainda é casado com ela?

— Sim.

— Você mentiu para mim — sussurro, horrorizada, sentindo a dor trespassar meu coração.

Ele balança a cabeça fervorosamente.

— Você disse que foi casado por um ano e meio!

— *Até* o acidente.

— Mas você falou sobre ela no passado!

— Por força do hábito, não para enganar você.

— *Você não me contou!* É mentir por omissão!

Anders inclina a cabeça e assente uma vez, aceitando a culpa.

— O Jonas sabe? — Meu tom de voz se eleva. — Lógico que sim — digo, amargurada. Os pais de Anders também.

— Não gosto de falar sobre o assunto, mas não é segredo. Tem gente na cidade que sabe também, mas não é da conta de ninguém, só da minha... e da família da Laurie, óbvio, mas eles moram aqui, em Indianápolis.

— Ela está em coma? — pergunto, sem fôlego, sem conseguir me livrar do sentimento de traição. Eu me apaixonei por um mentiroso.

— Não. Ela está inconsciente e irresponsiva.

— Não sei o que isso significa.

— Que ela está em estado vegetativo permanente.

— O que isso *significa*?

— Ela está acordada, mas não tem consciência do que está acontecendo.

— Ela está *acordada*? — Eu *realmente* acho que vou vomitar. — Onde ela está?

— Em casa, com os pais. — Anders engole em seco, então seus olhos se enchem de lágrimas. — A Laurie pode estar respirando, mas ela se foi, Wren. A minha esposa *se foi*. A mãe dela ainda alimenta a esperança de que ela pode recuperar a consciência, mas é extremamente improvável.

— Mas pode acontecer? Ela poderia voltar para você?

Isso é um pesadelo.

— Não é impossível. Há um caso de uma mulher que recuperou a consciência depois de quase três décadas, mas, para a maioria, a possibilidade de recuperação é inexistente.

— Como ela *está*?

Ele respira fundo.

— Ela pisca se ouvir um barulho alto e afasta a mão se você a apertar com muita força. Tem reflexos básicos, como tossir e engolir, mas sem respostas significativas. Não ouve quando falamos com ela, e os olhos não acompanham ninguém. Ela não demonstra nenhum sinal de emoção. Não sabe quem você é nem o que pode significar.

— Como você tem tanta certeza?

— Os médicos têm certeza. É de partir o coração, mas é um fato.

As lágrimas que marejavam os olhos dele se libertam, escorrendo pelas bochechas, e eu as observo como se estivesse em um sonho.

— Ela não gostaria de viver assim. Mas, no começo, quando os médicos sugeriram desligar os aparelhos, Kelly meio que surtou. A decisão final era minha, como marido, e eu cogitei fazer isso, não apenas pelo bem da Laurie, mas pelo dos pais dela também. Estávamos todos no limbo, sem conseguir viver o luto de modo adequado e superar, mas não tive forças para seguir adiante. De qualquer forma, Kelly não teria permitido. Teria me infernizado, me levado aos tribunais, com certeza. Ela não estava nem perto de deixar a filha ir, e eu também não, então, quando falou que queria levar a Laurie para casa e cuidar dela, concordei. — Anders toma fôlego, de modo trêmulo e demorado, então continua: — Mas acho que cometi um erro terrível.

— Por quê?

— Kelly largou o emprego e colocou a vida toda de lado para cuidar da Laurie, e é o que faz todos os dias. Ela a alimenta, dá banho, escova os dentes, esvazia o cateter. Faz tudo. *Tudo*. A ida ao Rathskeller foi uma noite muito rara, e o marido, Brian, pai da Laurie, deve ter ficado em casa, porque Kelly nunca deixaria a filha sozinha. Brian está alinhado com a vontade da esposa, mas a situação está colocando uma pressão enorme sobre o casamento dos dois. Ele parece cada vez mais zangado e amargo quando vou visitá-los. A Laurie não sobreviveria sem os cuidados da mãe, mas ela pode viver por anos no estado em que está. Décadas, até.

— E você acha que a Laurie não iria querer isso?

— Sei que não.

— Você poderia... Existe algo... Você ainda pode fazer alguma coisa?

Ele responde que quer o melhor para Laurie, para a família dela, mas eu me odeio por perguntar.

Anders me encara, e meio que espero que sua expressão seja de repulsa e nojo, mas seu rosto continua carregado de arrependimento.

— Nunca vou conseguir libertá-la se me apaixonar por alguém.

Então uma escuridão, uma onda fria de dor e desespero, me inunda. É uma situação sem precedentes. Mostrar compaixão à esposa seria destruir a mãe dela, mas Anders poderia reunir forçar para fazer aquela escolha excruciante em algum momento do futuro, se realmente acreditasse que era o melhor para todos.

Mas, se ele se apaixonar por outra mulher, se ele se permitir me amar como eu suspeito que seja o seu desejo, nunca vai conseguir desligar os aparelhos da esposa. Seria considerado um ato egoísta, desprezível e assassino.

Todo mundo diria que ele a matou para ficar comigo.

Anders passa a mão pelo rosto e estremece, e não consigo fazer outra coisa além de continuar ali, parada, em estado de choque, encarando-o.

Capítulo Trinta e Quatro

Passo a noite me revirando na cama. No fim, precisei deixar Anders sozinho na sala, pois estava muito abalada para conversar. Ele aceitou e, penso eu, até preferiu. Era muito para assimilar, tanto para ele quanto para mim.

A Laurie pode estar respirando, mas ela se foi, Wren. A minha esposa se foi.

Foi assim também que Jonas me descreveu Laurie. Disse que ela *se foi*. Não que estava *morta*. Que *se foi*.

Até *eu* me referi a ela assim. *O Casey comentou que você perdeu sua esposa...*

Usar a palavra "morreu" soaria grosseiro, mas e se eu tivesse me expressado de outro modo? E se eu tivesse dito: *O Casey comentou que sua esposa morreu há alguns anos em um acidente de carro*? Ele também teria me corrigido, como fez quanto à época e às circunstâncias?

Como vou saber? Como vou saber quando ou se Anders teria me contado? Ele pensou que eu voltaria para a Inglaterra sem saber de nada? Que esqueceria tudo sobre ele? Era o que ele queria?

Quando me lembro da sua expressão no momento que descobriu sobre a possibilidade de eu me mudar para os Estados Unidos para trabalhar com Dean, penso que talvez tenha sido isso.

Ele é muito pior que Scott. Pelo menos Scott foi honesto comigo. Scott jamais mentiu, nunca preferiu o caminho mais fácil. Fez escolhas difíceis, mas acreditava que eram corretas.

Sinto uma onda repentina de respeito pelo meu ex-noivo, o que de algum modo torna a situação pior.

Pensei que Anders fosse honrado. Ele estava disposto a deixar o emprego — um trabalho que *ama* — para fazer a coisa certa pela família, pelo irmão.

Ele *é* um homem honrado.

Minha cabeça dói. Meu coração dói. Não sei o que ainda estou fazendo aqui, mas a ideia de me levantar e partir, de *deixá-lo*... Acho que não consigo, ainda não.

Acordo assustada, desorientada. Devo ter caído no sono outra vez. Alguém está batendo à porta do apartamento, mas então para, e o que aconteceu na noite anterior volta a me atingir em cheio.

Cadê o Anders?, eu me pergunto quando a batida soa novamente.

Desta vez não para, então pulo da cama e me aventuro a sair do quarto com meu pijama preto de seda.

Há um bilhete com meu nome na mesa de centro. Eu o pego e dou uma olhada na direção do quarto de Anders, com a cama feita e vazia.

Tive que ir trabalhar, diz o bilhete. *Por favor, me liga quando acordar.*

Atravesso a sala correndo, pensando que talvez ele tenha esquecido a chave, e de repente quero muito vê-lo.

Mas, então, abro a porta e dou de cara com Kelly. Quase tenho um ataque cardíaco.

— Anders está no trabalho — digo.

— Eu sei. Acabei de vê-lo sair. É com você que quero falar.

— O que você quer? — pergunto, mas não queria que tivesse soado tão rude. — Entre — acrescento, depressa, na tentativa de compensar.

— Não. Eu gostaria que *você* me acompanhasse — retruca ela.

— Perdão. Como?

— Eu gostaria que você conhecesse a Laurie.

Um arrepio percorre minha espinha.

— Por quê?

— Porque quero que você conheça minha filha. Quero que conheça a esposa do Anders. Acho que é a coisa certa a fazer. E acho que é o mínimo que você *pode* fazer, nas atuais circunstâncias.

Engulo em seco e balanço a cabeça.

— Ligue para o Anders. Ligue para ele se quiser. Mas sei que ele vai concordar com isso.

Eu a encaro, incrédula.

— Ligue para ele. Vou esperar aqui.

Meu coração dá uma guinada quando encosto a porta, deixando-a ligeiramente entreaberta. Volto para o quarto de hóspedes e pego o celular, então encaro a tela por um momento antes de discar o número.

— Wren — responde ele.

— A Kelly está aqui — revelo.

— O quê? — Ele parece perturbado.

— Quer que eu vá com ela para conhecer a Laurie.

Ele não diz nada, mas posso ouvir um ruído de fundo. Acho que está no carro e me colocou no viva-voz.

— Anders? — chamo.

— O que você quer fazer? — pergunta ele, baixinho.

— Como assim, o que eu quero fazer?

— Ajudaria? Conhecê-la, para entender?

— Está falando sério?

— Por favor, faça o que achar certo. — Ele soa tanto magoado quanto resignado. — Aceito o que você decidir.

Encerro a ligação com um xingamento.

Será que posso fazer isso? Será que ver Laurie vai ajudar? Isso pode me ajudar a partir? Eu *quero* partir?

Não sei a resposta para nenhuma dessas perguntas, mas de repente estou tirando o pijama para vestir uma roupa de sair.

Sigo Kelly no carro do meu pai, aliviada por ter um plano de fuga se for tudo demais. Ela dirige para o norte, através de um frondoso subúrbio onde casas de todos os tamanhos e cores se alinham nas ruas.

Quantas vezes Anders faz este caminho? Todo mês? Toda semana? Todo dia?

Vejo uma placa para Broad Ripple e me pergunto quão perto os dois moravam dos pais de Laurie.

O tempo passa em câmera lenta, mas levou apenas uns quinze minutos para que Kelly estacionasse em uma entrada de garagem de uma casa branca de tamanho médio, com janelas de moldura preta, um telhado de ardósia cinza e colunas dóricas alinhadas ao longo de uma pequena varanda.

Meu estômago se revira como se houvesse cobras serpenteando e se contorcendo, dando nós nas entranhas. Não consigo acreditar no que estou fazendo, e ainda nem sei exatamente *por que* estou fazendo, mas de repente me vejo estendendo a mão para a maçaneta para sair do carro e depois fecho a porta.

O que há além da porta preta lustrosa daquela linda casa? O que estou prestes a ver que nunca vou conseguir esquecer? Sinto que este momento vai ficar comigo para sempre, quer Anders continue na minha vida ou não.

Kelly destranca a porta e me guia por um corredor, os lábios pressionados com antipatia e determinação. Mas então uma súbita mudança ocorre, e sua expressão se ilumina.

— Estou em casa, Laurie, querida! — grita ela.

Ouço movimento vindo da sala contígua ao corredor e meu coração acelera, mas então um homem mais velho surge, parecendo exausto. Ele me vê, e suas sobrancelhas espessas quase encontram a recuada linha do cabelo.

— Ela veio — diz ele em voz alta, boquiaberto.

— Brian, esta é... Wren, certo? — pergunta Kelly, sem rodeios.

Eu assinto, lembrando que ela ouviu Anders dizer meu nome na noite anterior.

— Este é meu marido, Brian, pai da Laurie. — E esta — diz ela, em um tom alegre forçado ao entrar no cômodo ao lado — é Laurie! Olá, querida — cumprimenta a mulher, calorosamente.

Meu coração está batendo tão forte que eu não ficaria surpresa se Brian conseguisse ouvi-lo.

Ele olha para mim, o rosto repleto de sofrimento, e acena com a cabeça para a sala.

Coloco um pé na frente do outro e atravesso a porta em arco até uma sala de estar. É espaçosa e bem iluminada, com piso de madeira brilhante, paredes brancas e uma variedade de plantas. Mas é tudo o que consigo assimilar. Minha atenção foi atraída pela mulher loira na cadeira de rodas.

Ela está de costas para mim, com a cabeça ligeiramente inclinada para a direita. As mechas longas e sedutoras que vi nas fotos foram cortadas na altura do queixo, e os fios sem vida emolduram o pescoço fino. As pontas do cabelo estão desiguais, um pouco esfarrapadas, como se alguém tivesse feito o possível para estilizá-lo, mas sem muito sucesso. Ela veste uma camiseta azul-clara, com mangas japonesas de renda.

Kelly dá a volta para o outro lado da cadeira de rodas e puxa uma estreita cadeira de jantar de madeira de sob a mesa.

— Como você está, minha querida?

Ela conversa com Laurie como se eu não estivesse presente.

Não consigo dar mais nenhum passo para dentro da sala. Fico parada, olhando, enquanto Kelly pega um creme para mãos da mesa e espreme um pouco na própria palma antes de levantar a mão direita de Laurie.

— Este é seu creme de mão favorito, não é? — diz ela à filha, massageando seus dedos, depois olha para mim e deixa o sorriso esmorecer nos lábios. — E nós ouvimos suas músicas favoritas e assistimos a seus programas de TV favoritos, certo? — Ela desvia o olhar e abre um sorriso radiante para a filha. — Você está aí, não está, Laurie? Você vai voltar para nós, sei que vai — murmura Kelly, atormentada, então volta a me encarar. — Não fique aí parada. Venha conhecer a minha garota.

Engulo em seco, mais nervosa do que já estive em toda a vida.

Esta é a esposa do Anders. Ele se casou com ela quase seis anos atrás, prometeu amá-la na saúde e na doença.

Até que a morte os separasse.

Tomo coragem, porque devo isso a Laurie. Eu me apaixonei pelo marido dela e lamento muito.

Mas eu não sabia, digo a ela em silêncio. *Nunca teria tentado tirá-lo de você se soubesse que estava viva. Nunca teria me apaixonado por ele.*

Eu o amo?

Ali, na casa dos pais de Laurie, em território inimigo, com uma mulher que odeia até minha sombra... não tenho certeza se o amo.

Como eu poderia?

Como eu poderia perdoá-lo?

Nunca mais quero passar por algo assim. Só preciso suportar mais alguns minutos daquilo, então posso partir.

Enquanto me forço a contornar a cadeira, as pernas de Laurie, meio escondidas por uma saia amarelo-girassol, aparecem. Kelly continua a massagear as mãos da filha, sem nunca parar de conversar com ela em tom amoroso, uma mãe devotada. O cheiro do perfume de Laurie se mistura ao creme de mãos, e o reconheço como a fragrância que experimentei no supermercado da cidade. Não é de admirar que Anders tenha reagido de modo tão radical ao percebê-lo em mim... Kelly provavelmente o aplica nos pulsos da filha todos os dias.

Eu me forço a baixar o olhar, do topo da cabeça de Laurie para o rosto, para a mulher que vi em uma fotografia de casamento sorrindo para o homem que coloquei em um pedestal. Eu me preparo para admirar seu lindo rosto, o rosto que vi nas fotos, um rosto iluminado de amor e alegria.

Mas, quando meus olhos chegam ao destino, não é o que encontro.

As bochechas estão magras e sem cor, a do lado para o qual a cabeça pendeu está ligeiramente franzida. Os olhos azuis parecem opacos e sem vida, encarando sem ver o colo da mãe. Os lábios são finos e pálidos, curvados para baixo nos cantos.

Sou inundada pelo choque e pelo horror. Ela não se parece com a mulher que vi nas fotos. Mal se assemelha a uma pessoa. Há um corpo sentado diante de mim, carne, sangue e osso. Mas a alma que habitou seu interior parece ter desaparecido há muito tempo.

Agora entendo por que Anders não consegue parar de assistir aos vídeos de Laurie. Ele quer se lembrar da esposa daquele jeito...

como a mulher com quem se casou, a garota sorridente e feliz dos seus sonhos. A pessoa com quem ele pensou que passaria o restante da vida, teria filhos e envelheceria.

Meu sangue se torna gélido, e eu me pergunto como ele consegue se obrigar a visitá-la. Como pode ver a esposa que tanto ama assim, dia após dia, semana após semana, mês após mês, ano após ano. Como consegue suportar a possibilidade de viver muitos mais anos nesta situação. Entendo por que ele deve ter ficado muito mais contente quando estava na fazenda. Quão desesperadamente precisava fugir da cidade e da pressão esmagadora que deve sentir para visitar Laurie. Aposto que ele a vê sempre que possível. Porque Anders é assim. É um homem honrado, de dever.

Ele a visita, sentindo-se culpado porque a sogra colocou a própria vida em segundo plano para cuidar da filha. Ele a visita sabendo que o sogro está zangado, talvez até por Anders não ter assumido a responsabilidade de cuidar da esposa. Ele a visita mesmo se sentindo sobrecarregado de mágoa e desespero. Ele a visita, e nunca deixaria de visitar.

Nunca vai parar de visitá-la.

Nunca vai abandoná-la.

Ao observar Kelly tratar a filha com tanto amor e cuidado, sinto o coração se partir em um milhão de pedaços.

E é por causa dela, por pena desta mulher, a mãe de Laurie. Sinto uma tristeza profunda. É uma situação aterradora e trágica, porque Anders está certo. Laurie se foi. Eles a perderam. E não acredito que volte. No entanto, a família vai viver assim — todos eles —, até que o corpo de Laurie desista por conta própria e ela se vá de vez.

Mas, nesse meio-tempo, Laurie é a esposa de Anders, e ele está ligado a ela.

Capítulo Trinta e Cinco

Estou chorando tanto que preciso encostar o carro, soluços de estremecer o corpo inteiro, quase animalescos, de partir o coração. Demora um tempo até eu conseguir dirigir de volta ao apartamento de Anders sem colocar minha vida nem a dos outros em perigo.

Anders está me ligando, mas me sinto abalada demais para atender. Eu me pergunto se ele conversou com Kelly ou Brian, se sabe que vi a Laurie.

Minha cabeça está me dizendo para voltar para o apartamento, arrumar minhas coisas e partir. Para deixá-lo em paz. Já é hora de sair voluntariamente da vida dele, para que Anders não tenha que se dar o trabalho de tentar me expulsar de novo. Mas não posso ir embora até dizer que entendo. Ele merece minha compreensão. E eu entendo mesmo agora.

Não o culpo mais por não ter me contado sobre Laurie. Ele tem todo o direito de não querer falar sobre a esposa. Não é sua culpa se me apaixonei por ele. Anders tentou por muito tempo não me dar nenhum motivo para pensar que ele podia retribuir meus sentimentos.

A ideia de Anders se esforçando para manter a memória da esposa viva enquanto lutava para manter as defesas de pé me deixa arrasada. Ele deve ter se sentido partido ao meio.

Entro no apartamento e arrumo minhas coisas, apenas para desempacotar tudo de novo, e depois tomar um banho e escovar os dentes. Não pensar direito. Quando me sinto pronta, refaço as malas e vou para o sofá me deitar. Estou esgotada e profundamente triste.

Devo ter adormecido, porque um leve toque roça meu braço e me desperta. Quando abro os olhos, Anders está diante de mim.

— Você está bem? — pergunta ele, em voz baixa.

Seus olhos estão fechados de dor. Ele está sofrendo... muito... e dói vê-lo em tamanha agonia.

Eu me sento, o braço ainda formigando ao toque.

— Sinto muito — murmura ele, recuando alguns passos enquanto me levanto.

Ele está com uma calça preta justa e uma camisa polo preta de manga curta com o logotipo da equipe de corrida no bolso do peito.

— Não — digo. Ele examina meu rosto. — Você não precisa se desculpar.

Eu me aproximo e abraço sua cintura. A respiração dele falha quando encosto o rosto no seu peito. Um momento depois, suas mãos tateiam meus quadris.

Ir de apenas um toque de mãos na véspera para um total encontro de corpos hoje é quase demais. Mas eu o abraço com força, e ele devolve o gesto.

Estamos colados um ao outro — nosso peito, tórax, quadris e coxas alinhados —, e meu coração sente tanta compaixão e tristeza que acho que vou explodir. Quero envolvê-lo no meu amor, tentar tirar um pouco da dor que sente.

— Sinto muito pelo que você passou — sussurro.

Anders balança a cabeça e começa a se desvencilhar.

— O que você faz pela Laurie e pelos seus sogros, pelo seu irmão e pelos seus pais. Você é um bom homem. Tentou me manter a distância e não fez nada de errado.

Ele parou de tentar se afastar, mas não estamos tão próximos quanto antes.

— Você está certo sobre a Laurie. Ela se foi. E sinto muito mesmo por você tê-la perdido.

Ele suspira, trêmulo, e seu peito se expande.

— Sinto muito — repito, as lágrimas enchendo meus olhos. — Não é sua culpa eu não ter conseguido evitar me apaixonar por você.

Desta vez, ela solta um suspiro pesado.

— Mas agora eu vou embora, deixar você em paz. Não quero ser outro problema na sua vida.

Quando faço menção de me afastar, ele ofega e se agarra a mim em um ato desesperado e aflito. Então seu corpo começa a arfar, e é a coisa mais angustiante que já ouvi, o som de Anders soluçando.

Não sei o que fazer. Eu o abraço o mais apertado possível, mas não tenho forças para evitar chorar também.

Ver esse homem forte, que se controlou repetidas vezes e por tanto tempo, pela própria família, pela família de Laurie, por mim, vê-lo finalmente ceder… me destrói.

Depois de um tempo, ele para de chorar, mas continua ofegante, com respirações pesadas e trêmulas. Os braços se desprendem da minha cintura, e eu capto a mensagem. Deslizo as mãos até seus quadris estreitos e dou um passo decisivo para trás. Anders encara o sofá a minhas costas, com os olhos vermelhos, o nariz inchado, as bochechas úmidas e o cabelo loiro-escuro em desalinho.

— Vou aceitar aquela merda de lenço agora, por favor — digo a ele, que solta uma risada curta e encontra meus olhos por um momento, lembrando-me de como Jonas ficou zangado com o irmão por não ter me consolado na ocasião.

Parece ter acontecido em outra existência. A vida era muito mais simples que agora.

Ele se vira e sobe os degraus até o quarto, então abre a porta do banheiro. Eu o ouço assoar o nariz antes de retornar com um punhado de lenços. Eu me ajeito e volto para o sofá.

Anders se aproxima e se senta ao meu lado.

E talvez eu não devesse, mas chego para mais perto, elevando os joelhos, de modo que fiquem encostados no seu colo. Ele não fica tenso, então acho que está tudo bem.

— Pode me mostrar um vídeo da Laurie? — pergunto.

Ele parece surpreso.

— Gostaria de ver como ela era quando estava viva.

Não foi um ato falho. Ela pode não estar morta, mas também não está viva de verdade.

— Tem certeza? — pergunta, com cautela.

— Tenho.

Sem pressa, Anders tira o celular do bolso e abre a galeria de fotos. De onde estou, vejo um álbum intitulado "Laurie", mas não percebo que estou prendendo a respiração até que ele aperta o play e me passa o telefone.

A tela ganha vida, mostrando Laurie e Peggy na sala de estar da fazenda. Balões multicoloridos enfeitam as paredes de cedro-branco e as duas estão segurando taças de champanhe. O barulho ao fundo é de gente conversando.

— Feliz aniversário, mãe! — Ouço Anders dizer em um tom carinhoso, mas de fora da tela.

— Obrigada, querido — responde Peggy, alegre, levantando a taça para o filho.

Laurie sorri além da câmera para o marido, os olhos azuis brilhantes. Então, de repente, acena para além dele quando um coro de "Parabéns a você" começa.

Anders vira a câmera para Jonas, que sai da cozinha, carregando um bolo com dezenas de velas. A sala está cheia de pessoas, e tenho a impressão de que é um aniversário significativo — os setenta anos de Peggy, talvez, seis anos antes. Todos ficam em silêncio enquanto Peggy se prepara para soprar as velinhas, então Laurie aparece de novo na borda do enquadramento, e Anders ajusta o ângulo para que ela compartilhe a tela com a mãe. Peggy só consegue apagar um terço das velas na primeira tentativa, e estudo o rosto de Laurie, que observa a sogra, rindo, soprar as velas uma vez atrás da outra.

— Ah, tente você, Laurie — retruca ela, bem-humorada, desistindo na quarta tentativa.

— Tem certeza? — pergunta Laurie, rindo.

— Só se você não roubar meu desejo.

— É todo seu — retruca Laurie, calorosa, dando um passo à frente e apagando as últimas velas restantes.

Todos na sala aplaudem, mas a alegria de Jonas é a mais ruidosa. Ainda está segurando o bolo no canto do enquadramento, mas a atenção de Anders está focada na esposa.

Ela devolve seu olhar e o filme termina, congelado na expressão de riso de Laurie.

Eu fico encarando a tela.

— Ela é tão linda, Anders.

Ele solta um suspiro silencioso e pega o telefone da minha mão.

— Acho que eu teria gostado dela.

Ele concorda.

— Ela teria gostado de você também.

Com certeza Laurie não gostaria de mim se soubesse que estou apaixonada pelo marido dela. Entendo perfeitamente por que Kelly está tão furiosa... está defendendo a filha, porque sua garota não pode se defender.

Meu coração se contrai, e minha determinação se fortalece. Preciso fazer a coisa certa. Já causei dor demais à família de Laurie... e a Anders também, o que é a última coisa que eu queria fazer. Não sou tão egoísta a ponto de escolher complicar e perturbar ainda mais o que já não é fácil.

— Ah! — exclama Anders de repente, levantando-se do sofá e me deixando gelada sem o calor do seu corpo. — Eu não tinha certeza se você tinha comido algo desde ontem?

Ele me encara por sobre o ombro, e eu balanço a cabeça.

— Passei no Rathskeller vindo para cá. Trouxe aquelas batatas fritas recheadas e pretzels para você.

Fico ali sentada, em transe, ouvindo-o abrir e fechar o micro-ondas e programá-lo, e depois o tilintar de pratos, copos e talheres. Quero ficar, mas todo o meu corpo parece tomado pela dor, porque acabei de me apaixonar por ele um pouco mais e, se eu não for agora, não tenho certeza se algum dia vou encontrar forças para partir.

Eu me forço a sair do sofá. Eu me forço a entrar no quarto. Eu me forço a pegar meus pertences. E eu me forço a atravessar a sala de estar até a cozinha, onde Anders está de costas para mim, colocando as batatas fritas em uma tigela no balcão. E é tudo muito mais difícil do que entrar na casa de Laurie e enfrentar sua mãe, seu pai, ela. É a coisa mais difícil que já tive que fazer.

— Anders — chamo baixinho.

Ele se vira e, quando me encara, parada ali com a bolsa, parece destruído.

— Por favor, não vai embora.

— Eu preciso.

Mais lágrimas brilham nos seus olhos. Talvez ele pense que estou indo embora porque é muito difícil para *mim*, porque sou tão insegura, que me sinto ameaçada pela sua linda esposa ou que simplesmente não consigo lidar com aquela situação horrível. Não deve ter ideia de que estou partindo porque não quero ser mais um fardo na sua vida.

Mas não importa o que ele pensa. O importante é que eu já decidi.

As lágrimas começam a cair dos seus olhos, e ele balança a cabeça, implorando. Tenho a intenção de me afastar, mas Anders se aproxima de mim antes que eu possa convencer meus pés a se moverem. Ele desliza minha bolsa do ombro para o chão. Segura meu rosto e olha nos meus olhos, angustiado, em uma súplica silenciosa para que eu não vá embora.

Eu estendo a mão devagar e roço o polegar na sua bochecha e na lateral do seu rosto. A pele é quente e a barba por fazer, áspera. Eu me pego sorrindo ao observar aqueles olhos aflitos, e minha visão fica embaçada.

— Está tudo bem — sussurro, sem conseguir conter as lágrimas. — Vamos ser sempre amigos, certo? Se você ainda quiser?

Ele engole em seco, depois assente, me soltando e baixando a cabeça.

Eu me afasto, pego a bolsa e saio do apartamento.

Capítulo Trinta e Seis

Na noite passada, sonhei que estava no apartamento de Anders. Sentada na cadeira Eames no solário, com o calor e a luz se derramando sobre meu rosto das gigantes janelas Crittall. Dava para ouvir Anders na cozinha, fazendo o jantar, e me lembrei, com uma onda de alegria, de que eu morava ali, de que aquele era o *nosso* apartamento, de que ele e eu éramos um casal. Então olhei para baixo e vi minha barriga, e senti uma onda de amor pelo bebê que estávamos esperando.

Acordei assustada e encarei a escuridão por muito tempo, com o coração galopando, descontrolado, enquanto eu tentava apagar aquela visão perfeita de um futuro impossível.

Mas será que é mesmo impossível?, eu me pergunto agora, já desperta. *Quanto tempo eu estaria disposta a esperar por ele?*

Sinto uma intensa onda de nostalgia pela criança no meu sonho. Eu estava pronta para começar uma família com Scott. Quantos anos, teoricamente, eu poderia aguentar com a vida em espera? Será que ficaria muito velha para ter um bebê? Quanto eu estaria disposta a sacrificar, quanto *arriscaria* sacrificar, para ficar com Anders? Não seria melhor para mim seguir em frente, superá-lo, e esperar que o verdadeiro amor da minha vida chegue logo?

Mas fico de coração partido ao pensar em outra pessoa ocupando o lugar dele.

Estar aqui não ajuda. Sei que não posso aceitar o trabalho que Dean me ofereceu, não agora. Quando voltar para a Inglaterra no próximo fim de semana, vai ser para ficar. Essa ideia traz uma nova pontada de dor, não porque finalmente vou voltar para casa, mas porque vou embora. Fugi do Reino Unido para tomar alguma distância de Scott, e agora estou fugindo dos Estados Unidos para escapar de Anders.

Um pé na frente do outro, um dia de cada vez. A coisa mais urgente no momento é sobreviver à estreia do cinema, que vai acontecer hoje à noite.

A última semana e meia tem sido um turbilhão. O labirinto inaugurou no fim de semana anterior, e desde então estou ajudando meu pai e Sheryl a receber os clientes; nas folgas do trabalho, lógico. O som do riso de crianças ao tentarem encontrar o caminho até o centro e depois a saída foi uma das poucas coisas que conseguiram colocar um sorriso no meu rosto.

Jonas está trabalhando nos campos com Zack, o lavrador que contratou para ajudá-lo na colheita. Tem chovido de modo intermitente, mas as pausas por causa do mau tempo lhe permitiram terminar de preparar o celeiro. Ele guardou os fardos de feno, com exceção de uns quarenta, e esperamos que o tempo continue bom porque, idealmente, gostaríamos de fazer a projeção ao ar livre. Os fardos de feno vão funcionar como cadeiras improvisadas para pessoas que se esquecerem de trazer as próprias... planejamos dispô-los em um semicírculo hoje à tarde, de frente para a tela que a empresa de cinema móvel está trazendo.

Bailey tem sido de grande ajuda, organizando tudo. Estou tão orgulhosa. Ela e eu vamos servir pipoca e bebidas no Bambi à noite; minha irmã alugou as máquinas. O Airstream ainda não está equipado com móveis nem armários, estão vamos usar prateleiras e mesas independentes. Vai ficar um pouco tumultuado no interior, mas estou animada para finalmente usar o Bambi.

Jonas vendeu uma grande quantidade do milho de pipoca para uma empresa especializada, depois levou o restante para uma fábrica, onde o embalaram para venda. Ele honrou as encomendas em Bloomington, e outras ainda mais distantes, e agora planeja vender o que não usarmos hoje à noite em mercados de agricultores.

No fim da tarde de ontem, Peggy e Patrik voltaram para casa enquanto Bailey e eu estávamos na fazenda. Temos ajudado Jonas a varrer o celeiro e pendurar as luzes, por dentro e por fora.

Ao ver o pai, tenho certeza de que Jonas prendeu o fôlego, que provavelmente ainda está segurando, mas Peggy parecia tão feliz por ver o filho, que lhe deu um abraço demorado. Patrik foi mais reservado e um pouco sisudo, mas não desagradável. Bailey e eu os deixamos sozinhos, mas vamos vê-los mais tarde.

Falei com Jonas depois que voltei de Indianápolis. Não estava pronta para conversar, mas ele foi me chamar, então me obriguei a sair de casa e fomos dar um passeio até o rio.

Ele queria saber o que tinha acontecido, e, quando expliquei que havia visto Laurie, seu semblante despencou.

— Gostaria que um de vocês tivesse me contado. — Tentei não deixar a amargura se infiltrar no meu tom.

Jonas se desculpou, mas disse que acreditava que não cabia a ele contar.

— Os dois ainda podem ser casados, mas não é de verdade — argumentou ele.

— Como você sabe? — perguntei, incrédula. — Eles são casados, ponto-final.

— E se ele se divorciar? — desafiou Jonas, virando-se para me encarar.

Empalideci.

— Ele nunca vai fazer isso, e você sabe.

— Mas e se fizesse?

Os olhos dele perscrutaram meu rosto.

— Para com isso, Jonas — rebati, com raiva. — Apesar do que você disse, ele *ainda* a ama, e nunca magoaria os sogros assim.

Caminhamos em silêncio por um tempo, então ele perguntou:

— Como ela está hoje em dia?

— Quando foi a última vez que você a viu? — retruquei, interessada.

— Não a vejo desde que ela estava no hospital. Mamãe a visitava muito no começo, mas não aparece por lá há alguns anos.

— Por que não?

Eu não esperava essa atitude de Peggy nem de Jonas.

— Quando ela abriu os olhos e ficou óbvio que não havia mais ninguém ali, não tive mais motivo.

— Parece um pouco insensível — murmurei, mas me arrependi de imediato, quando ele ficou com raiva e na defensiva.

— Ela está morta, Wren! Ou praticamente morta — acrescentou ele, a voz se tornando inexpressiva. — Mas tanto faz. Que porra, não é problema seu.

Então me afastei, gritando por cima do ombro que não queria que ele me seguisse.

Não falamos de Laurie ou Anders desde então.

Bailey já está na fazenda, e estou indo para lá em breve. O filme só vai começar ao pôr do sol, que é por volta das sete e meia, mas vamos receber as pessoas a partir das cinco e meia, e são três e meia agora.

Jonas está planejando assar hambúrgueres na churrasqueira, e a amiga de Bailey, Tyler, conseguiu que um bar móvel viesse de Bloomington. Ela trabalha em uma empresa de eventos, a mesma em que ela e Bailey se conheceram quando minha irmã era estagiária. Quando Bailey ligou, em pânico porque a licença para vender álcool não havia sido concedida a tempo, Tyler mexeu uns pauzinhos. Ela pretende aparecer hoje à noite. Vai ser legal finalmente conhecê-la.

Há uma boa chance de Anders vir também, mas estou tentando não pensar no assunto. Vou ficar arrasada se ele sumir.

Quando entro no celeiro para avisar que estou indo embora, meu pai está terminando de explicar a uma família de quatro pessoas como chegar ao labirinto e ao canteiro de abóboras.

Sorrio para a família quando eles saem.

— Divirtam-se!

— Obrigado — gritam todos de volta, em uníssono.

Pelo menos a maioria das pessoas por aqui tem boas maneiras.

— Estou indo para a fazenda. Vejo você lá mais tarde.

— Olha só para você! — exclama ele, saindo de trás do balcão e abrindo os braços.

Estou usando o vestido vermelho e preto com estampa floral que Bailey me convenceu a levar quando fomos fazer compras em Bloomington, aquele que me abraça em todos os lugares certos, com um babado na altura dos joelhos. Ela também precisou me convencer a usá-lo hoje à noite. Sabe que ainda não estreei os dois vestidos que comprei, mas minhas noites estão chegando ao fim, assim como as oportunidades de usá-los antes que tenha que esperar o verão seguinte.

— Estou bem? — pergunto, insegura.

— Você está linda — responde meu pai.

Não é que eu queira desesperadamente que me digam que sou bonita, ou linda, ou que nem sequer me importe particularmente com a aparência. Estou satisfeita com minha imagem, sério. Mas *ah*, é o modo como ele disse aquilo, meu *pai*, como se tivesse me dito toda a minha vida. A casualidade do elogio enche meus olhos de lágrimas.

Porque não importa o que o restante do mundo pensa, toda criança deveria ser chamada de bonita pelos pais.

— Não vamos nos atrasar — promete ele, ao me dar um abraço. — Estamos ansiosos!

Nós nos soltamos e começo a dar meia-volta, mas então paro e me viro para arrancar um pequeno galho do seu cabelo.

Meu pai solta uma risada quando o mostro a ele, e ainda estou sorrindo quando saio do celeiro.

Tento me preparar para não ver o carro de Anders na entrada da garagem, mas quando saio do milharal estou tão nervosa que quase não registro o som da sua risada. Até que o vejo à frente, caminhando em direção ao celeiro, ao lado de uma ruiva atraente.

Não dá para ver o rosto da mulher, mas seu cabelo ondulado cai em cascata pelas costas e as pernas se estendem por quilômetros, e, quando Jonas aparece, a alegria no seu rosto é visível de onde me encontro. Quem é *ela*?

Seja lá quem for, aposto que por dentro está pulando de alegria por ser escoltada por esses dois irmãos. Não dá para culpá-la.

Meu ciúme é irracional, sei disso, mas me faz pensar em quantos relacionamentos Anders teve que evitar. Ele deve estar cansado de tudo isso.

Um pé na frente do outro, Wren. É meu novo mantra.

Jonas me vê e levanta a mão. A ruiva se vira para ver, mas minha atenção está focada em Anders.

Ele me viu.

E seu sorriso desapareceu.

Sinto como se minha caixa torácica tivesse se fechado em volta do coração, apertando-o como um torno. Odeio que o fato de olhar para mim o magoe.

— Wren! — grita Bailey, para me distrair. Ela corre para mim, os olhos grandes como luas, mas desacelera quando chega perto. — Você está um *arraso* com este vestido! — Ela vem me dar um abraço. — Você está bem? — pergunta ela, no meu ouvido.

Assinto contra seu ombro. Ela sabe de tudo o que aconteceu entre Anders e eu, e alugou o ouvido de Casey por não estar mais bem informado sobre Laurie, como se o coitado pudesse ter algum controle sobre as informações que recebe a esse respeito.

Ela me solta e sorri com simpatia.

— Vem conhecer a Tyler — insiste ela, enganchando o braço no meu.

— É a ruiva?

— Isso. Você viu a cara do Jonas? A baba está pingando.

Eu dou risada.

— Ela é solteira?

— É. Aposto que também vai ficar interessada.

— Como não?

Bailey sorri para mim.

— Você não ficou.

— É, já no *Anders*... — retruco, dando de ombros.

— Eu também não me interessei.

— É, já no *Casey*... — argumento, com outro dar de ombros, porque, quanto mais os vejo juntos, mais convencida fico de que são perfeitos um para o outro.

Bailey sorri.

— Ele está deixando o bigode crescer, cara — conta ela, em um tom casual.

— Sério?

— Sério. Então o mundo voltou aos eixos.

Deixo escapar uma risadinha, ainda que meu coração continue a martelar no peito enquanto caminhamos pelo pátio empoeirado em direção aos outros.

Acho que ela está feliz, mas conheço Bailey, pelo menos *agora*, depois de passar um verão convivendo com ela. Não é o tipo de pessoa que deixa a vida acontecer. Minha irmã vai agarrar a vida pelos chifres e obrigá-la a funcionar para *si mesma*, e, se não der certo, se ela e Jonas não continuarem a realizar eventos que Bailey goste de organizar, se continuar entediada com a vida no clube de golfe, então vai atrás de outra coisa. Sei que vai. Quer seja na cidade, em Bloomington ou mais longe, e Casey vai mover montanhas para estar com a esposa. Ele não vai ser feliz a menos que ela seja, isso é fato. Então os dois vão ficar bem. Tenho certeza.

— Tyler, esta é a minha irmã! — diz Bailey quando nos aproximamos.

— Ah, e aí?! — exclama Tyler, indo me encontrar no meio do caminho para me dar um abraço. — Eu ouvi tanto sobre você!

Ela é deslumbrante, com olhos azuis brilhantes, um rosto cheio de sardas e um sorriso que poderia iluminar o lugar inteiro.

— E eu sobre você. É incrível finalmente conhecê-la. Muito obrigada por nos deixar ficar na sua casa no mês passado.

— Vocês precisam voltar para a gente conseguir sair juntas à noite.

— Eu adoraria.

Jonas se aproxima e me abraça, rosnando uma saudação no meu ouvido e me colocando no chão ao lado do irmão.

Sutil, Jonas, sutil.

Olho para Anders, e meu coração rodopia, rodopia e rodopia.

— Oi — cumprimenta ele, baixinho, com um sorriso discreto nos lábios, duas rugas entre as sobrancelhas perfeitas e aqueles olhos surpreendentemente peculiares nos meus.

— Oi — respondo, querendo mais que tudo estender a mão e alisar aquela testa de uma vez por todas.

Aguenta firme, lembra uma voz dentro da minha cabeça. *Você precisa ser forte por ele.*

Mas então Anders dá um passo à frente e me abraça. Inspiro fundo, mal registrando o perfume fresco e cítrico, ou o peito musculoso pressionado contra o meu.

Quando ele me solta, sinto um buraco no estômago, e meu sorriso vacila ao perceber que ele acabou de me abraçar, mas eu estava tão tensa que nem correspondi.

— Certo, vamos lá, Wren — cantarola Bailey, e sei que ela está tentando me salvar antes que a situação fique ainda mais constrangedora. — Você pode tirar o Airstream do galpão, Jonas? Precisamos começar a preparar tudo.

— Eu faço isso — diz Anders.

— Bailey, você pode me dizer onde quer o bar móvel? — pergunta Tyler a ela.

— Merda — murmura Bailey, parando e dando meia-volta. — Você está bem? — pergunta ela para mim.

— Estou.

Anders e eu caminhamos sozinhos em direção ao galpão. E lá se vai o plano de escapar desta situação constrangedora.

— Como você está? — pergunta ele.

— Bem — respondo, assentindo. — E você?

— Tudo bem. — É óbvio que isso está longe de ser verdade. — Desculpa, foi estranho lá atrás — diz ele, depois de um incômodo momento de silêncio. — Eu estava tentando ser... — Anders balança a cabeça. — *Amigável*. — Seu tom é irônico, autodepreciativo.

Mordo o lábio e volto a encará-lo. Desta vez, ele encontra meus olhos e sorri. Seu olhar desce para meus lábios, então se afasta.

— Certo, cadê o Airstream, então? Vamos ver o que você tem feito com ela.

— Ele.

— Ele — corrige Anders.

Ele passa alguns minutos examinando o Bambi, com um sorriso enquanto traça os dedos sobre a folha de bétula que meu pai e eu aplicamos sobre as paredes internas.

— Está ótimo — diz ele, acendendo as luminárias dos anos 60 que comprei no armazém de antiguidades. — A roda retrátil funciona direitinho?

— Funciona, muito bem.

— Precisa sempre se lembrar de guardá-la antes de rebocar esta coisa para qualquer lugar.

Eu concordo. Ele já me avisou quanto isso é importante.

— Então, quando você vai fazer sua viagem pelos Estados Unidos? — pergunta Anders, enquanto verifica o lacre da porta dos fundos.

— Não sei — respondo, dando de ombros. — Talvez no próximo verão.

— Pensei que fosse mais cedo.

— Duvido que eu consiga voltar aqui antes disso.

Ele congela.

— Para onde você está indo?

— Vou voltar para o Reino Unido.

Ele me encara.

— Você está indo embora?

Assinto.

— Daqui a uma semana.

— De vez?

— Acho que preciso.

Vislumbro a expressão desolada no seu semblante quando ele desvia o olhar.

— Você poderia fechá-la? *Fechá-lo!* — Anders se corrige enquanto se afasta. — Vou dar ré no trator.

Anders e eu não temos outra chance de conversar enquanto preparamos tudo, pelo menos não mais que algumas palavras aqui e ali.

Quando Bailey e eu estamos no processo de ligar as máquinas de bebidas e pipoca, Peggy chega para dizer oi e parece emocionada com o logo "Fazenda da Família Fredrickson" que Jonas desenhou para a embalagem da pipoca.

Quando a empresa de cinema móvel chega, Bailey precisa me deixar sozinha, mas Peggy fica para conversar um pouco comigo e me conta tudo sobre Wisconsin e os momentos relaxantes que passaram por lá. Não me surpreenderia se fosse um lugar onde os dois considerariam passar a aposentadoria.

É uma noite de clima adorável, então abri a porta de trás do Bambi e dispus mesas no pátio, do lado de fora. Anders ajudou Jonas a trazer a churrasqueira a carvão do lago, e o cheiro de carne assada impregna o ar. Um quinteto local de bluegrass, amigos do irmão de Casey, Brett, chega e começa a montar os instrumentos. Bailey me avisou sobre a banda… os integrantes não querem um pagamento; apenas pensaram que seria uma noite divertida e uma ótima oportunidade para boa divulgação. Até o ensaio pré-show contribui para o ambiente agradável.

Quando Bailey acende os fios de fada, saio do Airstream para dar uma olhada em como as luzes refletem na prata do exterior, e o interior brilha em um tom caloroso. Não reprimo o sorriso ao admirar tudo.

Bailey precisa organizar várias coisas, então fico sozinha por um tempo e, à medida que os clientes começam a chegar, uma fila se forma do lado de fora do Bambi.

— Quer ajuda? — pergunta Anders, enfiando a cabeça pela porta.

— Por favor — respondo sem titubear, pois estou a pleno vapor.

Trabalhamos lado a lado, servindo pipoca, bebidas e doces.

— Sua mãe está na zona de conforto dela — comento, quando estamos no controle de tudo.

Ele olha para Peggy, que está postada ao lado de Jonas. Ele vira hambúrgueres, e ela recebe os pagamentos e oferece condimentos.

— Ela fica mais feliz na cozinha.

— Talvez abra uma lanchonete em Wisconsin.

— Consigo imaginar isso acontecendo — diz Anders, com um sorriso de canto para mim.

Ele me tira o fôlego todas as vezes.

— Cadê seu pai? — pergunto, para me preparar.

— Ali — responde ele, com uma careta, acenando com a cabeça para o pátio.

Patrik está caminhando direto para Jonas. Ainda manca de leve, mas a lesão não o atrasa. Anders fica tenso.

— É melhor você ir, filho. — Ouvimos Patrik encorajá-lo com uma voz rouca. — Devia estar recebendo as pessoas. Posso assumir por aqui.

Jonas o encara, atônito.

— Ele tem razão — interrompe Peggy, dando uma cutucada em Jonas. — Você é o anfitrião. Podemos cuidar do churrasco.

Patrik estende a mão para a grande espátula prateada que Jonas está segurando.

Jonas olha atordoado para a mão de Patrik, depois para a espátula, então a estende lentamente para entregá-la ao pai.

Patrik dá um tapinha nas costas do filho, e este se afasta.

— Não acredito — murmura Anders, chocado.

— Que o seu pai se ofereceu para ajudar ou que o Jonas saiu de perto da churrasqueira?

— Os dois — responde ele, com um sorriso.

Temos que atender a uma enxurrada de pedidos antes de o filme começar, então Bailey vem perguntar se Anders pode mudar alguns fardos de feno de lugar para que as famílias consigam se sentar juntas. Ela fica para me ajudar e, quando chega a vez do meu pai e de Sheryl, nós quatro nos entreolhamos e rimos.

— Você pode tirar uma foto? — pergunto para meu pai, entregando o celular.

Bailey e eu nos abraçamos e sorrimos para a câmera. Depois que meu pai tira a foto, solto Bailey, mas ela se vira e me dá um beijo na bochecha.

— Te amo, irmã.

— Eu também te amo — respondo, afetuosa.

— Ai, vocês, meninas — comenta Sheryl, com lágrimas nos olhos e um sorriso. — Olha só nossas meninas — diz ela para meu pai.

— Elas são estonteantes — responde ele, com admiração, balançando a cabeça.

— Tem clientes esperando, sabe — dispara Bailey, furtivamente enxugando os próprios olhos. — Deixem a melosidade para mais tarde.

Sheryl sorri para ela, entendendo tudo, e leva meu pai embora. Eu me inclino e dou um beijo na bochecha da minha irmã.

Quando as cores do céu dão lugar à escuridão e as luzes são desligadas para que o filme comece, eu me sento e absorvo a atmosfera. Deve haver mais de duzentas pessoas acomodadas aqui, sob as estrelas, a maioria com as próprias cadeiras e cobertores. O ar cheira a feno, pipoca e orvalho fresco, e, apesar da minha melancolia latente, é impossível não sentir centelhas de felicidade com o sucesso da noite.

Peggy e Patrik estão sentados com meu pai e Sheryl no fundo. Bailey e Casey estão aninhados ali por perto. Jonas e Tyler ainda estão ao lado do bar móvel, aparentemente prestando muito mais atenção um ao outro que no filme. E estou perto do Bambi, pronta para abri-lo de novo no intervalo.

Não tenho certeza de onde Anders está, e não posso deixar de olhar ao redor para procurá-lo, apreensiva. Acho que ele deve estar em algum lugar perto do irmão, mas vou ficar mais tranquila assim que descobrir.

Esqueci completamente de trazer uma cadeira ou um cobertor, então estou empoleirada em um fardo de feno, sentindo um pouco de frio. A empresa de cinema móvel forneceu fones de ouvido para todos, então não há som explodindo de alto-falantes.

Estremeço quando um cobertor é colocado sobre meus ombros. Ergo o olhar e dou de cara com Anders, que se senta no fardo de feno ao lado do meu.

Eu não sabia que era possível amar e sofrer tão profundamente ao mesmo tempo.

— Obrigada — sussurro.

Ele assente, olhando para a frente. A luz da tela enorme ilumina seu rosto, e noto que ele está sem fones de ouvido.

— Cadê seu fone? — pergunto, ao remover um dos meus.

— Acho que acabaram — responde ele, com um dar de ombros. — Tudo bem. Já vi esse filme várias vezes.

— Eu também, mas *Curtindo a vida adoidado* é um clássico.

Passo meu fone de ouvido direito para ele, que olha para mim.

— Tem certeza?

— Claro.

Anders pega o fone e sentamos lado a lado para compartilhar o áudio.

Quero me aconchegar a ele, como Bailey está fazendo com Casey, como Sheryl está fazendo com meu pai.

Uma onda de solidão me engole e sou inundada por tristeza e confusão. O filme passa, mas eu mal esboço um sorriso, muito menos uma risada.

Anders se ajeita para ficar mais confortável e pousa a mão em um ponto atrás das minhas costas. Sinto uma coluna de calor emanando daquele braço esticado que mal me toca. Não me contenho: eu me inclino contra ele. Um momento depois, ele desliza a mão pela minha cintura e me puxa para seu lado. Sinto um aperto no coração ao descansar a bochecha contra seu ombro, hiperconsciente de cada milímetro de pele que nos conecta.

É o mais perto que vamos chegar um do outro.

O que eu disse para meu pai semanas atrás, quando foi me buscar no aeroporto, é verdade: não dá para escolher por quem nos apaixonamos.

Meu pai não escolheu se apaixonar por Sheryl.

Scott não escolheu se apaixonar por Nadine.

Eu não escolhi me apaixonar por Anders.

Mas posso *escolher* o que vou fazer com meus sentimentos.

Chega a hora do intervalo, e sinto o esboço de um beijo depositado no topo da minha cabeça. Quando as luzes de fada são acesas, as pessoas começam a se levantar, e rapidamente tiro meu fone de ouvido para dar a Anders.

— Obrigada pelo cobertor.

Eu o deixo no fardo de feno.

— Quer ajuda?

— Não, está tudo bem.

Eu me afasto de Anders e caminho em direção ao Bambi, sem conseguir evitar a lembrança de todas as vezes que *ele* se afastou de mim sem ao menos olhar para trás. Quero ser igualmente forte e determinada, mas a curiosidade me vence e lanço um olhar para trás.

Ele está sentado onde o deixei, com os cotovelos apoiados nos joelhos, olhando para mim, com uma expressão de cortar o coração.

Sinto um choque percorrer meu corpo quando nossos olhares se encontram. Mas, quando chego ao Airstream e olho de novo, ele se foi.

Então me faço a pergunta: Será que ele acabou de me dar um beijo de adeus?

Minhas mãos começam a tremer violentamente.

De repente, vejo Jonas abrindo caminho pela multidão na minha direção.

— Que idiotice — diz ele, com raiva e sem tirar os olhos de mim, ao me alcançar.

— O que aconteceu?

— Bailey, você pode assumir o lugar da Wren? Preciso falar com ela — diz ele, com um olhar para trás, e então me arrasta até os fundos do celeiro.

Capítulo Trinta e Sete

— Jonas? O que foi?

— Como eu disse, idiotice.

— Do que você está falando?

Ele me solta e se vira para mim.

— Você *ama o Anders*!

Eu recuo.

— E ele te ama!

Então percebo que ele não está com raiva, está chateado. Estes irmãos Fredrickson são difíceis de ler às vezes.

— E daí? — Levanto a voz em resposta. — Que diferença faz?

— Se você não o amasse, eu até entenderia não querer nada com ele. A vida do meu irmão é complicada. Mas você o ama *de verdade*. Acabei de ver isso escrito na sua cara.

— Mas a vida do Anders *é* complicada, Jonas!

— E é muito trabalho para você, é isso?

Vejo a decepção no seu rosto.

— Não é muito trabalho para *mim*! Eu só me importo com *ele*! Com os *pais* da Laurie! E com quanto isso vai *magoá-los*!

Ele hesita.

— É sério? Você está indo embora porque se importa demais, não porque se importa de menos?

— Óbvio!

Ele balança a cabeça para mim, desesperado.

— Você entendeu tudo errado pra caralho, Wren. Você precisa *lutar por ele*, e não ir embora.

— De que *adianta*? Isso só vai machucá-lo ainda mais! Ele vai se sentir dividido entre Laurie e eu, entre os pais dela e eu!

— A Laurie *SE FOI*! Não me diga que não percebeu! O Anders está *vivo* e *aqui*, e você precisa convencê-lo de que vale a pena lutar por ele. Não estou dizendo que vai ser fácil. Mas alguém precisa lutar por ele, para afastá-lo dos pais da Laurie. Ele está se *afogando*, Wren. Eles o estão puxando para baixo. Não é hora de ir embora, é hora de *lutar*. Você é a única que pode fazer isso. Eu juro que tentei. Minha mãe já tentou. Todos nós tentamos convencê-lo a se divorciar da Laurie e viver a própria vida, e, se não se divorciar dela, então pelo menos que viva do modo que desejar. O Anders fez muitos sacrifícios por ela e pelos sogros durante esses anos. No ano passado, a Ferrari tentou contratá-lo, e ele disse não! Quem faz isso? Ele desistiu de trabalhar na Fórmula 1 e viajar pelo mundo, porque se sentia muito culpado. Mas ele precisa parar de se sentir em dívida com a Kelly e o Brian. Ele não tem nenhum controle sobre o que os dois fazem... as escolhas são deles. Nesse ritmo, meu irmão vai ficar preso nessa meia-vida até que a Laurie possa ser enterrada, e nem quero pensar em como ele vai estar destruído quando esse dia finalmente chegar. — Jonas dá um passo à frente e coloca as mãos nos meus ombros. — Mas você pode ajudá-lo, Wren. Pode dar a ele algo pelo que lutar. Vale a pena lutar por *você*. Mostre ao Anders que você também está disposta a lutar por ele.

Jonas vai embora e me deixa ali, atrás do celeiro, com a cabeça girando. Será que ele está certo? Sobre tudo? Pensei que eu estivesse fazendo um sacrifício ao me retirar da equação, mas agora acho que tudo o que fiz foi deixar Anders se sentindo ainda mais sozinho. Eu o abandonei, e fiz isso quando ele mais precisava de mim. Pensei que *eu* estivesse me sentindo sozinha. Mas como *ele* deve estar se sentindo?

O fato é que, se fosse qualquer outra pessoa sofrendo, Anders lutaria por ela. Mas ele simplesmente não consegue lutar por si mesmo.

Jonas tem razão. Preciso apoiá-lo.

A ideia de ser a outra, a mulher que os pais de Laurie vão abominar, me faz estremecer. Mas talvez, ao adotar esse papel, eu possa desviar um pouco da atenção dos dois do genro.

Vou pensar no assunto depois. O mais importante agora é encontrar Anders.

Mas não o vejo em lugar algum.

A segunda metade do filme começa, mas ele não volta ao nosso fardo de feno. Não tem nenhuma chance de eu ficar parada, esperando, então pego o celular e envio uma mensagem.

Aonde você se meteu?

Ele não responde e, depois de vinte minutos, tomo a decisão súbita de ir procurá-lo na casa da fazenda. Saio de fininho e tento a porta lateral, esperando encontrá-la trancada, porque que tipo de família deixa a casa aberta com centenas de pessoas vagando pelas redondezas?

O tipo crédulo, como se vê. A porta está destrancada, então eu entro, gritando o nome de Anders. Verifico a cozinha, a sala de estar, a sala de jantar e o escritório, e, como não há nenhum sinal dele, timidamente subo as escadas até o primeiro andar. Chamo seu nome mais uma vez ao atravessar o corredor, mas não ouço movimento algum atrás de nenhuma das portas. Não tenho coragem de abri-las... já me sinto mal demais por ter invadido a casa.

Depois, vasculho todo o pátio da fazenda, desde a cabana de Jonas até cada fileira de carros estacionados atrás do celeiro. O filme acaba, e as pessoas começam a arrumar as coisas para voltar para a cidade a pé ou de carro. Fico parada na estrada, olhando os campos escuros. Os pés de milho secos e estaladiços balançam à brisa, farfalhando.

Ele pode estar em qualquer lugar.

Jonas vem ao meu encontro.

— Sempre tem um amanhã.

— E se ele voltar para Indianápolis?

— Ele não vai. Prometeu debulhar o milho comigo.

— Debulhar milho?

— Estamos colhendo os campos, Wren — diz ele, em tom de brincadeira, como se já tivesse me explicado uma centena de vezes antes. — É como falamos: descascar o feijão e debulhar o milho.

— Descascar feijão, debulhar milho. Entendi.

Ele sorri para mim.

— Ainda vamos fazer de você a esposa de um fazendeiro.

— Não se Tyler chegar ao altar antes de mim — retruco.

As sobrancelhas dele saltam, e Jonas solta uma risada.

— Vocês pareciam muito à vontade no bar.

— Ela é uma garota legal — responde ele, dando de ombros.

Eu sorrio e vasculho os campos escuros novamente. Quando volto a encará-lo, estou séria mais uma vez.

— Você pode esconder as chaves do carro dele, só por precaução?

— Vou dormir com elas debaixo do travesseiro — responde ele.

— Não estou brincando.

— Nem eu.

Jonas manda Bailey e eu irmos para casa com nossa família, dizendo que vai fazer a limpeza na manhã do dia seguinte, já que não é possível começar a "debulhar o milho" muito cedo — é preciso esperar a tarde, quando o sol está forte e o orvalho evaporou; os níveis de umidade precisam estar perfeitamente corretos, ou a colheita pode ser arruinada.

Tranco o Bambi e dou uma última olhada em volta, à procura de Anders, mas pelo jeito ele não quer ser encontrado.

Quando estou prestes a cair no sono, uma mensagem me desperta de repente.

Desculpa, eu precisava de um pouco de ar fresco e acabei saindo para conversar com minha mãe.

Ar fresco? Estávamos sentados ao ar livre!, digito de volta, com um sorriso, extremamente aliviada por ele ter respondido.

Irônico, né?

Espero que você esteja bem. Quando ele não responde, acrescento: *Jonas disse que você vai ajudar na colheita amanhã. Posso aparecer para aquele passeio de trator com você?!*

Espero a resposta durante bastante tempo.

Ok.

Eu me pergunto se voltar a dormir vai ser fácil.

Capítulo Trinta e Oito

Coloco o outro vestido que comprei em Bloomington: o azul, com estampa floral amarela e branca e abotoamento frontal. É um dia gloriosamente quente, então é o clima certo para estreá-lo.

Também é um dia perfeito para "debulhar milho". Depois de passar quase três meses observando os talos mudarem de verde para dourado, estou animada para descobrir como acontece uma colheita. Nem dá para acreditar que vou ficar sentada ao lado de Anders por horas a fio, no espaço confinado de um trator. Mal posso esperar.

Estou levando alguns lanches, água e um suéter na mochila, para o caso de ficar frio mais tarde. Quando Jonas faz a colheita dos campos, às vezes trabalha até tarde da noite, e estou mesmo comprometida.

E quero dizer em todos os sentidos.

Sinceramente, fico ansiosa com a possibilidade de me arriscar e ser rejeitada hoje. Se Jonas não tivesse falado tão abertamente, de um jeito tão apaixonado, não tenho certeza se teria coragem de lutar. Anders está certo, sou insegura. Mas é hora de me comportar como uma mulher adulta.

Encontro Anders com a mãe e o irmão, no primeiro grande galpão. Os três se viram ao mesmo tempo quando me aproximo. É muito constrangedor.

— Meu Deus, você parece uma pintura! — elogia Peggy, radiante.

Acho que devo ter corado da cabeça aos pés. Nem sequer consigo encarar *Jonas*, quanto mais Anders.

— Você está pronta? — pergunta Anders.

— Uhum.

Eu dou uma olhada rápida e vejo que ele está sorrindo, mas em seguida desvio o olhar novamente.

— Tem um piquenique na geladeira, embaixo do seu assento — avisa Peggy.

— Uau, obrigada. Mas espera um pouco, você tem uma geladeira no trator?

— Não vamos no trator, vamos na colheitadeira. Achei que poderia ser mais divertido — explica Anders.

Jonas dá um soco no braço do irmão, sorrindo.

Enquanto Anders se vira, encontro o olhar de Jonas. Imaginei que ele estaria achando a situação toda divertida, mas sua expressão agora é séria.

Eu aceno para ele, que corresponde ao gesto, depois nós seguimos Anders até o galpão.

A colheitadeira é gigantesca, verde-folha com calotas amarelas brilhantes sobre rodas que são mais altas que eu. O cabeçote para milho foi anexado à frente — uma ampla engenhoca verde, forrada com o que parece ser uma fileira de foguetes também verdes.

Anders sobe os degraus largos de uma escada até a porta, a escancara, entra e se volta na minha direção.

— Cuidado — avisa ele, apoiando-me pelo antebraço enquanto subo devagar, depois fecha a porta e se ajeita no assento do motorista.

Eu me sento, a pele queimando com o toque.

Há janelas enormes e nos quatro lados da cabine... é como se fosse uma caixa de vidro sobre rodas.

Uma vez, no início da carreira, cometi o erro de projetar janelas de parede a parede e do chão ao teto em um apartamento-estúdio voltado para o sul, em Londres. Algum tempo depois, esbarrei nos proprietários, que reclamaram que era como viver em uma estufa.

Mas, quando a colheitadeira ganha vida, o ar-condicionado entra em ação. Ufa.

Peggy e Jonas saem do caminho, e Anders se vira para olhar pelo enorme vidro traseiro, segurando a parte de trás do meu assento como apoio ao dar marcha a ré na gigante máquina e sair do galpão.

Não posso deixar de estudar sua expressão concentrada. Anders está vestindo uma camiseta verde-musgo que realça a cor dos seus olhos, e a torção do tronco esticou a gola, revelando a pele lisa e queimada de sol e o contorno da clavícula. Dá para sentir o calor do seu braço nos meus ombros. Meus olhos viajam ao longo dos músculos definidos. Nem tento me impedir de admirá-lo, porque estou colocando meu coração em jogo hoje. Tenho tudo e nada a perder… e pretendo dar tudo de mim.

Anders encontra meus olhos por um instante, então segue em frente.

— No que você está pensando? — murmura ele.

— Eu conto quando não tivermos companhia — respondo.

Ele desvia o olhar para mais além, para a mãe e o irmão.

— Vou levá-la para o campo mais distante que eu encontrar.

Ao som do seu sussurro, sinto um frio na barriga.

Seguimos ao longo da trilha de terra e viramos à direita na estrada banhada pelo sol, com o céu azul e nebuloso se estendendo acima e os campos dourados ao redor. Depois de um tempo, Anders sai para a beira do gramado, então estamos diante de hectares e mais hectares de milho seco balançando na brisa, como ondas no oceano.

Ele aperta alguns botões em um mostrador digital e avançamos devagar pelo milharal, os dentes verdes do foguete atacando as hastes. Ele se vira para olhar pela janela traseira, então faço o mesmo e, para minha surpresa, grãos de milho, totalmente descascados e sem palha, estão sendo despejados na colheitadeira.

— Vai me contar no que estava pensando?

— Estou criando coragem.

Ele levanta uma sobrancelha e volta a olhar para a frente, concentrando-se no visor digital.

— Bom, do jeito que a colheita está indo, só temos uns doze minutos até o Jonas aparecer com a graneleira.

— *Doze minutos?* Tão rápido?

— É.

— O que é uma graneleira?

— É uma carreta rebocada pelo trator. Vou descarregar este lote, e Jonas vai levá-lo para a fazenda para esvaziar no silo de grãos.

A cabine não fica tão barulhenta quanto imaginei, há apenas um zumbido baixo de motor ao nos movermos em um ritmo lento, colhendo pés de milho e deixando para trás um campo achatado de palha estaladiça e desfiada.

— Isso é meio viciante — confesso, espiando por cima do ombro.

— Aposto que você não se sentiria assim se estivesse aqui às duas da manhã — brinca ele.

— Vocês colhem todo esse tempo?

— Quando as condições são adequadas, podemos continuar a noite toda. Mas é óbvio que você pode voltar para casa quando quiser.

— Sem chance. Se você fica, eu fico. Não tem que trabalhar amanhã?

— Posso chegar mais tarde.

Eu me viro para ele e inclino o ombro contra as costas do banco, cruzando as pernas. Anders olha para meus joelhos, os tênis brancos, então gira para olhar para trás outra vez.

— Às vezes acho que passo mais tempo olhando para trás do que para a frente — comenta ele.

— Em mais de um sentido?

Ele encontra meu olhar. Leva um momento para responder.

— Acho que sim.

Eu me sinto tão inquieta ao olhar para ele. Tenho tanto a dizer, mas nenhuma ideia de por onde começar. Ainda bem que vamos ficar aqui o dia todo.

— Você já criou coragem? — pergunta ele.

Balanço a cabeça.

Ele estreita os olhos para mim, intrigado.

— Qual foi a reação dos seus pais ontem à noite? — pergunto.

Ele sorri e olha para a frente de novo.

— Boa. Fiquei acordado até tarde, conversando com minha mãe e o Jonas. Tivemos outra longa conversa hoje de manhã, dessa vez com meu pai também.

— Sobre?

— Meus pais vão se aposentar.

Solto uma exclamação de alegria, e ele sorri.

— Os dois concordaram que é hora de passar as rédeas para o Jonas. Meu pai disse que estava orgulhoso dele, que gostaria de ter coragem de tentar algo diferente.

— Uau. Que incrível.

— Até minha mãe ficou surpresa. — Anders olha para a frente por um tempo, então suspira baixinho. — Ontem à noite, ela disse uma coisa que não sabíamos: meu pai sofreu de depressão durante toda a vida. Disse que, antes de nascermos, houve um momento em que ficou seriamente preocupada com ele. Quando viu Jonas se isolando e bebendo demais, e depois se deu conta de que ele estava arrumando a cabana, entrou em pânico porque eram as mesmas coisas que meu pai fazia. Felizmente, ela tinha uma amiga terapeuta na época, que entendia um pouco sobre o assunto. Disse que não sabe o que teria feito sem ela. — Anders solta um suspiro pesado, e estendo a mão para apertar seu joelho. Ele olha para minha mão por um momento, então continua: — Meu pai levou um fardo muito pesado nos ombros durante todos esses anos. Queria proteger minha mãe, Jonas e eu, mas nunca conseguiu fazer isso do jeito certo. Ouvir tudo isso da nossa mãe lançou uma luz diferente sobre as coisas. Jonas e eu sentimos muito por ele.

Eu afasto a mão quando ele pega um rádio PX preso a um cabo espiral preto e o leva aos lábios.

— Você pode vir agora?

— *Estou indo* — responde Jonas, com a voz falhando.

— Estamos quase lotados — avisa Anders.

— Já?

— Já.

— O que você achou da Tyler? — pergunta Anders, deixando a escuridão do passado dos pais para trás.

— Achei muito legal. O Jonas pareceu gostar dela.

— Ele pegou o número de telefone.

— Sério? Ótimo! Eu estava meio que esperando que a Heather aparecesse e roubasse a cena.

— Ela tentou comprar um ingresso, só para ela, mas o Jonas disse que achava melhor ela não ir.

— Não pode ser! Sério?

Ele assente.

— Isso aí!

Eu dou um soco no ar, e ele ri.

— Acho que o Jonas não vai mais enveredar por esse caminho.

— Espero que não.

Em pouco tempo, Jonas chega com a graneleira, emparelhando com a gente enquanto um grande braço se estende da colheitadeira e descarrega o milho na carreta. Ele se alinha perfeitamente, e Anders não desacelera. Os dois até fazem uma curva no fim do campo, sem derramar nenhum grão.

— Foi tão tranquilo — comento, chocada, quando Jonas dirige de volta para a fazenda.

— Você vai me dizer o que está pensando? Temos doze minutos — diz ele, com um sorriso brincalhão que de repente se transforma em um semblante de preocupação. — Tem alguma coisa errada — comenta ele, ao estudar o mostrador digital. Reduzimos a velocidade até parar, e ele desliga o motor. — Desculpa.

Anders se espreme para passar por mim, e suas pernas batem nos meus joelhos quando ele abre a porta e desce a escada com a facilidade de quem fez isso a vida toda.

Eu me inclino para fora da porta e observo, preocupada, ele abrir um painel empoeirado na lateral da colheitadeira.

— Cuidado para não cair — grita ele para mim.

— Estou segurando firme — respondo, apreciando o fato de que, mesmo prestando atenção em outra coisa, ele se importe o suficiente comigo para continuar cuidando de mim. — Identificou o problema?

— A correia de transmissão do tambor de debulha quebrou — responde ele, distraidamente, subindo de volta para a cabine e pegando o rádio PX para informar Jonas.

— *Ok, aguenta aí* — responde Jonas, resignado. — *Vou verificar se tenho um extra quando terminar de despejar esta carga, mas acho que vou precisar encomendar um. Pode levar algumas horas. Você quer que eu peça para nossa mãe pegar vocês no Gator?*

Anders me encara, silenciosamente pedindo uma resposta. Balanço a cabeça.

— Não, estamos bem aqui — diz ele no receptor, os olhos ainda nos meus.

— *Ótimo* — responde Jonas, e então fica em silêncio.

Anders franze a testa para o rádio PX e o encaixa na base.

— Ótimo? — murmura ele, e então dá de ombros e volta a olhar para mim. — Piquenique no rio?

Sinto o estômago revirar de nervoso.

Desço da colheitadeira e me ponho sob o calor do sol, esperando que Anders pegue a comida e algumas latas de refrigerante na geladeira. Ele me joga uma toalha de piquenique, que eu coloco sobre os ombros.

O rio fica no sopé da colina, ladeado por árvores frondosas que estão começando a mudar de cor. Em algumas semanas, vão estar tomadas de vermelhos, laranjas e amarelos; eu gostaria de estar aqui para ver.

Percorremos o trecho do campo que já foi colhido, levantando palha e um ou outro pedaço de espiga seca e amarela, que escapou da colheitadeira.

Quando chegamos ao rio, Anders estende o cobertor à sombra de uma árvore e acena com a mão para que eu me sente. Ele se junta a mim assim que me acomodo, me passa uma lata e abre outra para si mesmo. Depois de tomar um gole, tira alguns sanduíches de um saco.

— Temos de frango e de presunto e queijo. Pode escolher.

— Você primeiro. Não estou com muita fome.

— Não?

— Estou nervosa demais para comer.

Anders para o que está fazendo e me encara.

— Por que você está nervosa? — pergunta ele e, quando vê minhas mãos trêmulas, insiste: — *Wren?*

— Desculpa. Estou meio que uma bagunça.

— Por quê?

— Porque tenho algo para dizer, e estou com medo.

— Pode falar — incentiva ele, gentilmente.

Inspiro fundo e me forço a encará-lo.

— Quando deixei você no seu apartamento, foi porque pensei que estaria magoando você e os pais da Laurie se ficasse. Dava para ver como você se sentia dividido e culpado. Kelly e Brian iriam odiar que você deixasse a Laurie, mas acho que, com o tempo, eles talvez entendam.

Ele balança a cabeça, inflexível, e olha para o rio.

Como vou vencer sua resistência?

— Sei que não quer machucar os pais da Laurie, mas você não se casou com eles, Anders. Não fez promessas para eles. A filha deles se foi, e é uma tragédia, mas você não pode desistir da sua própria vida para deixá-los felizes. Porque você *nunca* vai deixá-los felizes, não importa o que faça. Os dois vão viver no luto pelo resto da vida, *não importa o que aconteça*. E isso não é sua culpa. Nem é sua responsabilidade. Nada do que você fizer vai aliviar a dor deles. Você sabe disso, não é? Anders?

Eu espero até que ele se volte para mim. Está com os olhos úmidos e aquelas duas malditas rugas entre as sobrancelhas. Eu me aproximo, ajoelhando bem na sua frente, e sinto meus batimentos cardíacos ecoando através do corpo.

— Você ainda pode amar a Laurie na saúde e na doença pelo resto da sua vida — digo, e é verdade. — Mas ame a memória dela — imploro, com um nó se formando na garganta.

Passei a manhã pesquisando sobre pessoas em estado vegetativo, então agora entendo um pouco mais sobre a condição de Laurie.

— O corpo dela não sente nada. Nem dor, nem sofrimento. Não há nada que você possa fazer para ajudá-la ou prejudicá-la.

Sinto como se estivesse girando, uma pipa capturada em um tornado. Acho que ele percebe como estou perdida porque, de repente, pega minha mão. Minha pele vibra sob o toque, e o contato me ancora o suficiente para continuar:

— Não quero me afastar de você — sussurro, com lágrimas inundando meus olhos. — A Laurie se foi, mas eu estou aqui, e estou pedindo para você se permitir me amar.

Lágrimas escorrem pelo meu rosto e, quando me dou conta, Anders as está secando com a ponta dos dedos ásperos.

— Eu *já* te amo, Wren — confessa ele, em uma voz baixa e insistente, segurando meu rosto com ambas as mãos. — Passei muito tempo tentando muito, de verdade, *não* me apaixonar por você. Mas é impossível.

Meu estômago parecia um nó bem amarrado, mas agora começa a dar cambalhotas e descer uma escada imaginária.

Ele não terminou.

— Mas eu não posso deixar a Laurie. Não vou me divorciar dela.

As palavras são como balas perfurando meu peito. Lembro a mim mesma que era o que eu já esperava.

Faço que sim com a cabeça.

— Não estou pedindo que você faça isso. Mas, por favor… apenas se permita imaginar como poderia ser. Nós dois. Se eu voltasse para os Estados Unidos depois do casamento dos meus amigos e aceitasse o emprego com o Dean. Se eu fosse a pessoa à sua espera em casa. Não que eu tenha intenção de morar com você — murmuro. — Pelo menos, não imediatamente. — Cubro o rosto com a mão. — Isso é muito constrangedor.

Sei que estou pedindo muito. Ele está aprisionado dentro da própria existência por tanto tempo que não acho que consiga conceber como seria, caso não tivesse de viver assim.

Seus dedos circundam meu pulso, e ele gentilmente afasta minha mão do rosto.

— Eu *imaginei* essa vida — admite ele, com os olhos brilhantes. — Eu gostaria... *tanto*... que as coisas fossem diferentes.

Uma ideia me ocorre, uma última tentativa.

— Me dê o dia de hoje — peço. — Seja livre, apenas por um dia. Você já deu anos a Laurie e aos pais dela. Estou pedindo um dia. Estou pedindo, não, estou *implorando*, não pense neles só por hoje. Deixe a culpa e as responsabilidades de lado por um único dia e fique aqui, comigo, *por inteiro*. Vou voltar para a Inglaterra no sábado. Você nunca mais vai precisar me ver depois disso, se não quiser. Mas, por favor, Anders, me permita o hoje. Você me deve isso.

Eu me detesto por recorrer à chantagem emocional. Ele não me deve nada, mas fazê-lo sentir que também tem algum tipo de dever para *comigo* talvez seja o único modo de persuadi-lo.

É para o bem dele, lembro a mim mesma quando as palavras de Jonas retornam para me assombrar. *Ele está se afogando, Wren.*

Anders me estuda, com o maxilar cerrado, e a esperança começa a tomar meu coração, porque é evidente que ele está cogitando a possibilidade.

Eu o pressionei tanto, o que não é do meu feitio. Mas não quero partir com a consciência de que poderia ter lutado mais. Prefiro viver com a vergonha que com o arrependimento.

— Hoje — repito. — Só você e eu. Aqui e agora. Sem culpa, sem remorso. Apenas franqueza e honestidade entre nós. Por favor.

Anders ainda está olhando para mim e, por impulso, estendo a mão e roço o polegar sobre os vincos entre suas sobrancelhas.

— O que você está fazendo? — pergunta ele, com uma meia risada, levemente bem-humorado, apesar da situação.

— Eu quero de verdade fazer essas suas rugas de preocupação desaparecerem.

Ele pega minha mão e pressiona os lábios em meu pulso; meu estômago se contrai, minha respiração fica ofegante e meus olhos se arregalam de uma só vez.

— Hoje — sussurra ele, incisivo.

Meu coração acelera.

— Hoje.

Capítulo Trinta e Nove

— O que você pensou na primeira vez que me viu?

Estamos deitados de costas, com as mãos entrelaçadas entre nós, observando as árvores. O canto dos pássaros e o gorgolejar da água sobre rochas no rio próximo enchem o ar.

Todo o meu corpo formiga e o sangue fervilha nas minhas veias, mas meu coração ainda não se recuperou da última meia hora. Não tenho certeza de quando vou superar tudo, talvez nunca, mas já coloquei meu desconforto em uma caixinha, com a culpa de Anders. Vou lidar com isso mais tarde. Assim como ele. Mas vai ser muito pior para ele, lógico.

— Eu pensei... *Quem é esta gostosa emo gótica dançando ao som de Stevie Nicks no bar?*

Eu viro a cabeça para ele e solto uma risada.

— Não!

— Sim — insiste ele, sorrindo. — Bom, com exceção da parte do "emo gótica".

Eu rolo para o lado, sem largar sua mão.

Não acredito que estou segurando a mão de Anders...

— É, mas e aí? O que você achou de mim? — pergunta ele.

— Eu te vi de canto de olho quando você entrou no bar. Percebi que havia algo de diferente. Você e o Jonas se destacavam, e fiquei tentando dar uma olhada mais atenta no rosto de vocês. Até que vi o do Jonas quando estavam na mesa de bilhar, mas você continuava misterioso. Mas aí você foi dar uma tacada e nossos olhares se encontraram, e senti como se o mundo inteiro tivesse parado.

Ele sorri para mim, e eu enrubesço.

— Desculpa, isso foi meio demais.

Tão exagerado quanto o conteúdo da colheitadeira.

Ele se vira de lado e solta minha mão para apoiar a própria cabeça.

— Depois nos conhecemos, e você me achou um babaca — provoca ele, estendendo a mão para colocar uma mecha do meu cabelo atrás da orelha.

Sinto a pele vibrar ao toque dos seus dedos.

— Você *foi* um pouco babaca — concordo, rindo. — Mas eu me comportei como uma bêbada implicante, então acho que estamos quites.

— Você estava muito bêbada — admite ele, com um sorriso. — Mas gostei de você.

Estamos em algum tipo de universo paralelo neste momento. Ele passou o verão inteiro me evitando, e agora posso finalmente me perder nos olhos verdes sem medo. A emoção é indescritível. Nunca vou me acostumar com isso. Nem todo o tempo do mundo vai ser o bastante. Eu gostaria de pedir para Jonas nunca aparecer com aquela peça de reposição para a colheitadeira.

Uma onda de pânico me lembra que *não* temos todo o tempo do mundo. Ou, pelo menos, não vamos ter se eu *não* conseguir convencê-lo de uma vez por todas.

— Mas não consigo identificar quando me apaixonei por você — digo.

Seus olhos suavizam.

— *Eu* sei quando percebi que era um caso perdido.

— Acho que percebi pela sua expressão — admito.

Anders levanta uma sobrancelha para mim, curioso.

— Foi no Rathskeller?

— Não, foi na pista de boliche. Quando você fez um strike. Estava tão feliz, daí olhou para mim…

Seu sorriso desaparece, e eu sinto uma pontada de pesar.

— Mas você estremeceu e desviou o olhar, como se sentisse dor.

Ele assente.

— Doía amar você.

Estendo a mão e aliso aqueles vincos.

— Hoje, não. Não deixe que esse sentimento te machuque hoje — murmuro.

Nós nos entreolhamos por um longo momento, então Anders enlaça minha cintura com a mão e me puxa para si devagar. O espaço entre nós diminui para meros centímetros e tudo parece ficar muito quieto... *eu* fico muito quieta; até meu coração congela no peito por um instante.

Seu olhar se prende na minha boca e todos os meus sentidos se aguçam, o ar ao nosso redor começa a crepitar. Quando seus lábios enfim encontram os meus, sinto uma corrente elétrica da cabeça aos pés.

O mundo volta a acelerar, e eu me perco em sensações. Arrepios ondulam pelo meu corpo enquanto ele me puxa de encontro aos quadris. O beijo se intensifica e se aprofunda, nossas línguas engatadas em duelo, e meu coração bate, em frenesi, e toda a razão se esvai da minha mente.

Então ele me coloca no colo e se senta, as mãos deslizando ao longo da parte de trás das minhas pernas nuas para ajeitar meus joelhos ao lado dos seus quadris. Meus dedos apalpam seus ombros largos, e eu me inclino para pressionar os lábios na cavidade na base do seu pescoço. Anders se retrai quando meus dentes roçam sua pele, prendendo-me no lugar. O atrito entre nós é insuportável. Eu o quero como nunca quis nada nem ninguém, e posso senti-lo... Não há como negar que ele também me deseja.

Os beijos se tornam famintos e desesperados, e ele me agarra com força, deixando escapar um rosnado baixo que vibra através do meu corpo. É a coisa mais sexy que já ouvi. Mas então ele desliza a boca para longe e arfa contra meu pescoço. Meus arrepios estão fora de controle.

— Wren. Estou perdendo o controle.

— Eu também. Por favor. Preciso de você.

Não sei se deu para entender o que falei, mas de repente nós dois estamos em êxtase. Meus dedos encontram seus quadris, o cinto. As mãos de Anders se enfiam sob a bainha do meu vestido, acariciando minha pele até a parte de cima das coxas. Ele não me impede quando abro seu cinto, nem eu o interrompo quando ele afasta o tecido fino que nos separa. Eu me levanto depressa para me livrar daquela barreira, então estou afundando devagar, e, ah, é avassalador.

Meus quadris vão ganhar hematomas nos pontos onde seus dedos estão cravados em mim, e vou querer tatuá-los para me lembrar deste momento para sempre.

Não que seja possível esquecer.

Começamos a nos mover em sincronia, e a sensação é tão profunda, tão intensa. Os vaga-lumes no meu estômago se multiplicaram e me sinto tão cheia de luz e amor que acho que vou explodir. Não consigo imaginar como é para ele… depois de quatro anos e meio.

— Não precisa me esperar — digo contra seus lábios.

— Goza comigo — responde ele.

E sinto o calor se espalhar pelo corpo, acompanhado de intensas ondas de prazer. Quando eu me desfaço, Anders me mantém imóvel, sem tirar os olhos dos meus, então mergulha comigo.

Tenho certeza de que, assim que Jonas nos vê, adivinha o que aconteceu. Demora muito tempo até tirar aquele sorriso do rosto, o que só acontece quando ele e Anders estão em pleno modo de concentração mecânica, tirando a peça quebrada e substituindo-a por uma nova correia de transmissão. Olhando daqui, parece complicado.

Quando voltamos à colheita, já é início de noite. Os raios baixos do sol banham os campos com uma luz linda, tornando-os ainda mais dourados.

Anders estende o braço e entrelaça a mão na minha, e quando o sol se põe e as estrelas aparecem e Jonas vem e vai, esvaziando a colheitadeira na graneleira, me apaixono ainda mais perdidamente.

Falamos de tudo e de nada, ouvimos música e ficamos ali sentados, em um silêncio confortável. E *quero* desesperadamente esta vida. Uma vida com ele. A ideia de que Anders pode não querer o mesmo me apavora. Mas eu continuo sufocando esses momentos de pavor, vivendo o momento, como pedi a ele que fizesse.

Quando, às três horas da madrugada, Jonas nos avisa que finalmente está encerrando a noite, Anders volta para a fazenda e estaciona a colheitadeira no galpão.

— Vou te dar uma carona de volta no Gator — diz ele.

— E a moto? — retruco, com um sorriso.

— É barulhenta demais. Vai acordar seu pai e sua madrasta.

— É por isso que você a empurrou para casa daquela vez?

Ele assente.

— Ah. — Eu tinha mesmo imaginado. — Na verdade, podemos ir andando?

— O que você quiser.

Seguimos devagar, de braços dados, e, quando chegamos a Wetherill, ele me beija profundamente e sem pressa sob as estrelas, na soleira da porta.

— Não quero que esta noite acabe — sussurro contra seus lábios.

Ele olha além de mim, para o balanço, e inclina a cabeça.

Meu coração se eleva.

Ficamos sentados ali, abraçados, até o céu começar a clarear e as estrelas a desaparecerem.

— Você vem e fica em Indy comigo na sexta à noite? — pergunta ele, acariciando meu cabelo. — Levo você para o aeroporto no sábado de manhã.

— Eu adoraria.

Sinto uma onda de calor e alegria me invadir ao me dar conta do que aquilo significa: não é o fim, mas o começo. A felicidade e a esperança no futuro me invadem.

Enquanto ele se afasta, sua silhueta contra um céu inundado de rosas e púrpuras, fico parada nos degraus, observando. Como previa, ele olha para trás e acena para mim, e só depois desaparece de vista.

Quando deito na cama e caio em um sono profundo e sem sonhos, ainda tenho um sorriso nos lábios.

No dia seguinte, acordo com uma mensagem que Anders deve ter enviado no caminho para casa.

Até sexta, bjos

Mal posso esperar. Já sinto sua falta, respondo.

Ele não responde.

Dou um dia antes de perguntar: *Você está bem?*

Nenhuma resposta.

Tento ligar.

Ele não atende.

Fico com medo, muito medo. Medo de que ele tenha voltado àquela vida, à vida que o estava afogando, com medo de que os pais de Laurie o estejam puxando de volta para baixo, com medo de que esteja sozinho, sem ninguém para lutar por ele. Sinto como se estivesse na água, tentando escalar uma margem escorregadia, sem conseguir avançar. Não estou mais em terra firme.

Continuo ligando enquanto arrumo minhas coisas. Enquanto Bailey, Casey e Jonas vêm para um jantar de despedida, na noite de quinta-feira, e Jonas admite que também não teve notícias do irmão.

Então entro em pânico, sem saber o que fazer, mas lembro que vou vê-lo no dia seguinte. Espero que ele me diga que apenas precisava de alguns dias para desanuviar a cabeça.

Mas então chega uma mensagem.

Que horas você vem?

Cinco, se estiver tudo bem.

Sim, vou voltar mais cedo do trabalho.

Você está bem? Por onde andou? Fiquei preocupada.

Mais duas horas se passam antes que ele responda:

Vejo você amanhã.

Meu pai me dá uma carona até Indianápolis e não para de conversar comigo durante todo o caminho, mas não consigo escapar da sensação horrível de que há algo errado. Não consegui nem dizer tchau para Sheryl e agradecer por tudo o que fez por mim sem me sentir nauseada. Ela me fez prometer voltar em breve, e garanti que tentaria, mas muita coisa depende do que acontecer quando eu encontrar Anders.

Será que ele me convidou para seu apartamento só para que dizer na minha cara que acabou?

Assim que o pensamento me ocorre, sinto que vai ser isso mesmo.

Quando meu pai estaciona em frente aos lofts da antiga fábrica de seda, meu coração está disparado. Eu me forço a não pensar muito enquanto ele tira minha bagagem do porta-malas.

— Eu assumo daqui, pai — digo, com um sorriso radiante, tentando me controlar e fingir que está tudo bem.

E, embora tenhamos feito progressos reais neste verão, ele ainda não me conhece bem o suficiente para notar quando estou fingindo.

Meu pai me aninha nos braços e lágrimas brotam nos meus olhos.

— Eu te amo — digo no seu ouvido.

— Eu também te amo, passarinho. Voe de volta pra gente assim que puder.

Quando o carro do meu pai sai do estacionamento, pego o celular e ligo para Anders.

Ele não atende.

Mando uma mensagem. *Estou na frente do seu prédio.*

Vou abrir para você.

Não. Atende o telefone.

Eu ligo para ele de novo. Desta vez, Anders atende.

— Wren? — diz ele, confuso.

— Acabou? Você e eu. Está acabado?

— Wren, entra — responde ele, baixinho.

— Não, Anders. Me diz agora. Eu quero saber se acabou.

— Por favor, entra.

— Você não pode, né? Não pode ficar comigo ainda casado com ela. E não vai deixá-la, não vai se divorciar da Laurie, não vai causar sofrimento aos seus sogros, mesmo que essa vida esteja destruindo você.

Há silêncio do outro lado da linha.

Eu o ouço tomar fôlego, e sei que o perdi.

— Não posso. Por favor, entra para a gente conversar.

— Não — respondo, melancólica. — Não. Não há mais nada a dizer.

Termino a ligação e arrasto a mala para a rua, olhando de um lado para o outro em busca de um táxi. O instinto entrou em ação e sei exatamente o que preciso fazer. Vou direto para o aeroporto, ver se consigo adiantar o voo. Se não conseguir, vou ficar no terminal até o dia seguinte.

Mas não quero ver a cara de Anders, nem mais uma vez, nunca, jamais.

Um táxi para e o motorista baixa o vidro.

— Aeroporto, por favor.

Ele sai do carro, coloca minha bagagem no porta-malas. Eu me acomodo no banco de trás e afivelo o cinto.

Olho para o apartamento de Anders, imaginando se ele está a caminho, me perguntando se mudou de ideia e vai tentar me impedir.

A quem estou enganando? Sei que ele não vai. E, no momento, nem mesmo quero que o faça.

Acabou.

O táxi se afasta do meio-fio.

Capítulo Quarenta

É o dia do casamento de Sabrina e Lance. Passei a última semana no piloto automático, fazendo o que tinha de fazer sem sentir nada. Não consigo nem chorar.

Ontem, fui almoçar com minha mãe. Ela entendeu que havia algo estranho, mas tudo o que consegui dizer foi que eu havia me apaixonado pelo homem errado. Prometi explicar mais em algum momento, mas nem eu entendo ainda. Devo estar em choque.

Minha mãe queria saber quem me acompanharia ao casamento, e eu disse que ninguém. Perguntou se Scott iria levar Nadine, e respondi que presumia que sim, mas que não tinha falado com ele e não queria incomodar Sabrina com perguntas. Não consigo nem encontrar forças para me importar.

Também não me importo com minha aparência, mas faço um esforço pela noiva e pelo noivo, porque ninguém quer ver um fantasma desbotado no próprio casamento.

O preto me atrai, mas opto pela renda azul-marinho. Meu vestido é sem mangas, termina um pouco acima dos joelhos e marca minhas curvas. Coloquei um sapato de salto alto também marinho e deixei o cabelo solto. O comprimento está quase nos ombros agora, e os fios um pouco mais claros pelo sol.

Eu me sento sozinha na igreja, no lado dos convidados de Sabrina. Scott está duas fileiras à frente, no lado de Lance. Nadine não está com ele, e não sei nem me importo com o que isso significa. Estou entorpecida.

A única vez que vacilo é quando Sabrina e Lance dizem seus votos no altar. Minha amiga está deslumbrante, com o cabelo escuro trançado em uma coroa. Está usando um vestido branco longo e justo, e Lance está lindo em um terno cinza-chumbo.

Estou vivendo o momento com eles, mas não consigo ouvir *Na saúde e na doença, até que a morte os separe* sem pensar em Anders.

Anders ficou de pé no altar e ouviu um vigário dizer aquelas palavras para ele e sua noiva, exigindo uma promessa, um compromisso de vida.

E consigo até ver sua expressão quando disse "Aceito". Ele deve ter olhado para Laurie derretido de amor, e aposto que nem mesmo sorriu. Aposto que foi sincero em cada palavra, que entendia a profundidade do momento. E talvez ela tenha sorrido enquanto o noivo pronunciava as palavras, talvez o juramento tenha deixado seus olhos marejados.

Mas tanto faz. Não me importo. Meu coração está frio como aço.

Nem sei se ele tentou me ligar, porque bloqueei seu número a caminho do aeroporto, em seguida desliguei o celular como precaução. Talvez daqui a algum tempo me permita pensar naquele dia na fazenda, quando os hematomas desaparecerem… e não me refiro aos da pele.

Mas agora quero apagar da memória tudo que tenha a ver com Anders.

Depois do jantar, Scott se aproxima para conversar comigo, quando já tomei alguns drinques e relaxei o bastante para bater papo com os amigos de faculdade de Sabrina. É um grupo adorável, e estou me divertindo. Estaria mesmo feliz se não fosse por aquele babaca em Indianápolis.

Ai, meu Deus, ele não é um babaca. Não foi o que eu quis dizer. Pedi um dia; ele me deu um dia. Nunca me deu menos do que prometeu.

Esses pensamentos são perigosos, então tento cortá-los pela raiz.

— Oi — diz Scott, com a mão no meu ombro.

Olho para ele, para seu rosto sincero e sorridente, e penso: *Que homem adorável e descomplicado.*

— Oi — cumprimento, a voz mais suave quando me levanto para lhe dar um abraço.

Seu abraço é familiar e estranho ao mesmo tempo.

A garota que estava sentada ao meu lado se dirige ao bar com a amiga, então Scott se senta.

— Como você está? — pergunta ele, os olhos castanhos procurando os meus.

— Bem, e você?

— Estou bem — responde ele, assentindo.

— Você cortou o cabelo, né?

Os cachos castanho-escuros dele estão mais curtos que antes. Quase não enrolam.

Eu cortava o cabelo dele de vez em quando. Eu me lembro de, em certa ocasião, ter descrito a cor dos fios como a turfa rica e escura, comentário que ele respondeu com "Você está me chamando de monstro do pântano?"

Tenho que confessar, eu o preferia mais comprido.

— Precisei arranjar outro cabeleireiro — responde ele, com uma meia risada constrangida.

— Ah. Bem feito.

Nem sei como encontro forças para provocá-lo.

— Você está bonita — elogia Scott.

Dou de ombros.

— Este trapo velho? Você também.

Ele veste terno azul-marinho com camisa branca, desabotoada no colarinho. Estava usando uma gravata antes; azul-marinho também. Involuntariamente, nós combinamos.

— Você veio com alguém? — pergunta ele.

— Não.

Não pergunto se ele está acompanhado. Posso ver que não.

— Como foi nos Estados Unidos?

— Bem.

— Você terminou o Airstream?

— Terminei.

— Eu estava esperando que você talvez me enviasse mais algumas fotos.

— Desculpa, era minha intenção. — De verdade. — Quer ver algumas agora?

— Adoraria.

Pego meu telefone.

Não sei como acontece, mas, duas horas depois, estamos rindo e conversando como velhos amigos. Para minha surpresa, estou até meio que me divertindo. Ainda não sei se ele está com Nadine ou se os dois se separaram, mas não importa. Eu não o amo mais, ele não me ama mais, e me sinto tranquila com sua decisão de terminar nosso noivado. Quero que Scott seja feliz, e espero um dia também encontrar a felicidade com a pessoa certa.

— Cadê a Nadine hoje à noite? — pergunto, para me distrair da lembrança de Anders.

A curiosidade finalmente levou a melhor sobre mim.

— Ela está com os pais, em Norfolk.

— Ah, certo. Está tudo indo bem, então?

Ele assente, e, admito, meu coração aperta um pouco. Afinal sou humana.

— Por que ela não veio?

— Achei que seria melhor se eu viesse sozinho.

— Não por minha causa, espero — digo bruscamente.

Não quero sua piedade. É do que se trata, não?

— Não, na verdade não. Quer dizer, pensei que seria bom rever você, sem ela. Pelos velhos tempos. Estar aqui com Sabrina e Lance… Não sei — murmura ele, desconfortável.

É realmente muito decente da parte dele. Mas eu já sabia que Scott era um bom homem. Nadine tem sorte.

— Estou feliz por termos conseguido botar o papo em dia — comento.

Ele sorri para mim, encontra meu olhar por um longo momento, então seu sorriso desaparece.

— Sinto muito por tudo.

— Tudo bem, Scott. Sinceramente, está tudo bem. — Estendo a mão e toco seu antebraço. Seus olhos escuros brilham sob a iluminação fraca. — Você estava certo. Sobre mim, sobre tudo. Fiz um bom exame de consciência nos Estados Unidos e percebi que não dei o respeito que você merecia. *Desculpa.*

Eu o deixei surpreso. Ele se inclina para a frente e passa a mão sobre a boca.

— E também sinto muito se menosprezei você. Nunca foi minha intenção.

Ele se recupera, balançando a cabeça.

— Você não fez por querer. Mas não tem nada errado em saber o que se procura em um parceiro e lutar por isso. A vida é muito curta. É preciso ser honesto sobre o tipo de vida que se deseja, o tipo de pessoa com quem se gostaria de envelhecer. Contanto que seja gentil com as pessoas ao seu redor, e você é, a pessoa deve ser fiel a si mesma.

Eu estava errada. Ainda amo Scott, mesmo que de um modo diferente de como o amava antes. Uma pequena parte de mim sempre vai amá-lo.

— Obrigada — murmuro, estendendo a mão e enlaçando seu pescoço.

Descansamos a testa no ombro um do outro por um momento breve e terno, então nos afastamos.

— Vou para casa — digo, tentando conter as lágrimas.

— Você está bem? — pergunta ele, preocupado.

Assinto.

— Vou ficar. Não se preocupe, não é sobre você. Não faz essa cara de culpado, por favor. Não aguento.

Ele ri de mim, eu sorrio, depois pego minhas coisas e vou me despedir de Sabrina e Lance.

Minha mente parece um turbilhão no caminho para casa, e todos os sentimentos que reprimi durante a última semana ressurgem, ameaçando me consumir. Acolhi o entorpecimento, aquela gigantesca e horrível sensação de vazio. Estou genuinamente apavorada com a dor que posso sentir se assomando sobre mim agora. Acelero o passo, desesperada para chegar em casa antes que a sensação me engula.

Anders nunca prometeu mais do que me deu. Ele é um homem honrado.

E ainda estou esmagadora, devastadora e profundamente apaixonada por ele.

Eu devia ligar para ele. Devia dizer que o perdoo. Não que tenha sido sua culpa o que aconteceu. Eu o pressionei demais. Sim, eu estava fazendo o que achava que era melhor para ele, mas Anders vai se culpar por como tudo se desenrolou.

Como foi para ele retornar a Indianápolis depois do que fizemos? A culpa deve ter sido insuportável. Ele foi direto ver a Laurie? Confessou tudo aos sogros? Imagino a mãe de Laurie perdendo a paciência com Anders, manipulando-o por meio da vergonha. Ele deve ter se sentido tão consumido pelo autodesprezo e arrependimento.

Ah, Anders. Como foi que passou pela minha cabeça que um bom dia comigo poderia aliviar quatro anos e meio de opressão? *Lógico* que ele ia precisar de mais tempo. Eu deveria ter sido mais paciente.

Está acabado? Realmente acabou? Eu poderia voltar a ser sua amiga, pelo menos? Alguém para apoiá-lo e amá-lo, não importa o que aconteça?

Para ser sincera, não sei se consigo. Acho que não tenho forças. A constatação me faz desmoronar.

Preciso chegar em casa antes que perca o controle no meio da rua.

Eu me pergunto se ele está sofrendo tanto quanto eu. A ideia de que talvez esteja ainda mais magoado me apavora.

Capítulo Quarenta e Um

Uma semana antes

Anders

Estaciono na entrada da garagem de Kelly e Brian e fico sentado no carro um pouco, antes de estender o braço e desligar o motor. O peso no meu peito parece muito mais esmagador que o normal.

Não sei se consigo fazer isso.

O pensamento passa pela minha cabeça.

Mas eu disse que viria, então estou aqui.

Observo a frente da casa, a casa onde minha esposa cresceu, me perguntando como seus pais conseguem suportar.

As lembranças de Laurie estão impressas em cada centímetro do lugar. Ela me disse que às vezes, durante a infância, se sentia solitária, sem irmãos, mas seus pais a adoravam.

Quantas vezes ela se sentou naquela sala, ainda uma garotinha, montando um quebra-cabeça com a mãe ou obrigando o pai a assistir a um de seus shows de marionetes? Quantos lanches pós-escola foram preparados naquela cozinha, quantas brincadeiras de bola aconteceram naquele quintal?

Os pais de Laurie devem ter passado pelo seu quarto centenas de vezes quando ela era adolescente e a flagrado ao telefone com a melhor amiga, Katy, deitada de bruços na cama, com as pernas balançando no ar, a suas costas. Na verdade, ela provavelmente teria fechado a porta, mas os dois teriam ouvido sua voz, as risadas.

Eu me sinto tão triste por todas essas memórias não serem mais tão puras e imaculadas. Porque como podem se lembrar de Laurie como ela era quando moram com a filha como está agora?

Saio do carro antes que eu perca a coragem.

Quando Kelly abre a porta, o peso dentro de mim se torna mais denso. Eu costumava olhar para ela e ver partes de Laurie, e gostava de imaginar o tipo de mulher que minha esposa poderia se tornar. Eu me sentia otimista.

Agora, a visão de minha sogra me enche de pavor.

— Olá — cumprimenta ela, com um sorriso quase inexistente ao me dar um abraço rápido. — Como vai?

Seus olhos se desviam de mim quase no mesmo instante que solta a pergunta. Faz algum tempo que ela não quer saber a resposta, não quer me encarar para me pegar mentindo ao dizer que estou bem.

Mas não consigo dizer que estou bem hoje.

Não depois desta semana, quando cada minuto parecia um verdadeiro pesadelo.

Não depois de ontem, quando Wren entrou em um táxi do lado de fora do meu apartamento e foi para o aeroporto porque não suportava me encarar.

E definitivamente não hoje, agora que sei que ela se foi.

Pensar na dor da Wren me paralisa.

Quando fui embora, na manhã de segunda-feira, tudo parecia tão intenso. Eu não disse a Wren que estava voltando direto para Indy, porque sabia que ela iria se preocupar comigo atrás de um volante, depois de ter ficado acordado a noite toda, mas não estava cansado.

Antes, eu via filmes em que as pessoas dizem "Me sinto tão vivo", e pensava *Ahã, sei*, mas naquela manhã entendi. Eu estava consciente demais de cada detalhe.

Dava para ver o sol refletido nas janelas do quarto da Wren, brilhando como pedras preciosas. Eu a imaginei lá dentro, adormecendo assim que a cabeça encostasse no travesseiro, e senti tanto amor.

Eu podia ver as teias de aranha presas na grama à margem da estrada, milhões de fios prateados entrecruzados, brilhando com orvalho.

E encostei para admirar o celeiro através dos campos ainda a serem colhidos, o vermelho vibrante brilhando ao nascer do sol. Eu me permiti um minuto para sentir aquilo, tudo aquilo. E fui feliz. Não me sentia feliz fazia tanto tempo.

Mandei uma mensagem para Wren — *Até sexta, bjos* —, já imaginando como eu iria passar a semana. Odiei deixá-la. Eu queria voltar.

Mas não o fiz. E, quanto mais eu me afastava, mais pesado eu me sentia.

Planejava chegar ao apartamento, tomar um banho e sair para o trabalho, mas comecei a me sentir estranho e trêmulo. Pensei que talvez fosse a falta de sono ou de comida, mas, quando entrei e vi o espaço vazio ao lado da cama onde a fotografia de Laurie deveria estar, um pânico começou a crescer dentro de mim. Fui até a gaveta e a peguei, então precisei me sentar, porque a visão da expressão sorridente da minha esposa me fez sentir fraco.

Como eu a afastei, como consegui esquecer por um momento que ela existia, e por que eu havia *gostado* de fazer aquilo?

Senti como se o céu estivesse desabando sobre mim, então entrei no carro e fui vê-la.

Brian já havia saído para o trabalho e, como um covarde, fiquei aliviado por ter me livrado dele, mas Kelly suspeitou de que eu havia cruzado uma linha assim que pôs os olhos na minha cara de culpa.

— O que você fez? — perguntou ela.

— Sinto muito — sussurrei.

Então ela soube que a linha que eu havia cruzado era repreensível.

— Como você teve *coragem*?

Nunca vou esquecer a expressão no rosto dela naquele momento.

— Não quero você aqui. *Laurie* não quer você aqui. Vá para casa e se limpe. Você me enoja.

— Preciso vê-la. Por favor — implorei.

— Adeus, Anders.

Kelly fechou a porta na minha cara.

E, foda-se, eu me descontrolei.

Nunca senti tanta raiva, tanta fúria. Não estava com raiva da *minha sogra*, estava com raiva de mim mesmo, mas quase derrubei a porta. Um dos vizinhos saiu para discutir comigo, e outros devem ter se perguntado o que estava acontecendo, mas não dei a mínima.

Kelly me deixou entrar depois de um tempo, apenas para me fazer parar com o escândalo. Aos berros, exigiu que eu me controlasse, o rosto vermelho e crivado de repulsa.

Brian já havia acomodado Laurie na cadeira de rodas, então caí de joelhos na frente da minha esposa e chorei. Ela me encarou sem ver, sem sentir, enquanto eu sentia tudo.

No fim, Kelly entrou na sala e tentou me levantar, tentou me fazer sentar em uma cadeira, mas desistiu depois de um minuto e ela mesma se sentou.

Enquanto ela alisava minhas costas, pensei que talvez me perdoasse, mas sabia que isso nunca aconteceria.

Voltei todas as noites da semana, com exceção da passada, na tentativa de fazer as pazes, de me reconciliar com o que eu havia feito. Toda vez que me lembrava da Wren, eu a expulsava dos pensamentos. Toda vez que ela ligava ou mandava uma mensagem, eu me sentia à beira de um colapso.

Com o passar dos dias, me afastei cada vez mais. Quero esquecer tudo o que fizemos, apagar, me afastar. Domingo parece irreal.

Ontem pensei em ligar para ela e dizer para não vir, mas soava covarde pedir isso ao telefone. Imaginei que seria melhor contar pessoalmente, mas foi um erro. Não sei o que estava pensando.

Nunca vou me perdoar pelo que fiz. Mas também descarto esse pensamento, porque estou com Laurie. E eu não deveria estar pensando na Wren. Nem agora, nem nunca.

— Anders — diz Brian ao descer as escadas, com um semblante severo, sombrio, em sua saudação habitual.

— Oi.

Eu me forço a encará-lo, mas não consigo evitar... desvio o olhar primeiro.

Eu o vi na quarta-feira por um momento durante a visita, mas ele ficou na cozinha a maior parte do tempo. Kelly sem dúvida contou o que fiz. Ele também está decepcionado.

— Posso pegar um café para você? — pergunta Kelly, e seu tom é mais suave que o normal.

— Sim, por favor — respondo.

O clima está tenso, mas estou tentando me forçar a voltar à rotina.

Atravesso a sala e me sento de frente para Laurie.

— Ei. — Pego sua mão, detestando o quão vazia minha voz soa. — Você está tão fria.

Ela está sempre fria. Penso em Wren, em como ela era quente, mas fecho a porta.

Aperto a mão de Laurie na tentativa de aquecê-la, então sinto uma compulsão horrível de espremê-la até que ela a afaste de mim, apenas para arrancar algum tipo de resposta humana.

Não faço isso, óbvio. Eu me sinto cruel por pensar que poderia. Mas às vezes eu gostaria que ela se esforçasse mais para me mostrar que ainda está com a gente.

— Laurie — sussurro, entrelaçando os dedos aos dela.

Frios.

Eu me lembro de quando estava deitado com Wren no cobertor, nossas mãos dadas entre nós, e a dor é tão aguda que paro de respirar. Laurie tosse, e eu me assusto.

— Você está bem, minha querida? — pergunta Kelly, chegando com dois cafés, um para mim e outro para ela.

Kelly esfrega as costas da filha, e observo a boca de Laurie quando ela tosse outra vez.

Meus olhos viajam até os dela, mas parecem vagos, opacos, e preciso desviar o olhar novamente.

Então me lembro de Wren olhando nos meus olhos sentada no meu colo, da sua expressão enquanto nos movíamos juntos. Sinto arrepios pelo pescoço antes que eu consiga bloquear a memória.

Volto a me sentir vivo, apenas por alguns segundos, e ainda estou tentando reprimir o pensamento, mas não consigo parar de ver o rosto de Wren. Então me forço a olhar para Laurie, para minha *esposa*, e quero que ela olhe para mim também, porra, que perceba o que fiz.

Ela está voltando para a Inglaterra. Eu a magoei demais. Eu sinto tanto, tanto por isso.

Olhe para mim, cacete!

Baixo a cabeça, sentindo que estou perdendo o controle, porque tento entrar na linha de visão de Laurie, tento fazê-la encontrar meu olhar.

— O que você está fazendo, Anders? — pergunta Kelly, toda mal-humorada.

— Eu não sei — murmuro, me sentando e esfregando o rosto com a mão.

— Ela foi embora, então?

Está falando de Wren.

Concordo com a cabeça e desvio o olhar para a parede.

— Foi. Partiu hoje.

— Ótimo.

E não posso evitar. Eu me viro para encará-la, a mãe de Laurie, e sinto uma aversão tão intensa que me aterroriza.

Kelly não percebe e toma um gole do café, mas, antes que eu possa virar o rosto, ela encontra meus olhos e se retrai visivelmente.

Olho para minhas mãos e a vergonha toma conta de mim, suplantando o pavor e a culpa por um instante, até se tornar a emoção dominante.

— Você a encontrou ontem? — pergunta Kelly, e eu gostaria que ela desistisse, porque, sinceramente, não sei quanto mais vou conseguir suportar.

— Não. Ela não quis me ver.

— Você disse por telefone que estava tudo acabado? — A pergunta soa como uma crítica, e quase não consigo acreditar que minha sogra possa odiar Wren e ainda sentir que deve defendê-la ao mesmo tempo.

Ninguém deveria odiar a Wren.

Então eu me dou conta, como se atingido por um caminhão, que a afastei para sempre desta vez, que ela nunca mais vai voltar.

A dor me engole inteiro.

Brian passa correndo.

— O que está acontecendo, cacete?

— Anders! Anders! — grita Kelly, então sacode meu braço.

— O que você disse para ele? — Brian exige saber.

— Eu não disse nada!

— Anders! Vamos, filho. Está tudo bem.

Estou ciente dos dois apenas remotamente.

E o tempo todo, Laurie fica ali, imóvel, e olha através de mim para o chão.

Estou no sofá, encolhido de lado, e não consigo parar de chorar. Meus sogros estão na cozinha, discutindo, e quero me sentir mal pelo que aconteceu, por ter causado dor a eles, mas estou triste demais.

— Ei, está tudo bem — diz Brian, aproximando-se.

Ele fala em um tom gentil, mais gentil do que eu já devo tê-lo ouvido usar ao longo desses dois anos, mas é embaraçoso e piora a dor.

— Sinto muito — murmuro.

— Não se preocupe — responde ele, dando tapinhas nas minhas costas, como se eu fosse uma criança.

— A Kelly está bem?

— Está.

Pelo modo como falou, suponho que ela não esteja bem.

— Sinto muito por tê-la estressado.

— Ela está bem — repete ele, mas sei que preciso me recompor, voltar para casa, sair do espaço deles.

Eu me sento, sentindo como se houvesse concreto correndo nas minhas veias. Laurie está na cadeira, de costas para mim.

— Aqui.

Brian me entrega um lenço.

Vou aceitar aquela merda de lenço agora, por favor.

A lembrança de Wren é como outro soco no estômago.

— Vamos, filho — diz Brian, enquanto me curvo. — Vamos, filho. — Ele não sabe mais o que dizer, então continua repetindo a mesma coisa enquanto choro como um bebê no sofá.

Devo ter me desculpado vinte vezes ou mais antes de conseguir entrar no carro e dirigir até em casa. Quero ligar para Wren, quero muito. Quero saber se está bem, se chegou bem à Inglaterra, mas percebo que ela provavelmente ainda está no voo.

Penso que poderia ligar e ouvir sua voz na saudação da caixa postal, mas, conhecendo Wren, ela não teria gravado uma. Disco o número mesmo assim e estou certo: é uma mensagem padrão.

Lutando contra a parte racional do meu cérebro, que está me dizendo para deixá-la em paz, encosto o carro e digito uma mensagem de texto.

Sinto muito. Espero que você chegue bem em casa.

É ridícula, mas pressiono enviar mesmo assim. A resposta de "mensagem não entregue" é a prova de que ela ainda está no voo, o que significa que ficou sentada no aeroporto a noite toda, esperando o avião.

O pensamento provoca uma nova onda de dor.

É isso, ou ela me bloqueou.

Não sei o que é pior.

Kelly me liga segunda-feira à noite, mas a ignoro e envio uma mensagem de texto para dizer que vou visitá-la no dia seguinte, depois do trabalho. Mas na terça-feira, não tenho ânimo para ir a lugar algum, então fico em casa dormindo. Na quarta-feira, ela está me caçando.

Vou passar aí hoje à noite, digito em uma mensagem.

Gostaríamos de falar com você. Por favor, venha, responde ela.

Meu pavor se multiplica.

Preciso de todas as minhas forças apenas para entrar na oficina um dia após o outro, mas pelo menos o trabalho é uma distração. Passei a maior parte do tempo no escritório, trabalhando no design do carro do próximo ano e tentando manter as interações humanas em um nível mínimo.

Tentei enviar outra mensagem de texto para Wren, mas recebi mais um recado de "Mensagem Não Entregue". Tenho certeza de que ela me bloqueou e não a culpo, mas a ideia me faz sentir como se estivesse à beira de um abismo, a um passo da queda. Acho que estou meio que enlouquecendo.

Esse sentimento se intensifica a caminho da casa de Kelly e Brian, na noite de quarta-feira. Minha pele formiga, e sinto o estômago revirar.

Kelly atende a porta, com uma expressão de simpatia que não quero nem mereço. Pelo menos, ela não me pergunta como estou.

— Olá, Anders — diz Brian, em um tom que me surpreende.

É raro ele me cumprimentar com gentileza.

Ele acena com a mão em direção à sala, e sigo Kelly para dentro, mas paro de repente quando não vejo Laurie na cadeira de rodas.

— Cadê a Laurie?

— Tudo bem, ela está lá em cima. — Brian me tranquiliza, mas não antes que o medo tenha me assolado.

— Ela está bem? — pergunto, enquanto ele me guia até o sofá.

— Está. Nós apenas decidimos colocá-la na cama mais cedo.

Observo Kelly se sentar, mas ela parece estar evitando meu olhar. Brian olha para a esposa, depois para mim.

— Queríamos conversar com você sobre a Wren — diz ele.

— Não, por favor. — Balanço a cabeça. — Não posso falar sobre ela. Não com vocês. Nem com ninguém.

— Está tudo bem.

Ele estende a mão e aperta meu ombro.

Kelly finalmente olha para mim, os lábios comprimidos em uma linha.

Balanço a cabeça em uma súplica muda para que não comece.

— Achamos que você deveria se divorciar da Laurie — diz ela.

Eu congelo e a encaro, em estado de choque. Seus olhos se enchem de lágrimas, e eu me sinto destroçado.

— Sinto muito. — Mal consigo me ouvir. — Por favor. Eu nunca mais vou ser infiel. Juro.

— Anders, pare — diz Brian, abruptamente. — Não tem nada a ver com isso.

Só quando ele me obriga a ficar imóvel é que percebo que eu estava me balançando.

— Não queremos ver você desperdiçando sua vida — diz ele. — Você é um bom homem. Ficou com nossa filha nos bons e nos maus momentos. Sabemos o que sacrificou por ela. Mas perdemos de vista quanto a situação está deixando você mal. Queremos que você vá viver sua vida agora. Queremos que você deixe a Laurie ir.

Eu me curvo e começo a tremer. Sinto o sofá ao meu lado afundar quando Kelly se move para se sentar mais perto.

— Você é como um filho para nós, Anders. Nós nos preocupamos com você. A Laurie já perdeu muito. Não queremos que você também perca tudo — diz ela.

— Não quero me divorciar dela. — As palavras saem da minha boca com dificuldade.

— É a coisa certa a fazer — retruca Kelly, em uma voz rouca. — É melhor que você tenha um novo começo.

Ela aperta minha mão com força, e acho que está tentando compensar o fato de que também está tremendo, mas a dor sacode seu corpo inteiro.

— E, enquanto ainda for casado com a Laurie — acrescenta ela, hesitante —, você tem a palavra final sobre o tratamento dela. — Kelly toma fôlego, tremendo. — E eu quero meu bebê de volta.

— Eu *nunca* vou tirá-la de você — prometo, quando ela começa a soluçar.

— Calma, querida. — Brian passa por mim para massagear as costas da esposa. — Temos muito o que conversar — diz ele, incisivo.

— Eu não vou colocá-la em uma clínica! — choraminga Kelly.

— Ok, ok. — Ele a acalma.

Mas sinto que a discussão dos dois ainda não acabou.

Eu gostaria que eles internassem a Laurie em uma clínica, que retomassem um pouco a vida deles. Mas então imagino Kelly sozinha nesta casa, olhando para o espaço vazio, imaginando o que se esqueceu de fazer, e acho que nunca vai ter coragem de tirar a filha do caminho.

Não vai deixá-la ir até que Laurie esteja pronta para ser deitada em um caixão.

Começo a chorar tanto que sinto como se meu peito entrasse em colapso. Pensar em Kelly, em quanta dor ela sente e em como ainda consegue falar com Laurie como sempre fez... em como ainda tem esperança de que Laurie volte para nós... Me mata testemunhar tudo isso.

Às vezes, imagino minha mãe no lugar de Kelly e me pergunto se ela também continuaria a ter esperança, mesmo quando todos os outros desistiram, e a ideia do sofrimento dela tem me tirado o sono.

— Você precisa ir atrás da Wren — diz Brian.

— Não posso. Ela foi embora — digo, chorando.

— Então você precisa reconquistá-la.

— Não posso.

— Você pode, sim — diz Kelly, com firmeza, quase sem conseguir controlar o tremor na voz. — Fiquei com tanta raiva, tão decepcionada com vocês dois no começo, mas depois pensei melhor. A Wren veio aqui mesmo sem ser obrigada, o que deve ter sido muito difícil. Ela é uma boa pessoa. Posso ver. Apesar de tudo, gostei dela. E a Laurie também teria gostado. A Laurie iria querer que você fosse atrás da Wren.

— A Laurie iria querer que você fosse feliz — diz Brian, baixo.

Ele pega um envelope na mesa lateral e o passa para mim.

— Achamos que era o mínimo que podíamos fazer. Queremos que saiba quanto estamos sendo sinceros.

Abro o envelope com os dedos trêmulos e tiro de dentro um pedaço de papel. Eu o estudo. É uma passagem de avião para sexta à noite. *Esta* sexta à noite.

— Vá reconquistá-la — incentiva Brian.

Eu fungo e balanço a cabeça, atordoado.

— Ela nunca vai me perdoar.

— Sim, ela vai — diz Kelly, com absoluta certeza. — Mas primeiro você precisa se despedir da Laurie.

É por isso que eles a colocaram na cama mais cedo, percebo, em uma espécie de transe, ao subir as escadas. Queriam falar comigo longe da presença dela.

E agora querem que eu tenha um pouco de privacidade para me despedir.

Aguardo do lado de fora do quarto de infância da minha esposa por um minuto, tentando me recompor, então entro e fecho a porta.

Ela está deitada na cama de casal, coberta com o edredom de bolinhas amarelo de quando era adolescente, dormindo de costas e roncando um pouco. O quarto ainda está muito parecido com como era naquela época. Seus pais nunca sentiram necessidade de redecorar e, quando os visitava, Laurie gostava de vê-lo assim, com todas as memórias que guardava.

Os livros ainda estão nas estantes, as luzinhas presas à cabeceira e as fotos dispostas em uma colagem gigante na parede, com seu rosto sorridente estampado em muitas delas.

Estou ofegante, incapaz de inspirar ar suficiente para meus pulmões enquanto me aproximo para me sentar na cama. O afundar do colchão muda ligeiramente sua posição, e ela para de roncar. Pego sua mão e estudo seu rosto, feliz que ela esteja dormindo, porque é melhor do que ver aquele vazio nos olhos.

Sem pensar, eu me deito ao seu lado, descansando a cabeça na ponta do travesseiro, ainda segurando a mão de Laurie. Entrelaço nossos dedos e observo como seu peito sobe e desce, o coração continua a bater mesmo quando ela não sente mais dor… nem amor.

— Eu te amo — sussurro.

E seu coração ainda bate.

* * *

Levo quase dois dias inteiros para me recompor, mas, na tarde de sexta-feira, sinto como se grande parte do peso sobre meus ombros tivesse evaporado. No dia anterior, avisei ao pessoal do trabalho que estava doente e, à noite, minha mãe apareceu no apartamento. Kelly a havia avisado, e ela chegou no meu pior momento. Eu me sentia como se tivesse sido transportado de volta no tempo, para quando os médicos diagnosticaram Laurie pela primeira vez. Era como se eu a tivesse perdido de novo.

Mamãe se sentou comigo e disse que a dor que eu sentia era boa, que iria permitir que minhas feridas cicatrizassem. Não acreditei — meus sentimentos eram muito avassaladores —, mas ela tinha razão. Acho que eu precisava reconhecer a dor, realmente me permitir senti-la e então me dar permissão para deixá-la amenizar.

Não havia percebido o poder de Kelly e Brian sobre mim ao longo dos últimos anos, quanto eu precisava que fossem eles a me libertar. Eram as únicas pessoas que poderiam, além de Laurie, e ela não tem voz ativa na questão.

Eu não disse adeus. Vou vê-la novamente, e a seus pais também. Os três sempre vão ser parte da minha vida. Mas, de algum modo, acho que estou encontrando em mim a força para deixar Laurie ir.

E agora vou atrás da Wren.

Tentei ligar, porque achei que deveria avisá-la da minha chegada, mas as ligações caem direto na caixa postal. As mensagens de texto voltam sempre com a mesma resposta, "Mensagem Não Entregue", então tenho noventa e nove por cento de certeza de que ela me bloqueou.

Quando ligo para Jonas para pedir que envie uma mensagem por mim, meu irmão diz que eu deveria apenas "entrar na porra do avião e dizer como se sente cara a cara".

— Não funcionou muito bem da última vez.

— É o único jeito de convencê-la de que você está sendo sincero — insiste ele.

— Mas eu preciso do endereço, Jonas.

— Vou conseguir para você. Mas a Bailey está puta de verdade, então não sei como vou fazer. Vou dar um jeito. Só… vai para o aeroporto. Vai buscar a Wren. E boa sorte.

Eu me deparo com outro obstáculo quando meu voo atrasa por causa de uma falha técnica. O avião está lotado e o terminal repleto de passageiros insatisfeitos, mas vou perder a conexão internacional se não chegar a Chicago a tempo, então decido alugar um carro e dirigir até lá. A viagem me dá tempo para pensar.

Tempo para pensar em como vou convencê-la a me dar outra chance.

Tempo para pensar em como vou provar que a amo… *demais*.

Tempo para pensar em como vou convencê-la de que nunca mais vou embora, de que estou comprometido, com ela, por toda a vida.

E penso em Wren, na primeira vez que a vi dançando no bar, em como mais tarde chamei sua atenção e achei difícil até desviar o olhar, quanto mais resistir a observá-la, discretamente, de novo e de novo.

Penso na primeira vez que nos falamos, como seu sotaque inglês me deixou estranhamente nervoso, e em como ela era engraçada quando estava bêbada, alegando ter um bom senso de direção por ser arquiteta.

Penso em Wren gritando de alegria quando marcou um strike no boliche. Penso no sorrisinho discreto que abriu ao me observar soldar a estrutura do Bambi, e sua expressão de concentração nos dias anteriores, quando nos sentamos à mesa da cozinha e calculamos os ângulos de que precisaríamos.

Penso nela no lago da fazenda, o sol refletido na água, iluminando seus grandes olhos cor de avelã. E me permito lembrar daquele dia perfeito, quase duas semanas atrás, que parece pertencer a outra vida.

Aquele dia me dá esperança no futuro, esperança em um futuro pelo qual nunca vou desistir de lutar.

Só preciso fazê-la ver, acreditar, sentir também.

Dirijo sem parar até Chicago e chego em menos de três horas; devolvo o carro alugado e corro até o balcão de check-in. Fico incrédulo quando declaram que aquele voo também está atrasado por causa de uma falha técnica, e, quando a companhia aérea finalmente toma a decisão de cancelá-lo, enterro a cabeça nas mãos e tento dizer a mim mesmo que esses contratempos não são um sinal; são apenas mais um obstáculo a vencer no caminho para Wren.

Consigo embarcar em um voo sábado bem cedo e, nesse meio-tempo, Jonas surge com um endereço. Ele me lembra — e não acredito que esqueci, mas minha cabeça está uma bagunça — de que Wren vai a um casamento nesse dia.

Quando enfim pouso em Heathrow, pego um carro alugado e dirijo até Bury St. Edmunds, são quase onze da noite.

Já havia visitado o Reino Unido — uma vez de férias e uma a trabalho —, e amo como tudo é diferente de casa. Olho pelo para-brisa e vejo mansões georgianas, com hera crescendo na fachada, e edifícios medievais peculiares, com paredes tortas e vigas expostas, e, vez ou outra, entro em uma rua com uma fileira organizada de sobrados vitorianos.

Wren mora na única casa com fachada branca em uma sequência de sobrados de tijolos cinzentos. Há uma pequena janela de sacada e uma porta verde-escura com uma cesta cheia de flores pendurada na frente. É fofa, mas não exatamente o que eu teria imaginado para ela. Não sei como Wren acabou morando ali, ou se ama o lugar tanto quanto quero que ame a casa para a qual volta à noite, mas estou ansioso para descobrir. Estou ansioso para conhecê-la — de verdade — em todos os níveis. Quero ficar acordado, conversando a noite toda outra vez, segurar sua mão enquanto o sol se põe e as estrelas brilham radiantes, e ainda estar com ela quando o mundo completar mais uma volta e o sol nascer novamente. Quando me sento à sua porta e a espero voltar do casamento dos amigos, não sinto mais medo.

Porque sei que é o certo. *Nós* somos certos um para o outro. E ela é inteligente demais para pensar diferente.

Espero que ela me deixe abraçá-la. Espero que me deixe recompensá-la pela magoa que causei. Espero…

Então eu a vejo, caminhando pela calçada com saltos altíssimos, a cabeça baixa e os braços cruzados, os quadris balançando. Meu coração infla, mesmo que o restante do meu corpo continue imóvel.

Trêmulo, eu me forço a ficar de pé, sem querer assustá-la. Wren chega ao portão e só então olha para a porta. Sinto o estômago revirar ao ver a expressão devastada em seu rosto uma fração de segundo antes de ela quase morrer de susto.

— Sinto muito — digo de uma vez, estendendo a mão para ela.

Estou me desculpando por assustá-la, não por tudo o que fiz. Isso vai dar muito mais trabalho.

Ela me encara. Várias emoções perpassam seu rosto, uma após a outra — vulnerabilidade, descrença, mágoa —, até que sua expressão se acomoda em algo que reconheço: amor.

Dou um passo à frente e a abraço, aninhando seu corpo flexível e quente junto ao meu. Ela devolve o gesto, apertado. É mais forte do que parece.

Então percebo: eu não a quebrei. Eu não nos quebrei. Esta é a Wren. E Wren não se rende. Não desiste.

Nem eu. Não dela. Nunca mais.

Epílogo

A expressão dele… Quero beijá-lo, mas não consigo desviar os olhos. Ele é tão lindo, e suas pupilas estão dilatadas, ali, na sombra das árvores. O preto quase engole a mancha âmbar.

É tão intenso. O que me lembra da primeira vez que fizemos amor, bem aqui, sob as mesmas árvores, junto desse mesmo rio. Folhas novas, água nova, nenhuma ameaça de culpa ou arrependimento.

Nem tudo é igual.

Anders me puxa contra si e sinto sua proximidade. Então assinto para que saiba que estou com ele, e ele me encara com atenção, vendo quem sou, tudo de mim, enquanto mergulhamos juntos.

Depois, ele desaba de costas, me levando junto. Seus dedos percorrem preguiçosamente o tecido fino do meu vestido.

É meados de junho e estamos "ajudando" Jonas a colher a primeira leva de trigo de inverno hoje à tarde. Escolhi este vestido em particular assim que soube em que campo iríamos trabalhar. É aquele com estampa floral em vermelho e preto, parecido com o azul, branco e amarelo de setembro do ano anterior, mas diferente.

Anders obviamente tinha as mesmas intenções, porque trouxe a mesma toalha de piquenique.

Ele solta uma risada, então levanto a cabeça para encará-lo.

— Eu devia ter dito para o Jonas que a correia de transmissão tinha quebrado de novo. Isso teria nos dado mais tempo — diz e então, quando começo a me levantar, ele sussurra: — Não, fica.

Anders me puxa de volta, capturando minha boca em um beijo. Suas mãos sobem para segurar meu rosto, e ele aprofunda o contato, de modo lento e determinado.

— Nem começa de novo — advirto contra seus lábios, sorrindo, e preciso me esforçar muito para me afastar. — Ele vai chegar em um minuto para ver o que aconteceu, perguntando por que paramos.

— Acho que ele vai adivinhar que não queremos companhia no momento.

Ele deixa um beijo carinhoso no meu ombro.

— Não vou arriscar.

— Vamos ouvir o trator quando ele chegar — protesta Anders, enquanto me levanto relutante.

— Mesmo assim.

Começo a fechar os pequenos botões na frente do vestido.

Ele os desabotoou desta vez, até a cintura. Quase me devorou.

Um arrepio percorre meu corpo e eu sorrio com a lembrança, mesmo que ainda recente.

— Aonde você está indo? — Ele me chama enquanto desço até o rio.

— Tomar banho — respondo, com um sorriso.

— Com o vestido? — pergunta, surpreso.

— Vou segurá-lo e entrar só até a cintura. Não vou ficar sem roupa sendo que o Jonas está quase aqui.

— Não, vamos lá, vamos nadar. Vou dizer para ele deixar a gente em paz.

Olho para trás e vejo Anders puxando a camiseta pela cabeça e ao mesmo tempo digitando no celular.

Solto uma risada ao vê-lo caminhar, nu em pelo, na minha direção.

— Tira — ordena ele, apontando com o queixo para meu vestido.

— Acabei de abotoar! — respondo, com uma indignação fingida.

Então seus lábios estão no meu pescoço e seus dedos ocupados com os botões do meu vestido. Sinto os joelhos tão bambos que mal consigo me manter de pé.

Felizmente, está um calor sufocante, porque não tenho certeza se gostaria de nadar neste rio em um clima outoniço.

Ah, é *outonal*. Moro aqui há apenas um ano e meio, mas às vezes parece mais. Outras vezes, minhas lembranças são tão vívidas que é como se tivessem acontecido na véspera.

Esta tarde me desperta memórias, boas e ruins. Sempre que possível, tento me prender às boas e esquecer as ruins, e até Anders parece estar aqui, comigo, atento ao presente.

Mas nem sempre é assim. Quando aqueles vincos aparecem na sua testa, há momentos em que quero subir no seu colo e alisá-los, mas também sei que, às vezes, ele precisa sentir a dor. Apesar de tudo, Anders sempre volta mais forte, mais em paz consigo mesmo e com o mundo.

— A gente tem que voltar ao trabalho — murmuro, depois da segunda vez.

Minha voz está sonolenta, quase embriagada.

— Você está bem? — pergunta ele.

Sinto o calor do seu corpo se infiltrando nas minhas costas, os braços quentes me envolvendo por trás. Ficamos abraçados ali, na água rasa, com o brilho do sol nos banhando e resplandecendo nas rochas à margem.

— Estou bem. Mais que bem. Eu te amo.

— Eu também te amo — responde ele, então eu o sinto tenso. — *Ah, não, você não fez isso* — dispara ele, em um tom sombrio, com as orelhas atentas, até que escuto... o trator.

Cambaleio atrás dele, às gargalhadas. Ele grita uma série de palavrões para o irmão e me ajuda a colocar o vestido, depois procura as suas roupas.

— Vocês não podem esperar para a lua de mel, porra? — grita Jonas quando irrompemos da sombra das árvores.

Está encostado no volante do trator, batendo o pé, esperando por nós.

Anders balança a cabeça, indiferente.

Jonas ri.

— Entendo que vocês não queiram trabalhar hoje, mas podem, por favor, me avisar para que eu chame o Zack? Não quero perder um dia inteiro de colheita antes do fim de semana.

— Não faça tempestade em um copo d'água, está tudo sob controle — responde Anders, seco, estendendo a mão para mim e me lançando um de seus sorrisos de parar o coração.

Eu me apresso para alcançá-lo e solto uma risada no caminho de volta para a colheitadeira.

Admito que estamos sendo um pouco loucos. Qualquer outra futura noiva estaria estressada a esta altura, mas isso só se não tivesse o furacão Bailey para organizar seu casamento.

Acordamos de manhã com a luz do sol entrando na cabana. É onde nos hospedamos quando visitamos a fazenda, agora que Jonas está acomodado na casa. Anders perguntou se poderíamos fazer algumas mudanças no local, e Jonas não se importou — não é sentimental —, então alargamos as aberturas na parede do quarto para criar uma janela panorâmica gigante que se abre para o lago e colocamos algumas menores, mais altas, com vista para as árvores.

Depois, compramos móveis modernos de meados do século, no Midland Arts & Antiques. Nós nos divertimos muito naquele dia.

Jonas ainda está interessado em construir as cabanas sobre palafitas ao redor do lago, mas anda meio assoberbado ultimamente. Imagino que vai pensar nisso daqui a um ou dois anos, e espero poder ajudar.

Visitamos a fazenda quase todo fim de semana que Anders não está trabalhando. Eu o acompanho a uma ou outra corrida — meu pai também —, mas em geral fico relaxando em casa, em Indy, ou volto para a fazenda para passar algum tempo em família. Meu pai e Sheryl ainda se referem ao quarto de hóspedes como meu quarto. Eles têm outro, menor, que usam quando velhos amigos passam a noite.

Amo o fato de ainda ter um lugar para mim reservado na casa deles, amo ainda me sentir tão bem-vinda. Vou ficar lá mais tarde, quando terminarmos de colher os dois campos.

Mas de manhã, depois de acordar para um lindo dia, fomos até a casa da fazenda tomar café da manhã com Jonas e Tyler, e assim que Jonas mencionou que queria começar a colheita hoje, Anders olhou para mim e levantou uma sobrancelha.

— Nós vamos ajudar — falei, depressa.

Jonas, Tyler e até a pequena Astrid olharam para mim como se eu tivesse enlouquecido, mas provavelmente estou fantasiando sobre a expressão de Astrid, porque ela tem apenas oito meses.

Mas é tão fofa. Fofa tipo o bebê mais fofo do planeta.

Eu estava preocupada com a possibilidade de que Anders e eu estivéssemos apressando as coisas quando fomos morar juntos, depois que deixei o Reino Unido, mas, na mesma época, Jonas estava engravidando Tyler.

Mais tarde, Anders me contou que o irmão havia ligado para ela na manhã seguinte à noite de cinema e convidado para sair. Ela concordou, e os dois nunca mais se largaram.

Anders e até *Bailey* me informavam sobre a rapidez com que as coisas estavam se desenrolando entre os dois — ela ouvia de Tyler e de Jonas, e ficou tão encantada como eu ao descobrir que os dois haviam se apaixonado perdidamente um pelo outro.

Se a gravidez foi um imprevisto, foi do tipo feliz. Jonas pediu Tyler em casamento, e Bailey organizou seu segundo casamento relâmpago.

Ela gostou que Anders e eu lhe demos um pouco mais de tempo para planejar tudo.

Na noite do casamento de Sabrina e Lance, quando cheguei em casa e encontrei Anders esperando à minha porta, mal pude acreditar no que via. Eu tinha me debatido entre tantas emoções durante aquela caminhada, mas estava determinada a desbloquear o número dele e ligar.

Sabia que ele havia tentado entrar em contato comigo, sabia que estava preocupado, e queria tranquilizá-lo. Queria dizer que eu entendia, que foi muita coisa em pouco tempo, e, se ele tivesse pedido meu perdão, eu teria concedido. Só Deus sabe que ele não precisava do peso de mais uma culpa para arrastá-lo para baixo.

Mas eu também queria pedir perdão. Não devia tê-lo pressionado tanto, e não devia tê-lo abandonado.

Pensei que talvez eu ainda pudesse ser alguém em quem ele permitiria se apoiar, alguém para aliviar seu fardo se precisasse desabafar. Eu sabia que não seria fácil, mas queria fazer aquilo. Meu último pensamento antes de vê-lo havia sido que talvez eu *ainda* fosse capaz de esperar por ele.

Então, quando o encontrei à minha porta…

Não sabia o que estava acontecendo, por que Anders estava ali, se havia ido me buscar ou se era uma viagem de trabalho. Mas, quando ele me abraçou e sussurrou que me amava, quando me pediu para, por favor, perdoá-lo, quando jurou que iria se esforçar para nunca mais me magoar enquanto vivesse, senti que algo sísmico tinha acontecido.

Entramos e ele me contou tudo sobre Kelly e Brian, sobre como os dois haviam comprado uma passagem de avião e o enviado para mim com suas bênçãos. O alívio foi imenso; a leveza que senti ao olhar para seu rosto apaziguado não se parecia a nenhuma emoção que eu já tivesse vivenciado.

Domingo cedinho, conversamos e ficamos abraçados, e depois eu o levei até meu café favorito, No. 5 Angel Hill, para o desjejum. Nós nos sentamos à minha mesa habitual, perto da janela, em um banco de couro bege que já pertenceu a um carro vintage, e, enquanto ele admirava o Portão da Abadia, alto e ornamentado, do outro lado da rua, eu *o* admirava. Senti uma alegria pura e desenfreada.

Pela primeira vez em mais de seis meses, pude passear por Bury St. Edmunds sem nenhuma mágoa. Exploramos as ruínas nos Jardins da Abadia e acabamos no minúsculo pub Nutshell, sobre o qual eu havia comentado com ele e Wilson, tanto tempo antes, na pista de boliche. Anders ficou impressionado com o tamanho do lugar e todas as curiosidades peculiares que havia no interior, e confessou, em meio a uma caneca de cerveja, que tinha adorado passar algum tempo no Reino Unido. Senti que ele estava tentando me dizer, mesmo que nosso relacionamento ainda fosse muito novo, que poderíamos fazer as coisas darem certo independentemente de como, se eu quisesse ficar na Inglaterra ou me mudar para os Estados, ou se eu mudasse de ideia a qualquer momento, então tínhamos opções.

Acho que um dia vamos voltar para o Reino Unido. Anders poderia trabalhar na Fórmula 1, embora não na Ferrari, a equipe que um dia havia lhe feito uma proposta. A equipe da Ferrari fica sediada na Itália, mas, por outro lado, quem disse que não poderíamos passar algum tempo por lá também? Tenho feito esboços em perspectiva como freelancer, além do emprego em tempo integral, então provavelmente eu poderia trabalhar de qualquer lugar.

Eu me sinto muito otimista em relação ao futuro... e ainda mais importante para mim, Anders também. Mas, quando estávamos decidindo onde morar, perguntei se ele ainda gostava de Indy e de trabalhar com sua atual equipe — ele gostava — e se ficaria feliz se eu aceitasse o trabalho com Dean — ele ficaria.

Então foi o que decidimos fazer.

Sabíamos que, quando eu terminasse o projeto da escola primária e entregasse meu aviso prévio a Graham, não faltaria muito para o Natal. E eu ainda precisaria fazer as malas e desocupar a casa. Então decidimos adiar a mudança até o começo do ano para que pudéssemos passar algum tempo com minha mãe e o namorado dela, Keith.

Anders voou mais uma vez para a Inglaterra — também apareceu no Dia de Ação de Graças, no final de novembro, quando toda a equipe estava de folga —, e foi perfeito vê-lo se relacionar com minha mãe, e depois nós dois vivenciarmos um Natal britânico juntos, antes de partirmos para criar raízes em outro país.

Entrar com Anders no apartamento em Indy foi um dos momentos mais felizes da minha vida. Tem sido muito divertido conhecer a cidade e todos os seus lugares favoritos, fazer amizade com os amigos dele e conquistar outros sozinha. Além disso, estou adorando meu trabalho. Sim, ainda há desvantagens, como em qualquer outro, mas me sinto muito mais inspirada para ir até o escritório todos os dias, e Dean é um chefe maravilhoso. Mais um amigo, na verdade. Eu me senti como se estivesse andando nas nuvens quando ele me efetivou.

Quando soube que eu estava me mudando, Scott ficou triste. Temos mantido contato, embora esporadicamente. Ele e Nadine nos enviaram um cartão de casamento, desejando-nos tudo de bom. Duvido de que demorem muito para se casar. Ainda estão firmes, morando em Bury St. Edmunds. Os dois continuam amigos de Sabrina e Lance, o que não me incomoda, não como eu imaginei que incomodaria no começo. Fico contente que estejam felizes.

Sinto falta de Bury e dos prédios antigos e tortos, das ruínas de conto de fadas e dos pequenos pubs e cafés estranhos, mas vamos voltar no Dia de Ação de Graças, quando pretendo levar Anders ao mercado de Natal, e sei que nunca vamos ficar longe por muito tempo. Minha mãe também nos visitou algumas vezes, e ela e Keith estão com a gente agora, é óbvio.

Ficamos no campo até o anoitecer, quando os vaga-lumes começam a se espalhar, então vamos dar uma volta de moto, até o local onde nos conhecemos. Nós nos deitamos na grama, observando o sol se pôr no horizonte e as luzes verdes que dardejam sobre os campos ficarem mais brilhantes.

Depois de um tempo, Anders, relutante, me leva de volta para Wetherill e me dá um beijo de boa-noite na soleira da porta.

Meu pai e Sheryl convidaram minha mãe e Keith, e Bailey e Casey para jantar. Disseram que minha mãe e Keith poderiam ficar no quarto de hóspedes — sinto que Sheryl queria amenizar as coisas nesse sentido também —, mas os dois optaram por ficar em um hotel na cidade. Apenas nós sabemos nossos próprios limites, o que somos capazes de suportar e, para minha mãe, ficar com meu pai e Sheryl teria sido demais.

Foi o que aconteceu com Kelly e Brian, imagino, quando recusaram o convite para nosso casamento. Ela me ligou para dizer que apreciou a lembrança e que sinceramente esperava que fosse o dia mais feliz da minha vida, mas sentia que não seria apropriado que ela e o marido se juntassem a nós. Primeiro porque os dois não poderiam deixar Laurie, mas também porque ela se preocupava que a presença de ambos pudesse tirar um pouco do brilho do dia de Anders. Para ser sincera, fiquei aliviada por terem recusado, mas grata por Kelly ter me ligado para conversar sobre a questão.

Anders ainda vai visitá-los uma vez por mês ou algo assim, mas não o afeta como antes. Eu o acompanhei em algumas ocasiões, quando Kelly e Brian o encorajaram a me levar. Nunca é fácil, mas os dois são gentis comigo e sei que isso ajuda Anders a se sentir mais em paz com a situação.

A princípio, ele ficou com medo de que eu me ressentisse do fato de que foram necessários seus sogros para convencê-lo a se divorciar de Laurie, mas eu compreendia. Ele precisava que os dois o liberassem das suas obrigações. Um homem tão honrado quanto Anders não pode romper suas amarras por conta própria.

No sábado de manhã, Bailey chega bem cedo para se arrumar comigo. Está lindíssima, com um vestido radiante de cetim ouro-velho e o cabelo castanho preso em um coque displicente.

Quanto ao meu traje, é um modelo elaborado em um contraste de tecidos: seda e cetim fosco. É um design arquitetônico, o que adoro. Achei que nunca usaria branco — ou, no caso, creme —, mas aí vi este vestido e não consegui me imaginar usando qualquer outra coisa no dia do meu casamento.

Embora algumas amigas de longa data tenham sido fofas a ponto de pegar um avião e comparecer ao casamento, Bailey é minha única dama de honra. Eu me lembro de quando me referia a ela como minha meia-irmã — não consigo nem me lembrar de quando parei, o momento em que ela simplesmente se tornou minha irmã —, mas agora ela também é minha amiga. Minha *melhor* amiga. Eu não poderia escolher ninguém mais para ficar ao meu lado no altar hoje.

Além de Anders, óbvio.

Jonas vai ficar ao lado do irmão.

Irmãos Fredrickson e irmãs Elmont.

Bailey e Casey estão felizes, ainda se adaptando à cidade, e Bailey continua trabalhando no clube de golfe, embora não mais em tempo integral. Ela se juntou a Tyler para organizar eventos na fazenda. As duas têm conversado sobre abrir uma empresa, mas Tyler quer que Astrid cresça um pouco primeiro. Amo o fato de ela e Jonas terem dado à filha um nome sueco.

Jonas se pergunta se um dia ela vai querer assumir a fazenda.

— Quem disse que precisa ser o irmão mais velho? — perguntou ele em voz alta, semanas atrás, depois de tomar algumas cervejas.

Aconteça o que acontecer, sei que ele vai ficar bem. Jonas adora o que faz, mas, se a agricultura não for a escolha dos seus filhos, ele não vai forçá-los a assumir.

Patrik e Peggy chegam à noite, vindo de Wisconsin, para onde se mudaram depois de se aposentar. Acho que tem sido bom para os dois ficar um pouco longe. Não tenho certeza se Patrik teria mesmo pendurado as chuteiras se morasse na região.

Eles estão indo bem. Na verdade, Patrik vai dirigir o trator que vai levar a comitiva da noiva para a fazenda em uma carroça coberta que contratamos especialmente para isso. Jonas sugeriu, mais como uma piada que qualquer outra coisa, mas eu adorei a ideia. Ele se ofereceu para nos levar pessoalmente, mas achei que ele deveria ficar com o irmão. Anders me disse que o pai parecia ansioso para voltar ao volante.

* * *

Chegou a hora. Estou nervosa e não sei o motivo; nunca tive tanta certeza na vida. Acho que é porque há muitas pessoas presentes e nunca gostei de ser o centro das atenções.

Eu me sento entre minha mãe e meu pai no caminho para a fazenda, de mãos dadas com ambos, enquanto o vento quente bate contra a cobertura de plástico da carroça. O calor é brutal, mas poderia ser pior. Pelo menos, não é um tornado.

Minhas palmas estão suadas. Estou feliz que vamos nos casar dentro do celeiro. O teto alto significa que não vai ficar muito quente lá dentro.

Todo mundo permanece calado durante o trajeto... até mesmo Bailey. Ela sorri para mim e para a mãe. Olho para Sheryl e abro um sorriso também. Nós nos divertimos ontem à noite; até minha mãe parecia relativamente relaxada. Sheryl a levou para fora para lhe mostrar os pomares, e acho que fizeram algum tipo de trégua.

Patrik para em frente ao celeiro e alguns retardatários viram o rosto para nos observar. Eu me pergunto onde Anders está... já no altar, imagino.

Meu pai me ajuda a descer e caminhamos juntos para o celeiro, mas então ele me solta.

— Vejo você daqui a pouco, passarinho — diz ele e depois me dá um beijo na bochecha e sorri para minha mãe.

Eu me viro e seguro o braço dela.

Não poderia atravessar a nave sem ela, não depois de tudo o que fez por mim. Praticamente me criou sozinha. Mas também não queria subir ao altar sem meu pai, então ele está levando Bailey até metade do caminho, depois vai esperar para me acompanhar pelo restante do corredor. Não é convencional, mas acho que é o apropriado.

A banda começa a tocar um número acústico suave, guitarras e outras cordas. A voz do vocalista soa como a do Sufjan Stevens. Wilson nos colocou em contato com os músicos, mas ele e sua banda de blues vão tocar mais tarde.

Todos entram no celeiro, deixando Bailey, meu pai, minha mãe e eu sozinhos.

Bailey olha para mim.

— Te amo, irmã.

— Também te amo.

— Eu desejaria sorte, mas não precisa. Apenas se divirta.

Eu assinto, lutando para controlar a emoção.

Ela entrelaça o braço no do meu pai e atravessa as grandes portas duplas.

Então ficamos apenas eu e minha mãe.

— Obrigada por isso — digo, sentindo as lágrimas nos olhos.

— Obrigada por me pedir. Estou tão orgulhosa de você, Wren.

— Para. Você vai me fazer borrar a maquiagem.

Ela ri.

— Está pronta?

— Com certeza.

Estou ciente de tudo, das cabeças se voltando para mim, mas a única pessoa que vejo é Anders. Meu amor. Lá no altar, com seu terno preto justo. Esperando por mim.

Há tanta luz, amor, esperança e felicidade no seu semblante. Sei que ele está vendo o mesmo refletido no meu rosto.

Sorrio para ele, que sorri suavemente de volta para mim, e eu solto o braço da minha mãe, pego o do meu pai e caminho até o altar.

Não dizemos os votos habituais. Não há menção à morte ou despedida. Simplesmente prometemos amar e honrar um ao outro e sempre nos apoiarmos, enquanto formos necessários. É assim que declaramos. Sei que Anders pensa em Laurie ao dizer essas palavras para mim, que nunca vou ser a dona de todo o seu coração, não enquanto o de Laurie ainda estiver batendo. Ela sempre vai fazer parte do nosso relacionamento, do nosso casamento, até o dia que não mais.

Mas estou em paz. Amo Anders e tudo o que isso implica. Quero segurar sua mão em todas as pontes que ele tiver de atravessar, e espero que ele nunca mais se sinta sozinho.

* * *

Estamos em Phoenix, oito dias depois, quando recebemos a notícia. No sopé da montanha Camelback, admirando a paisagem do deserto pela porta escancarada do Bambi, Anders atende uma ligação de Brian. E sei, assim que olho para seu rosto, que Laurie se foi.

— Você vai esperar a gente? — pergunta Anders, com a voz rouca.

Depois que ele encerra a ligação, eu o abraço. Ele soluça. Finalmente acabou.

Brian disse que Laurie morreu por falência dos órgãos. Uma pequena e temerosa parte de mim se pergunta se ela morreu de coração partido. Estaria mentindo se dissesse que não pensei nisso. Mas, no fundo, acredito que Laurie estava pronta para partir, para ser libertada. Agora, com sorte, seus pais vão conseguir ter de volta alguma espécie de vida.

Kelly nunca permitiu que Laurie fosse para uma clínica. Ela amou e cuidou da filha até que esta desse seu último suspiro. Espero que isso lhe traga um pouco de paz, que ela possa viver o restante da vida sem arrependimentos, com certeza de que fez tudo o que podia pela filha.

Encurtamos nossa lua de mel a fim de voltar para casa a tempo do funeral, mas ainda podemos viver muitos momentos de amor e alegria. Anders está triste, mas não inconsolável, e reconheço que ele também sente um grande alívio.

Fico ao seu lado no funeral, segurando sua mão enquanto ele se despede de Laurie pela última vez, então nós voltamos para casa.

Voltamos para casa, para o apartamento, para ver o sol brilhando pelas janelas gigantes, e nos sentamos juntos no sofá, com os braços e as pernas entrelaçados até Anders ficar com fome e ir até a cozinha para preparar algo.

Eu me levanto e caminho até o solário.

— Você quer uma cerveja? — grita Anders.

— Não, melhor não.

Ele me lança um olhar interrogativo — normalmente eu não dispensaria uma bebida numa sexta-feira à noite e, especialmente, não depois do dia que tivemos —, mas não é o momento certo para explicar.

Ele pode esperar até amanhã para descobrir que nossa vida está prestes a mudar para sempre. Por enquanto, vai continuar sendo meu segredinho.

Eu me sento na cadeira Eames, coloco a mão sobre a barriga e viro o rosto para o sol.

Agradecimentos

Nunca abri os agradecimentos sem citar meus leitores, e isso parece mais importante do que nunca agora. Meus leitores de longa data tiveram de aguardar um ano a mais por este livro, então realmente espero que tenha valido a pena! Eu amei escrever esta história — mesmo que isso me fizesse chorar a cada releitura durante a edição. Anders, Wren, Jonas e Bailey vão viver no meu coração por muito tempo. E espero que tenham encontrado um lugar no seu também, quer você esteja me lendo pela primeira vez, quer seja um leitor que está comigo há mais tempo.

Se for novo no meu universo, sinta-se à vontade para dizer oi pelo Instagram/Facebook/Twitter/TikTok @PaigeToonAuthor. Você também pode se inscrever para receber minha newsletter #TheHiddenPaige pelo site www.paigetoon.com — às vezes eu envio contos inéditos e gratuitos, e conteúdos exclusivos.

A propósito, os fãs da IndyCar talvez ainda estejam se perguntando quem é Luis Castro, o piloto mencionado no Capítulo Dezessete. Você não leu errado; essa foi uma referência a um personagem que apareceu no meu terceiro livro, *Chasing Daisy*. Às vezes, faço pequenas conexões entre meus romances, então quem sabe você não fique sabendo de Wren, Anders, Bailey e Jonas um dia, no futuro.

Estou em dívida com toda a equipe da Century/Cornerstone/Penguin Random House por, desde o início, ter dedicado a este livro (e a mim!) tanto amor, carinho e atenção, mas sou especialmente grata a Venetia Butterfield por ter acreditado em mim no verão de 2021 e por todas as suas palavras de encorajamento desde então, e à minha excelente editora Emily Griffin — adoro trabalhar com você! Também (em ordem alfabética, porque todos vocês são incríveis): Charlotte Bush, Claire Bush, Briana Bywater, Monique Corless, Amelia Evans, Emma Gray Gelder, Rebecca Ikin, Laurie Ip Fung Chun, Rachel Kennedy, Roisin O'Shea, Richard Rowlands, Claire Simmonds, Selina Walker e Becca Wright. Obrigada também à minha copidesque Caroline Johnson.

Um enorme obrigada à minha incrível editora Tara Singh Carlson, na GP Putnam's Sons/Penguin Random House, e também à Ashley Di Dio, Emily Mileham, Maija Baldauf,

Claire Winecoff, Tiffany Estreicher, Hannah Dragone, Monica Cordova, Anthony Ramondo, Chandra Wohleber, Ashley McClay, Ashley Hewlett, Alexis Welby, Brennin Cummings,

Samantha Bryant, Jazmin Miller e todos os outros integrantes da minha equipe dos Estados Unidos — eu me sinto muito privilegiada em poder incluí-los nos agradecimentos deste livro, e estou muito animada para trabalhar com vocês no próximo!

Gostaria de agradecer a todos os meus editores estrangeiros, mas especialmente à equipe da S. Fischer Verlag, que publicou meu romance de estreia, *Lucy in the Sky*, para os leitores alemães e está comigo desde então. Obrigada especialmente à minha linda editora Lexa Rost.

Obrigada a cada Bookstagrammer, BookTokker, blogueiro e leitor que já dedicou algum tempo para escrever uma resenha ou mencionar qualquer um dos meus romances nas redes sociais. Sinceramente, ver essas postagens me enche de alegria, e não posso agradecer o suficiente pelo apoio que vocês sempre me deram.

Pela ajuda na minha pesquisa agrícola, sou muito grata a Sam Clear e seu pai, James, por me mostrarem os bastidores do funcionamento da sua fazenda, e agradecimentos extras a Sam por me permitir importuná-lo com perguntas intermináveis depois. Obrigada também a Regan Herr, do Departamento de Agricultura do Estado de Indiana, e a Dennis Carnahan, que realmente me ajudaram a dar vida ao cotidiano agrícola de Indiana.

Por todos os detalhes sobre corridas, obrigada a Phil Zielinski e também a meu pai, Vern Schuppan, que não apenas correu na IndyCar e na Indy 500, nos anos 70 e 80, mas também, mais tarde, administrou uma equipe nos arredores de Indianápolis. Grande parte deste livro é inspirada na época que passei em Phoenix e Indianápolis com minha família, então obrigada à minha mãe, Jen, e a meu irmão, Kerrin, por tantas recordações.

Muito obrigada a Susan e Dean Rains — especialmente a Susan, por ler e ajudar a editar um rascunho inicial deste livro —, mas também porque vocês me apresentaram muitos dos lugares legais sobre os quais escrevi! Greg e eu temos ótimas lembranças do nosso tempo lá com vocês. Obrigada também a Wendy Davis, Sequoia Davis, Chelsea Davis e Paul Ehrstein, por sua ajuda na minha pesquisa a respeito de Bloomington.

Muito obrigada a Katherine Reid pelas suas habilidades de leitura de provas e a todos os meus outros amigos que ajudaram ou me ouviram tagarelar sobre este livro em algum momento, especialmente Lucy, Jane, Katherine S, Kim, Bex, Femke, Sarah, Chen, Mark, Georgie, Colette, Ali Harris, Dani Atkins e Zoë Folbigg. Agradeço também aos meus queridos sogros, Ian e Helga Toon.

Agradeço ao meu marido, Greg, que esteve comigo durante cada passo da minha carreira de escritora e que me ajudou de inúmeras maneiras, mas nunca tanto quanto no ano passado. Sinceramente, não sei o que faria — ou onde estaria — sem você. Eu me sinto muito sortuda por ter você na minha vida. Ah, e valeu pela ajuda na minha pesquisa sobre arquitetura! Uma mão na roda você ser um arquiteto e todo esse lance, viu?

Por último, mas não menos importante, obrigada aos meus filhos, Indy e Idha. Obrigada por me aturarem quando estou superestressada, e por me fazerem sorrir todos os dias. Amo vocês, beijos.

Impresso no Brasil pelo Sistema Cameron da Divisão Gráfica da
DISTRIBUIDORA RECORD DE SERVIÇOS DE IMPRENSA S.A.